DANSEN in de HEMEL

AMOR OMNIA VINCIT

MICHAEL PILARCZYK

DANSEN in de HEMEL

ROMAN | INVICTUS

Het luisterboek is gratis te downloaden op
www.dansenindehemel.nl

~ INVICTUS ~

I am the master of my fate
I am the captain of my soul

~ *William Ernest Henley* ~

Inhoud

Ik moet je iets vertellen	11
Lotte	15
Lisa	28
Tot de dood ons scheidt	43
IC (Morgen is alles anders)	55
Leven voor de dood	64
Sodom en Gomorra	76
Gedonder	90
De bank	103
Mayday Monday	110
Ik moet je iets vertellen II	124
Ontmoeting met het verleden	136
Reddende engel	147
De Vos en de Spiegel	154
Levenslang	171
Goudkoorts	177
Donna	189
De wedergeboorte	198
Geschenk uit de hemel	208
Zoals het had moeten zijn	217
De derde vaas	226
Leven na de dood	239
Epiloog	247

Deel een

LISA

zondagochtend 23 mei 1999

IK MOET JE IETS VERTELLEN

Hoe ik was thuisgekomen wist ik niet. Ik lag in de hal, het marmer drukte koud tegen mijn blote bovenlijf en een scherpe pijn stak als een mes in mijn nek. Waarom lag ik halfnaakt op de vloer met mijn mobiel in mijn hand?

Niet veel later hing ik met mijn kop in de wc.

Moeizaam krabbelde ik op en strompelde naar de keuken. Uit het kastje waarin de reservevoorraad medicijnen van Lisa lag opgestapeld pakte ik twee ibuprofen en een oxazepam. Ik leunde tegen het aanrecht. Door het waas van mijn uitgedroogde contactlenzen zocht ik naar aanwijzingen op mijn telefoon. Drie gemiste oproepen van een onbekend nummer, de eerste om twee minuten na middernacht. Om 3.33 uur had ik een gesprek beantwoord.

Toen drong het tot me door. Het feest, het telefoontje van Lotte, na zoveel maanden.

Mijn maag kromp ineen, het laatste beetje champagne verdween in de gootsteen. Ik dronk een paar slokken water en slikte nog een valium. Frisse lucht zou me goed doen.

In de hal raapte ik mijn *God of House Music*-T-shirt op van de vloer, trok het aan en sloop langs de slaapkamer. Lisa sliep nog. Einstein lag tegen haar aan en opende even, waakzaam maar zonder interesse, zijn blauwe ogen. Door de serre liep ik naar buiten. Vanaf het bankje in de rozentuin staarde ik over het landgoed op zoek naar een antwoord. Wat Lotte gezegd had kon niet waar zijn. Seks en kinderen waren voor mij twee dingen die niets met elkaar te maken hadden.

In de verte klonken kerkklokken. Natuurlijk, het was zondag. De klokken waren het teken dat het spreekuur begon.

'Hallo God,' zei ik. 'Daar ben ik weer.' Ik keek naar de hemel, er kwam geen antwoord.

Ten einde raad belde ik Branco, mijn steun en toeverlaat, mijn reddingsboei, al sinds de eerste dag op de middelbare school mijn beste vriend. Niemand wilde naast hem zitten en ook niet naast mij, zo werden we tot elkaar veroordeeld. We hadden allebei een mond vol ijzerwerk en voorzetglazen, alleen had hij geen dubbel glas, wel betere cijfers, daarom werd hij accountant en ik plaatjesdraaier. Branco en ik waren de pispaaltjes van de klas en zo trokken we samen ten strijde, als vrienden voor het leven, tegen de rest van de wereld.

'Voor iemand die zes uur geleden nog halfdood op straat lag ben jij er vroeg bij,' zei hij. Uit zijn toon maakte ik op dat hij het een geestige opmerking vond. 'Mijn twee kleine meiden hier vonden het niet nodig dat papa mocht uitslapen, dus ik voel me nog wat brak, maar, Mishka, een onvergetelijk feest!'

'Kun je komen, nu?'

Zijn uitbundigheid veranderde onmiddellijk in ernstige zakelijkheid. 'Iets met Lisa?'

'Nee, er is...' Ik wist niet hoe ik het zeggen moest.

'Ik kom eraan,' zei hij.

Een paar keer haalde ik diep adem en ik snoof de geur van de rozen op, maar mijn leven was allesbehalve rozengeur en maneschijn. Ik bekeek de kalkwitte muren van de villa, aangetast door de tijd. Villa Eyckenbosch was niet zomaar een huis, het was *ons* huis. Lisa was er geboren en nadat haar vader was overleden waren wij er gaan wonen. Dat was een half jaar nadat Lisa en ik hier in de rozentuin waren getrouwd, toen alles nog was zoals het altijd had moeten blijven.

Het knarsende grind maakte een einde aan de stilte en aan mijn hopeloze gemijmer. Toen Branco zijn familiestation naast de paardenstal parkeerde liep ik hem moeizaam tegemoet. Hij stapte uit en schudde zijn hoofd. Ik schudde mijn hoofd ook, we begrepen elkaar zonder woorden. We wandelden de tuin in en Branco vertelde wat er die nacht gebeurd was. Ze hadden me vrijwel buiten bewustzijn gevonden op het stoepje bij de nooduitgang van Escape, waar de *launch party* van mijn nieuwe bedrijf FUTURE MEDIA uitbundig werd gevierd. Alle hotemetoten hadden zich verzameld op de rode loper: zakenrelaties, journalisten, bankiers, BN'ers en ander volk uit de showbizz. Niemand wilde dit missen. Wat we deden was niet onopgemerkt gebleven. 'Mishka Kamadev: van plaatjesdraaier tot zakentycoon' had *Quote* geschreven. Succesvol was een understatement, ik was godvergeten briljant. Nachtenlang had ik dansmassa's in extase gebracht met mijn muziek in de RoXY, de iT en in Escape. Als *the most famous DJ from Amsterdam* had ik Europa veroverd en daarna de wereld. En toen die wereld te klein werd begon ik, niet gehinderd door enige kennis van zaken, een dot.com company. De hysterie van de internethype beleefde hoogtijdagen en de geheime inlichtingendienst van het lijfblad voor de *rich & famous* belde me op of ze alvast een plekje op de lijst van poenscheppers voor me moesten reserveren. Ik zou de jongste multimiljonair worden in de *Quote 500*. Nog geen negen maanden nadat ik het leven van Lisa en mij op de rand van de afgrond had gebracht, lachte Vrouwe Fortuna mij weer toe. De *launch party* van FUTURE MEDIA was *the revival of my life*, en uitgerekend die nacht belde zij, die vrouw uit mijn verleden, Lotte.

Branco en ik liepen langs de eiken over het landgoed. De Japanse sierkers was uitgelopen, de bloesem verspreidde een zoete geur en een vlinder fladderde er tussendoor.

'Ik heb je een taxi in getild en hier voor de deur afgezet. Toen ging het wel weer, beweerde je.' Branco lachte en schudde zijn hoofd nog eens. 'Vannacht reageerde je ook al nergens op. Wat is er met je?'

'Lotte is zwanger.'

'Wie?'

'Ze belde vannacht. Ze is zwanger. Zegt ze.'

Branco's blik verstarde.

'Van jou?'

'Kan ik me niet voorstellen.'

'Heb ik iets gemist? Jij neukt Lotte? En dat vertel jij me niet?'

We keken elkaar zwijgend aan.

'Dus jij hebt Lotte..., en nu is ze zwanger! Nou, dat heb je weer mooi voor elkaar.'

Het was een beetje uit de hand gelopen die nacht. Lisa had me al vaker gewaarschuwd dat ik niet zoveel moest drinken. Er gebeurt nog eens iets waar je spijt van krijgt, had ze gezegd. Maar van alles wat er had kunnen gebeuren, had ik dit niet kunnen bedenken.

'En nu?'

'Wat denk je! Een kind past niet in mijn leven en ik pas niet in het leven van een kind. Wat moet ik doen?'

Mijn mobiel piepte. Ik keek naar het schermpje en draaide het meteen naar Branco.

Neem contact met me op, nu!
We moeten praten! Lotte X.

'Jezus, Mishka, hoe ga je dit nu weer aan Lisa uitleggen?'

1970 - 1992

LOTTE

In een Pools dorpje, niet ver van de grens met Rusland, werd ik in 1970 in gevangenschap geboren. De communisten hadden goed begrepen dat je mensen niet te veel vrijheid moet geven, daar kunnen ze niet mee omgaan.

Halverwege de jaren zestig had mijn vader in Delft gestudeerd. Hij huurde een kamer in het huis van mijn oma, die daar woonde met mijn moeder. De broer van mijn moeder was net het huis uit, vandaar dat die kamer leegstond. Oma had niet veel geld nadat opa haar en de kinderen in de steek had gelaten, daarom bood ze de leegstaande ruimte te huur aan en zo leerden mijn vader en moeder elkaar kennen. Na zijn studie moest hij terug naar Polen en mijn moeder ging met hem mee, maar het grijze bestaan in de greep van het communisme hield ze niet vol en het verlangen naar vrijheid groeide met de dag.

Nadat wij naar Nederland waren verhuisd, leefden we jarenlang op de zolder bij oma. Zij zorgde voor me, want mijn vader en moeder werkten lange dagen om ons bestaan in het rijke Westen te kunnen betalen. Oma leerde mij pianospelen en regelmatig zette ze een langspeelplaat op, dan pakte ze mijn handen vast en zei ze: 'Dans, kleine Mishka, dans met oma.' We dansten tussen de piano en de eettafel in de smalle woonkamer. Oma en ik en de muziek van piano en violen, meer hadden we niet nodig om gelukkig te zijn. Al heb je als kind geen idee van geluk, van geld en zorgen, in ons geval geldzorgen. Zolang je geen idee hebt van het bestaan van geld, of de waarde ervan, kan het je gelukkig noch ongelukkig maken. Maar toen ik besefte dat mijn ouders dag en nacht zwoegden en zweetten om mijn toekomst te kunnen betalen, zodat er nauwelijks tijd overbleef om te leven, werd me duidelijk dat geld iets was waarmee je vrijheid kon kopen.

Mijn opa had het beter voor elkaar. Hij liep in deftige pakken met een stropdas en hij reed in een lange witte auto met op de motorkap een zilveren beeldje. Zijn huis was groot en vanbinnen zag het eruit als een kasteel, met kristallen lampen aan de plafonds. Waarom oma niet meer bij opa wilde wonen begreep ik niet, want in dat huis was plaats genoeg, ook voor ons.

'Kom jij echt uit een ander land?' vroegen de kinderen op mijn eerste schooldag. Bij Nazir was het duidelijk, zijn haar was zwart en zijn huid niet wit. Nazir en ik waren een attractie in onze klas.

Ik knikte.

'Praat dan eens anders.' Nazir klonk als Ali Baba, ook als hij Nederlands sprak.

Toen de kinderen mij vol verwachting aankeken realiseerde ik me dat ik de Poolse taal niet machtig was, maar dit was de kans om te laten zien dat ik anders was. Om mijn positie in de maatschappij te veroveren bracht ik klanken ten gehore die overtuigend genoeg waren om aan te nemen dat ik uit een ander land kwam. Ik was anders, dat was bevestigd. En ik had iets essentieels geleerd. Mensen geloven wat ze willen geloven. De rest is bijzaak.

De eerste keer dat ik de nieuwe vrouw van opa zag herinner ik me nog goed. Ik was zes, zij iets ouder maar veel te jong voor hem. Ze had prachtig lang zwart haar en ze was betoverend mooi. Dat opa zijn vrouw en kinderen in de steek had gelaten voor die andere mevrouw kon ik als zesjarige niet bevatten. Wel voelde ik het verborgen verdriet van oma. Ze had haar lichaam en haar leven in dienst gesteld van de liefde, maar de illusie van de liefde was haar noodlottig geworden. De bittere triestheid maskeerde ze door onzichtbare tranen. Haar gevoelens vonden een uitweg via de snaren en hamertjes van de piano. Muziek verzacht alle pijn, leerde ze me. Ik was haar grootste liefde en ik beloofde met haar te zullen trouwen op de dag dat ik daarvoor oud genoeg zou zijn. Dat stemde haar vrolijk. Ze aaide me over mijn bol en zei: 'De vrouw die voor jou bestemd is zal op een dag voor je staan.'

Nazir en ik werden beste vrienden. Dat zijn vader in de kleren van zijn moeder liep moest hij weten. Mijn vader ging elke zondagochtend op bezoek bij een man die ook een jurk droeg, in de kerk vonden ze dat niet raar. Het leukste van de kerk was dat ik aan het einde van de mis een kaarsje mocht branden. Verder was er niet veel aan. Het was elke week hetzelfde liedje. De pastoor las voor uit het dikke boek in een taal die ik niet verstond, de mensen mompelden mee met het gebed, en na het branden van de kaarsjes verplaatste iedereen zich naar een zaaltje aan de zijkant van de kerk, waar soep, boterhammen en wodka klaarstonden.

'Speel voor ons, kleine Mishka,' riepen ze altijd na een paar wodkaatjes. Dan werd ik op de pianokruk gezet en dansten alle mensen lallend en lachend door dat zaaltje. Zo ging dat in de Poolse kerk, waar de gemeenschap uit mijn verre vaderland elkaar wekelijks ontmoette.

Oma ging niet naar de kerk, ze geloofde niet in God. Als er een god zou bestaan, dan sprak 'ie niet onze taal, mopperde ze. Nazirs vader bevestigde dat. Ik vond het al een raar verhaal, een man met een baard die vanaf een wolk de wereld bestuurde, en nu bleek iedereen ook nog eens zijn eigen God te hebben. Het moet in die tijd zijn geweest dat de waarheid en de werkelijkheid elk hun eigen weg gingen.

Dagelijks na school speelde ik piano met oma en daarna ging ik op de fiets naar opa om zijn hond Dollar uit te laten. Als beloning betaalde hij mij een gulden per keer. Niet echt, want hij zette het geld op de bank, daar had hij op mijn naam een Zilvervlootrekening geopend. Mijn opa was rijk. Ik had geen idee wat hij deed, maar ik besloot dat ik later net zo wilde worden als mijn opa.

Toen wij naar een andere stad verhuisden, beloofden Nazir en ik dat we eeuwig vrienden zouden blijven, maar van die belofte kwam niets terecht. Oma verkaste met ons mee en ik kreeg een eigen kamer, op de zolder van ons nieuwe huis aan de Mozartlaan, het huis naast Lotte.

De eerste keer dat ik haar zag droeg ze een witte rok met een wit hemdje en ze had lange blonde haren, die ze met dunne vlechtjes als een diadeem om haar hoofd had gebonden. Lotte was het mooiste meisje dat ik ooit had gezien. We waren twaalf en de liefde maakte me blind, terwijl ik toch al slecht kon zien. Ik had min zeven, dus zonder mijn bril met dubbele beglazing – waarvan ik vermoedde dat de maker ook blind moet zijn geweest – was het vooral op de tast. Ik kon heel goed tasten en dat ik al jaren pianoles had, zal ertoe hebben bijgedragen dat mijn vingeroefeningen virtuoze prestaties opleverden.

Ik vraag me af hoe ik zo intens verliefd op haar kan zijn geweest. Misschien was het hoe ze eruitzag. Mooier dan de andere meisjes in klas 1B en ook mooier dan de meisjes uit alle andere klassen. Of omdat ze borsten had, die de meeste meiden pas in vier havo kregen. Lotte had ze gelukkig al in de eerste, want de vierde zou ze niet halen. Toen ze in de derde bleef zitten, nadat ze over de tweede ook al twee jaar had gedaan, moest ze van school af. Lotte had de meest geweldige borsten die ik ooit had gezien. De enige andere borsten die ik wel eens gezien had waren van mijn oma als ze uit de badkamer kwam en die zagen er anders uit, die hadden veel meegemaakt, die borsten van mijn oma, en die van Lotte waren nog in de maak, hoewel ik vond dat ze al best af waren.

Misschien zag ze er wel uit zoals ik had gewild dat mijn grote zus eruit had moeten zien. Ik had geen grote zus, ik had geen broers of zussen, maar als ik een grote zus zou hebben, had ze er zo uit moeten zien. Dan zou ik elke dag naar haar lekkere blote lijf kijken als ze ging douchen, maar toen ik van vriendjes hoorde dat oudere zussen het niet goed vonden dat je naar hun blote tieten keek en dat je er al helemaal niet aan mocht zitten, hoefde ik geen grote zus meer. Dat was ook niet nodig, want ik had Lotte en mijn buurmeisje deed niet zo moeilijk.

Misschien was het de verborgen eenzaamheid in haar die me aantrok. Achter haar zijdezachte masker ging een mysterieuze treurnis schuil, die ik slechts een enkele keer in een glimp had waargenomen. Als we droomden over later, zag ik een twinkeling in haar ogen die haar de moed gaf om vast te houden aan een flinterdun draadje levenshoop.

'Waar is jouw vader?' vroeg ik toen wij net naast haar waren komen wonen.

'Die heb ik niet,' zei ze. 'Is er ook nooit geweest. Iedereen had m'n vader kunnen zijn, zegt mijn moeder altijd, maar ze heeft er nooit een voor me kunnen vinden.' Lottes moeder moest altijd werken, dus die was er bijna nooit, maar ze had mij en samen konden we de wereld aan. Lotte en ik beloofden dat we altijd bij elkaar zouden blijven. We waren onafscheidelijk, tot ongenoegen van meneer Visser, onze mentor. Meneer Visser had zo'n baardje dat niet wist of het een baard wilde worden of als een paar verslonsde watten aan zijn wangen moest blijven kleven. Dat baardje was eigenlijk alles wat meneer Visser was, het lichaam zat er voor de vorm aan vast. Visser was niet alleen onze mentor, hij gaf ook natuurkunde en Russisch. Hij was ervan overtuigd dat de communisten heel Europa gingen veroveren en dan was hij alvast voorbereid.

Volgens Visser was het leven een wetenschappelijk experiment dat cijfermatig was te onderbouwen met ingewikkelde formules, die voor mij net zo onbegrijpelijk waren als het Russische alfabet. Toen ik hem vroeg waarom het nuttig was te weten hoe je de snelheid van de zwaartekracht kon berekenen, antwoordde hij met een priemend vingertje dat die kennis me ooit van pas zou komen, en op dat moment zou ik aan hem denken. Hoe was het mogelijk dat ik niet een fractie van de intelligentie van mijn vader had geërfd! Mijn vader gaf toen al college in iets ingewikkelds aan de universiteit en als je daar lesgeeft, moet je wel slim zijn. Maar hij was niet slim genoeg om te begrijpen dat mijn cijfers voor wiskunde en natuurkunde bij elkaar opgeteld nog geen acht opleverden. De verwilderde haren van meneer Visser gingen er recht van overeind staan. Op die momenten leek hij sprekend op de poster van Albert Einstein achter zijn bureau. De slimste man die ooit op aarde heeft geleefd. Ik denk dat het zijn droom was geweest om zo te worden als de grote Einstein, maar dichterbij dan die poster is hij nooit gekomen.

Mijn teleurstellende cijfers waren voor meneer Visser aanleiding om zijn zorg over mijn verkering met Lotte aan mijn ouders kenbaar te maken.

‘Wat moet er van jou terechtkomen?’ verzuchtte mijn vader na een indringend oudergesprek. Hij balde zijn vuist en met een rood aangelopen hoofd riep hij: ‘Als jij zo doorgaat, wordt het helemaal niks met jou!’

Meer was er niet nodig. Eén zin die de rest van mijn leven zou bepalen. Mijn vader plantte het zaadje voor mijn verlangen het tegendeel te bewijzen.

Wat de passie van mijn leven zou worden, begon toen ik op een zondagmiddag met Lotte en haar vriendin Valerie mee mocht naar de disco. De entree was één gulden, ik betaalde er drie. Lotte en Valerie dansten de hele middag met elkaar en met andere jongens. Dansen was aan mij niet besteed, wat er leuk was aan uitgaan begreep ik niet. Drinken deed ik niet en roken ook niet, Lotte wel.

In mijn eentje dwaalde ik wat rond tussen de discoflitslichten toen mijn aandacht werd getrokken door de DJ. Dat plaatjes draaien intrigeerde me. Ik zag mezelf al in een afgeladen stadion op het podium staan en de hele wereld zou mijn naam roepen, net als bij Madonna.

Die week plunderde ik mijn Zilvervlootrekening en investeerde het jarenlang gespaarde zakgeld van opa in een synthesizer, twee platenspelers, een mengpaneel en een bandrecorder. Mijn zolderkamer veranderde ik in een studio. Vanaf dat moment had ik een missie: de beroemdste DJ ter wereld worden.

'Daar kun je geen geld mee verdienen,' zei mijn vader, en in zijn woorden klonk wanhoop door. Plaatjes draaien vond hij geen werk, het was een hobby die te veel tijd en geld kostte en me afhield van mijn schoolwerk. Ik moest aan mijn toekomst denken. Zijn ouders hadden met pijn en moeite spaarcenten bij elkaar geschraapt om zijn studie in Delft te kunnen bekostigen en op dezelfde wijze had hij voor mijn toekomst gespaard.

Ik moest ook gaan studeren.

Op school leerden we van alles, talen en allerlei kundes, maar niet hoe je geld moest verdienen en ook niet hoe je rijk kon worden. En dat was wat ik wilde: rijk en beroemd.

Lotte wist niet wat ze wilde, ook niet wat ze later wilde worden. Volgens mij wilde ze niks worden, maar dat maakte me op dat moment niet uit, want het meisje van zestien dat eruitzag als achttien deed iets met me wat mijn leven voorgoed veranderde. Ze ging liggen naast een stapel platen die tegen de piano stond geleund en trok haar rok omhoog.

'Nu moet het er maar een keer van komen,' zei ze.

Madonna's *Papa don't preach* lag boven op de stapel platen en ik lag boven op Lotte. Ze hield haar ogen gesloten en haar mond ging langzaam open en dicht, zoals vissen in een aquarium doen. Toen ze begon te gillen dacht ik dat ze niet meer kon ademen, want ze hapte naar lucht, net als die vissen. Even later fluisterde ze: 'Dank je, dat was lekker.'

Minutenlang keek ik vol bewondering naar de glooiingen tussen haar benen, tot een verontrustende gedachte me deed opschrikken.

'Krijg je nu een baby?'

Ze bleef naar Madonna staren.

Het dichtslaan van de voordeur was een teken om ons aan te kleden.

'We hebben huiswerk gemaakt,' zei ik, maar oma wist dat Lotte nooit huiswerk maakte. Hoe ze dat wist weet ik niet. Mijn oma wist alles.

Op maandag 19 oktober 1987 tekende ik een hartje in mijn schoolagenda, een dag om nooit te vergeten. Aan het einde van die middag reed ik zingend op de fiets naar het huis van opa om daar een hapje mee te eten, maar opa had geen tijd om te eten. Hij was aan de telefoon, druk in gesprek met een Amerikaanse meneer op Wall Street, zei de dertig jaar jongere mevrouw met wie hij getrouwd was. Mijn opa handelde op de beurs, had hij me uitgelegd, hoewel ik niet begreep wat dat inhield. Volgens oma had hij zijn ziel verkocht aan de duivel. Hoe dan ook, opa verdiende er bakken met geld mee. Geld was zijn leven. Hij maakte zich alleen zorgen over wat hij met die centen moest doen als hij dood zou gaan. Opmaken vond hij zonde, maar hij kon ook niet leven met de gedachte dat zijn geld terecht zou komen bij mensen die daar niets voor hadden hoeven doen. Ik denk dat hij het liefst alles zou meenemen zijn kist in, dan kon hij na zijn dood toch al zijn geld verbranden, dat zou hem rust geven.

'Iedereen moet zijn eigen centen verdienen,' vond hij. 'Maar de meeste mensen zijn er te lui voor, of ze hebben het lef niet. Daarom verdienen ze het ook niet. Ik heb nooit een cent van iemand gekregen.' Zijn leven lang had hij hard gewerkt om er later van te kunnen genieten, maar nu hij oud was en stikte van de poen kon hij niet meer lachen.

'Rijk worden is niet moeilijk, Mishka,' vertelde hij me. 'Rijkdom is de beloning voor de offers die je brengt, het kost bloed, zweet en tranen en je mag nooit opgeven. Zelfs op de donkerste momenten in je leven schuilt succes binnen handbereik. Geloof daarin en je zult het zien, maar geef je op, dan word je verzwolgen door de duisternis. Wat mensen later ook tegen je zeggen, het geloof in jezelf is je grootste kracht, jongen. Luister naar het stemmetje van je hart. Niet bang zijn. Volg je verlangen en het leven zal je belonen. Rijkdom betaalt zich uit in geld en geluk, maar onthoud dat écht geluk met al het geld van de wereld niet te koop is, daar is je opa veel te laat achter gekomen.'

Er stonden zweetdruppels op zijn kale hoofd, dat eerst rood werd en daarna paars. Hij stak de ene na de andere sigaret op en hij begon steeds harder te schreeuwen, tot hij stilviel. Die avond overleed opa aan een hartaanval. Hij hoefde zich in elk geval geen zorgen te maken over zijn geld, want zijn fortuin was op die historische Zwarte

Maandag op Wall Street in rook opgegaan. Oma vond het zijn verdiende loon. 'Heeft die hoer tenminste ook geen rooie rotcent.'

Toen haar moeder introk bij het zoveelste vriendje, verhuisde Lotte naar een verdieping in Amsterdam-Oost. Ze wilde naar de grote stad, want daar lag haar toekomst, zei ze. Het was een kleurrijke buurt waar het leven dag en nacht doorging. Verderop in de straat zat Youfuk, het restaurantje van de grote snor. Een dagmenu kostte nog geen vijf piek, dus het duurde niet lang tot de grote snor ons bij naam kende.

In de hoek van Lottes kamer lag een matras op de vloer, meer hadden we niet nodig. Onze seksuele ontdekkingsreis kende geen grenzen. Het was daar dat het verderf de onschuld van onze kinderjaren begon aan te tasten. We dronken goedkope wijn en na elke vrijpartij rookten we sigaretten en Lotte meestal ook iets anders. Alle ingrediënten voor een zorgeloos leven waren aanwezig, maar ook een zorgeloos leven heeft een prijs.

Lotte nam een baantje in een supermarkt en een paar avonden in de week werkte ze achter de bar bij Rooie Gerrit. Ik had niet de intelligentie van mijn vader geërfd en geen geld van mijn opa, dus ik knutselde mijn eigen drive-inshow in elkaar en draaide elk weekend op feesten. Van die verdiensten kon ik het me al snel permitteren het achterhuis te huren van een villa aan de Gooise heide. En ik kocht mijn eerste auto.

Lottes toekomst lag dan misschien wel in Amsterdam, maar waar ze ook zocht, het werd niet meer dan een verlengstuk van haar verleden. De zin van het leven bleek voor Lotte een andere te zijn dan voor mij. Ik vond dat haar leven steeds minder zin had, zij vond dat geld niet gelukkig maakte. Ze vond dat ik anders was geworden sinds ik in haar ogen rijk was. Ook vond ze dat ik in een te dure auto reed, een blauwgrijze coupé met honderdduizend kilometer op de teller en een zilverkleurige jaguar op de motorkap. Met die te dure auto hadden we romantische tochten naar Brussel en Parijs gemaakt en telkens zei ze dan hoe gelukkig ze was. Dat was in de tijd dat geluk nog betaalbaar was. Als verrassing voor haar twintigste verjaardag waren we zelfs naar Ibiza gevlogen, waar zij danste en ik keek hoe de DJ's draaiden. Op een dag zou iedereen daar ook zo naar mij kijken, maar wachten op 'een dag' is wachten op de bus naar nooit en nergens. Nu was de tijd om de wereld te veroveren.

Terwijl Lotte op die bus wachtte, werkte ik wekenlang aan mijn langverwachte doorbraak. Het gebeurde die avond in discotheek Stargate. De eerste keer dat ik *LoveJunkie* draaide ging het publiek uit zijn dak. Mijn aandacht werd getrokken door een lenig lijf en benen om in te klimmen. Ze lachte naar me en even later stond ik oog in oog met het zeer geslaagde voorkomen.

'Van wie is die te gekke track?' gilde ze.

'Van mij!' riep ik trots.

'Wie ben jij?' vroeg ze met haar lippen tegen mijn oor. Ze drukte haar borsten tegen me aan en ik keek in ogen waarin spannende verhalen te lezen waren.

'Hi, ik ben Isabelle. Mag ik dat cd'tje van je hebben? En je nummer, ga ik je bellen.'

Ze ging ervandoor met een zelf gebrand cd'tje van *LoveJunkie*. Twee dagen later belde ze dat haar baas me wilde ontmoeten. Die baas was Drakestein. In de mediawereld was hij bekend en berucht, iedereen kende hem en hij kende iedereen. En zo zat ik ineens aan tafel met de baas van Drake Records.

'Misaak Kadamef? Da's een rare naam, vind je niet?'

'Het is, eh, Mishka, Mishka Kamadev.'

'Aha, een communist! Zit je vader soms bij de KGB?

Daar ken ik toevallig mensen, bij de KGB. Stel dat de communisten Europa ooit nog veroveren, dan maak ik me geen zorgen, die mannen kennen me. En als jij mij kent, hoef jij je ook geen zorgen te maken. Als ze komen, die communisten, dan vraag ik of ze zo'n jong Russisch meissie voor me meenemen. Zo'n meissie met een geile bontjas en dan niks d'r onder, geen bontmutsie. Begrijp je wat ik bedoel, Kamabefski?'

Het kantoor was fleurig ingericht met een bankstel, kussens en gordijnen van Versace. De Italiaanse modekoning stond bekend om zijn opzichtige creaties, waardoor Drakesteins kantoor een onwaarschijnlijke gelijkenis vertoonde met circus Boltini. Fort Knox was er niks bij. Alles had een verguld randje; het servies, de asbak, de deurklinken, de zilveren platen, zelfs de kom van zijn goudvis. Niet zomaar een goudvis, nee, het was een zeldzame zingende goudvis, vertelde platenbaas Drakestein, gekocht van een Chinees.

'Een zingende goudvis?' vroeg ik. 'Ik heb nog nooit een goudvis horen zingen.' Dat ging ook niet gebeuren, want deze zingende goudvis bleek zijn stem kwijt te zijn. Tussen zijn krullende borsthaar las ik de naam Mona op een blinkende halsband. Drakestein keek naar zijn pols, waaraan een paar kilo Rolex hing om hem bij de tijd te houden.

'Het is tijd om van jou een wereldster te maken, rare snuiter. Jij bent een rare snuiter, maar ik heb een neus voor talent en ik ruik dat jij mijn..., een goudmijn bent,' zei Drakestein toen ik het driejarig contract ondertekende. 'En vergeet nooit dat ik je heb ontdekt, ik heb jou ontdekt, vergeet dat nooit,' zei hij nadrukkelijk. Dat die neus een prominente rol zou gaan spelen kon ik toen nog niet weten. Draak stak zijn snuiverd overal in, vooral in andermans zaken en in secretaresse Shirley. Ik was te naïef om te begrijpen waarom zij het duo Snif & Snuifje werden genoemd. Dat waren mijn zaken ook niet. Ik had een contract en een hit. Drake Records bracht *LoveJunkie* uit en zes weken later stond mijn eerste single op 1 in de dance top 40. Dat had ik te danken aan Isabelle. Ze was een feestbeest en dat paste goed bij haar werk, want zij regelde de boekingen van bekende DJ's en artiesten bij Party Time. Dat boekingskantoor was toevallig in hetzelfde pand gevestigd als Drake Records en platenbaas Drakestein had geregeld dat Party Time mijn management ging doen. Drakestein regelde alles, zelfs een radioprogramma. Elke vrijdagavond mixte ik op DJamFM de nieuwste dansmuziek aan elkaar.

Als nieuweling in de Hilversumse muziekwereld voelde ik me als een pinguïn in de woestijn, maar Isabelle omarmde me vanaf de eerste dag. We mochten elkaar en het duurde niet lang voordat ik meer geboekt werd dan andere DJ's. Ze vond mijn muziek te gek en ze ging zelfs een paar keer met mij mee als ik ergens moest draaien. Van Appelscha tot Wieringerwerf, van Klazinaveen naar Ulestraten, ik kwam overal. En hoe lang de ritten ook duurden, met Isabelle erbij waren ze nooit lang genoeg. In elk geval niet zo lang als haar benen. We spraken over van alles en nog wat en ze was een genot om naar te kijken. Ik kon met haar lachen, ze klaagde nooit en ze was altijd opgewekt. Altijd feest.

Door Isabelle werd me duidelijk wat ik met Lotte niet meer had. We leefden allebei in een andere wereld en de belofte om altijd bij elkaar te blijven tikte weg met de wijzers van de tijd.

zomer 1992

LISA

Het leven heeft een bestemming nodig en toen ik haar voor het eerst zag wist ik dat zij mijn bestemming was. Haar naam was Lisa di Angelo en zo zag ze er ook uit. Iemand die er niet uitzag zoals zij had deze naam nooit mogen dragen. Lisa was voor mij de meest bijzondere vrouw ter wereld, ook al had ik van die wereld nog niet veel gezien.

Het was op een bloedhete vrijdagmiddag tijdens een tuinfeestje bij Drake Records. De tuin bij de platenmaatschappij stond vol met mooie meiden en drinkende mannen, de meeste kende ik niet, sommige alleen van gezicht. Champagnekurken knalden, hoewel veel feestgangers bier dronken. Dat kwam door de hitte en dat was ook de reden dat vrijwel alle dames zich in nietsverhullende kleding hadden gestoken. Het leek wel de Miss Universe Bikini Contest.

'Bier en tieten, mooier wordt het niet.' Ik rook dat platenbaas Drakestein naast me was komen staan. 'Welkom in de wereld van rock-'n-roll, jongen,' zei hij met een brede grijns en hij tikte zijn glas tegen het mijne. Er kleefden schuimdruppels aan zijn snor en er hing een bierwalm om hem heen. Ik dronk geen bier, niet meer. Ik had één keer bier gedronken en dat was me slecht bevallen. We waren op schoolreisje naar Parijs en meneer Visser had ons nog gewaarschuwd dat we niet mochten drinken, maar Lotte en haar vriendin Valerie wilden wijn. We waren in Frankrijk en in Frankrijk moesten we wijn drinken, zeiden ze. Toen kochten Branco en ik een fles wijn en nadat die leeg was nog een paar flessen, totdat ons geld op was, maar er was nog te veel avond over om al te gaan slapen. Meneer Visser ging ons in twee dagen Parijs laten zien. De eerste dag gingen we naar iets van een invalidenmuseum en naar Versailles. Vanaf dat moment wilde ik ook in een paleis wonen. Die tweede dag heb ik niet meegemaakt. Andere jongens uit de klas hadden bier gekocht en na drie flessen wijn en een paar blikjes bier lag ik de rest van die nacht in mijn eigen kots te zwemmen. Daarna heb ik nooit meer bier gedronken. Ook mijn latere ervaringen met wijn, whisky en wodka waren niet al te best, het proefde als vergif, maar de smaak van succes beviel goed en ik schonk mezelf nog een glaasje champagne in.

Die middag telde ik meer tieten dan ik in mijn hele leven had gezien. Ik keek mijn ogen uit, dit soort taferelen was ik niet gewend. Ik was sowieso niet zoveel gewend en de enige tieten die ik zo open en bloot had gezien, waren die van Lotte.

'Preust, jongen!' zei Drakestein, die inmiddels net zo warrig sprak als dat hij eruitzag.

'Met die nummer 1-hit heb jij wel een voorschot verdiend. Maandag laat ik tienduizend gulden op je rekening storten. Jij hebt geen idee wat wij allemaal gaan meemaken met z'n tweeën.'

Het was een broeierige middag en je kon voelen dat er iets in de lucht hing. Ik doolde in mijn eentje rond en ik bekeek al die vrolijk lachende mensen. Een paar keer sprak iemand me aan en vroeg of ik het was, die DJ Kamadev. Toen die bikinibabes dat hoorden werd ik tussen hun borsten ingeklemd en ging zo op de foto. Platenbaas Drakestein knipoogde van een afstandje en stak zijn duim omhoog.

'Dit is 'm,' hoorde ik ineens achter me. Het was de stem van Isabelle. Ik draaide me om en daar stond ze. Ze stak haar hand uit, haar nagels rozenrood gelakt, zonder oneffenheden. Ik klemde mijn vingers om die van haar en er ging een rilling door me heen, die voelde alsof de zwaartekracht opeens geen vat meer op me had. Ze keek naar me zoals elke man zou willen dat een vrouw naar hem keek en toch maakte haar blik me onzeker. Dat was Lisa, Lisa di Angelo. Ze glimlachte. Of lachte ze me uit, omdat mijn hoofd net zo rood was als haar lippen?

'Mag ik mijn hand nog terug?' vroeg ze, terwijl ik zocht naar woorden die ik niet kon vinden.

Ze viel niet alleen op door haar kleding. Lange wimpers accentueerden de dikke lijnen van het zwarte oogpotlood. Haar ogen sprankelden. Er gebeurde iets met me wat ik nooit eerder had gevoeld. Haar lichaam was de droom van elke kunstenaar, zoals slechts grootheden als Michelangelo haar hadden kunnen creëren. Mijn blik gleed langs haar strakke broek naar de glimmende laarzen. Ze kwam net van haar grote liefde: haar paard. Je kon beter een paard hebben dan een man, zei ze.

'Ook niet als het een prins is op een wit paard?' zei ik weerloos.

'Geloof jij in sprookjes?' vroeg zij op een toon alsof ik niet goed bij mijn hoofd was.

Misschien dat de champagne naar mijn hoofd was gestegen, want zonder erbij na te denken antwoordde ik: 'Als jij mijn prinses wilt zijn.'

Nadat ik Lisa had ontmoet, wist ik zeker dat Lotte niet de vrouw van mijn leven was. In die straat in Amsterdam-Oost drukte ik op de bel van nummer 11, drie hoog. De deur ging zoemend open, de trap was hoog en steil, en na de moeizame beklimming haalde ik alle moed uit mijn bepakking.

'Ik wil ermee stoppen.'
'Hoe bedoel je?' vroeg Lotte.
'Dat ik het uitmaak.'

Ze stond tegenover me in een jurkje (dat ik op Ibiza voor haar had gekocht) waar doorheen zichtbaar was dat ze geen bh droeg, zoals gewoonlijk. Volgens mij deed ze dat om te laten zien dat ze tenminste ergens goede cijfers voor had behaald. Ze keek me wazig aan, dat kon ook komen doordat ze had liggen blowen. Lotte was van een meisje een jonge vrouw geworden, waar ze niets voor had hoeven doen, anders weet ik niet of het gelukt was.

Ik was eenentwintig jaar en had een grenzeloos verlangen naar hartstocht en ik was verliefd, alleen niet meer op Lotte. Ze maakte haar joint uit in een leeg wijnglas, sloeg haar armen om me heen, keek me aanstellerig aan en zei: 'Wil je me neuken?' Het was een bevel, geen vraag. Ik reageerde niet.

'Heb je Valerie geneukt?'
'Hoezo?'
'Ja, dus.'

'Natuurlijk niet.' Het was in elk geval niet mijn bedoeling geweest. Valerie was een keer bij mij blijven slapen en toen we in bed lagen vroeg zij na een tijdje waarom ik geen poging deed om haar te neuken. 'Dat kan toch niet,' zei ik. 'Ik heb verkering met Lotte.'

'Vind je me niet aantrekkelijk?' vroeg ze. Het was donker en zonder lenzen zag ik toch niks, maar zelfs een blinde kon zien dat Valerie onweerstaanbaar was. Met haar klamme lichaam tegen mij aan gedrukt voelde ze mijn verlangen. 'Ooohhww,' riep ze. 'Je hebt nog nooit seks gehad met een andere vrouw!' Twee tellen later zat de beste vriendin van mijn verkering boven op me. Met een soepele beweging schoof ze haar heupen over me heen en mijn onschendbare trouw ging glansrijk ten onder. Zo gaan die dingen.

'Wat moet ik doen zodat je bij me blijft? Ik wil niet zonder jou, Mish. Wat moet ik zonder jou?' smeekte Lotte.

'Ik ben verliefd op iemand anders.'

'Hoe kun je verliefd zijn op iemand anders? Wij zouden toch voor altijd samen zijn?'

Wat moest ik zeggen? Door Lotte leerde ik dat we voorbijgangers zijn in elkaars bestaan en dat je geen beloftes moet doen die je niet kunt nakomen.

'Dus, dit was het?' vroeg ze.

'Ja, ik zal altijd van je blijven houden, maar dit was het.'

Lisa verdween geen seconde uit mijn gedachten en de twee dagen die ik moest wachten op ons eerste afspraakje gingen tergend langzaam voorbij. Toen de wijzers van de klok eindelijk de afgesproken tijd aangaven, stond ik allang op de plek waar ik haar zou ophalen. Ze kwam aanlopen op stijlvolle hoge hakken, in een artistiek jurkje, waarvan het decolleté net voldoende ruimte liet om een halsketting met een kruis zichtbaar te maken. De oude Jag was geen praktisch model om een dame elegant te laten instappen, ze moest het jurkje optrekken, waardoor haar benen tot ver boven haar knieën zichtbaar werden. Door vrouwen zoals Lisa was Leonardo da Vinci gaan schilderen.

We parkeerden tussen een Ferrari en een Porsche Turbo bij een chic restaurant in Loosdrecht, zo een waar de porties omgekeerd evenredig zijn aan de prijzen en waar je met je naam wordt begroet als je binnenkomt. Monsieur Chez, de patron van Mes Amis, begeleidde ons naar het enige lege tafeltje. Het terras zat vol met blaaskaken, blatend over de pracht en praal die gedeeld moest worden, want als niemand weet wat je bezit, heeft het geen waarde. Dat soort mensen was vaste gast bij Mes Amis.

De sommelier kwam naast ons staan en met een behendige beweging dirigeerde hij de champagnekurk van de fles Laurent et Perrier.

Het was een avond uit duizenden, het water weerspiegelde de ondergaande zon en ik zat aan tafel met de mooiste vrouw van planeet Aarde en verre omstreken. Niet eerder was ik in de nabijheid van een vrouw als Lisa geweest. Geen meisje, een vrouw van bijna negenentwintig.

Zelf kwam ze niet uit Italië. De naam di Angelo was er in het verleden vandaan gekomen en van een naam die ergens vandaan komt, kom je nooit meer af. Ze straalde wel mediterraans temperament uit. Ze had opgestoken haar met een paar losse pijpenkrullen over haar schouders, kastanjebruin met tinten van zwart. Haar lippen tekenden een lieve glimlach op haar gezicht en de twinkeling in haar ogen was betoverend.

'Nooit?' vroeg ik.

'Nee,' antwoordde ze op de vraag of ze nog *nooit* een vriendje had gehad. Ze lachte erbij alsof ze keek naar een kind dat in zijn onschuld wilde begrijpen wat zijn verstand niet kon bevatten. 'Nog nooit heeft een man de code van mijn hart kunnen kraken. Misschien is er in dit leven voor mij een andere bestemming.'

'Ben je nog nooit verliefd geweest dan?' vroeg ik.

'Nadat mijn moeder was overleden wilde ik met mijn vader trouwen, maar die anderen waren me voor. En ik heb nooit iemand ontmoet die hem kan evenaren.'

Haar vader was inmiddels met zijn derde vrouw. Lisa noemde haar de heks, omdat ze niet uit liefde met hem getrouwd was, maar voor zijn status en zijn geld. Papa di Angelo woonde op landgoed Eyckenbosch, in een villa met twee zijvleugels en in totaal achttien kamers. De rechterbovenvleugel was Lisa's domein. Haar voorouders hadden tot de betere burgerij behoord en het landgoed was al jarenlang eigendom van haar familie. Zowel Lisa als haar moeder had er het levenslicht gezien, maar vier jaar nadat Lisa geboren was overleed haar moeder aan de gevolgen van een ziekte waarover toen nog niet veel bekend was. Uit haar tasje haalde ze een kleine zwart-witfoto, de gelijkenis was beangstigend.

'Dan krijg jij vast ook zo'n mooie dochter.'

Ze reageerde met een onbestemde leegte in haar blik.

'Dus jij hebt maar één vriendinnetje gehad?' ging ze verder. 'Zeven jaar lang? En in al die tijd heb jij je nooit laten verleiden door andere dames?' Volgens Lisa beschikten de meeste mensen niet over het vermogen trouw te blijven.

'Nee,' antwoordde ik. Die keer met Valerie telde niet echt.

Het was een verstandige keuze naar een restaurant te gaan waar de porties op een theelepeltje passen, want mijn buik werd gevuld door vlinders en van eten kwam vrijwel niets. Ademloos luisterde ik naar Lisa's verhalen. De ober vulde mijn glas bij.

'Het leven is een zoektocht naar onze verloren wederhelft. Iedereen is – bewust of onbewust – op zoek naar de ziel die ons compleet maakt. Dat is de persoon die we willen omarmen, om ons lichaam en onze ziel weer tot een eenheid te maken. Dat is zuivere liefde.'

'Je bedoelt onvoorwaardelijke liefde.'

'Liefde is onvoorwaardelijk en lankmoedig, anders is het geen liefde,' zei ze. 'Zuivere liefde ontstaat als twee energieën identiek trillen, waardoor je elkaar al kunt voelen zonder enige aanraking. Dat kun je met woorden niet uitleggen. Als je in een staat van kosmisch bewustzijn komt, voel je jezelf oplossen in het Grote Al, Kosmische Liefde. Dan ben je samen één.'

Dat laatste sprak mij aan. Ik wilde niets liever dan samen één zijn met haar.

Ze lachte geheimzinnig.

'Weet je wat jouw naam betekent? Kamadéva is de God van liefde en verlangen.'

'Ja?'

'Ik zal je een mythe vertellen. Er was een tijd dat het godenrijk werd aangevallen door de demon Tarakasur, die de hemel wilde vernietigen. Hij kon alleen verslagen worden door de drager van het gouden licht, het kind van Shiva, de alwetende. Brahma, de Schepper van de Wereld, gaf Kamadéva opdracht om zijn bloemenpijlen op Shiva en Parvati te richten, zodat zij het kind konden krijgen dat het hemelrijk van de ondergang kon redden, maar toen Shiva geraakt werd door de pijl ontstak hij in woede. Hij opende zijn derde oog en verbrandde Kamadéva, die opging in as. De zoon van Shiva en Parvati versloeg Tarakasur en zo overwon het godenrijk het kwaad. Kamadéva offerde zijn lichaam op om de hemel te kunnen redden en de geest van de liefde verspreidde zich door de kosmos. Als beloning schonk Brahma het zuivere licht aan de geest van Kamadéva, waarmee hij tot in de oneindigheid de vrijheid kreeg om zich te incarneren, om zo liefde op aarde te blijven verspreiden.'

Na haar laatste woorden bleek de fles champagne leeg en hing ik nog secondelang gehypnotiseerd aan haar lippen.

'Hoe weet jij dat allemaal?'

'Heb je de film *Ghost* gezien? Geloof je daarin, in contact na de dood?'

Ik staarde in de diepte van haar ogen, waar antwoorden leken schuil te gaan op vragen die ik niet kon bedenken. Zij kon me in alles laten geloven. Dus antwoordde ik: 'Zeker.'

'Waar geloof je nog meer in?' vroeg Lisa.

Vaag aarzelend hoorde ik mezelf zeggen: 'Dat ik verliefd op je ben.'

Ze pakte mijn hand vast en mijn hele lijf rilde. Ik was dodelijk verliefd.

'Je bent een mooi mens, Mishka.'

'Kom, ik breng je naar huis,' zei ik en ik haalde de sleutels van de Jaguar uit mijn zak.

'Heb je niet te veel gedronken?'

'Ik drink nooit te veel.'

De oprijlaan naar het landgoed was lang en donker. 'Stop hier,' zei ze halverwege. 'Loop je nog even mee?' Het was al na middernacht, maar de temperatuur was aangenaam. Zonder woorden wandelden we hand in hand door de nacht, tot ze stilhield. Ze sloeg haar armen om me heen en begon te kussen. De maan was getuige van een moment waarvan ik wenste dat het nooit voorbij zou gaan. Krekels gaven het ritme aan en we maakten een dans zo oud als de tijd. Vervuld van genot loste ik op in het grote niets, of in Het Al, wat er gebeurde weet ik niet, ik zweefde in een dimensie lichtjaren hiervandaan. Hoe lang het duurde weet ik niet, het was een moment van tijdloosheid. Toen ik mijn ogen opendeed zat Lisa naakt boven op me. Mijn lichaam tintelde. Dit was dat sprookje van die duizend-en-een nachten.

In de romantiek van de maneschijn zag ik rond een alleenstaande eik sterretjes dansen. Omringd door een witgouden gloed bewoog een ballet van lichtpuntjes gracieus in een cirkel om de boom heen.

'Elfjes,' fluisterde Lisa. 'Elfjes zijn de ziel van de wereld. Ze komen tevoorschijn wanneer zuivere zielen voor een cruciale tweesprong in hun leven staan en ze laten zich alleen zien aan wezens die voor elkaar bestemd zijn.'

Vanaf dat moment sliepen we geen nacht meer zonder elkaar. We vulden de dagen met ongeremde vrijpartijen, we leefden in een roes van gelukzaligheid. Als ik een weekend niet hoefde te draaien in Schubbekutteveen en omstreken gingen we een avondje uit eten in Antwerpen, Parijs en zelfs een keer in Londen. De dronkenschap van de liefde had ons bedwelmd.

In Londen gingen we naar een voorstelling van *The Phantom of the Opera*. Net op het moment dat er een adembenemende stilte viel, werd Lisa overvallen door een hoestbui. Gelukkig donderde er daarna met veel kabaal een kroonluchter van het plafond.

We sliepen in The Ritz, in een zolderkamertje dat zo klein was dat het bed tussen de muren in geklemd stond. Maar mijn opa had verteld dat je beter in de bezemkast kon slapen in het duurste hotel dan in de suite van een tweesterren etablissement. In chique hotels kom je namelijk rijke en belangrijke mensen tegen, mensen die onverwacht een nieuw levenspad voor je kunnen aanleggen. Je wordt degene met wie je omgaat, dus ik kon maar beter met rijke en belangrijke mensen omgaan. Rijkdom is niet erfelijk, had opa gezegd.

Ware liefde is onbetaalbaar, maar American Express betaalde alles.

Ik had de conciërge van het hotel om een gunst gevraagd. Conciërges zijn gewend aan opmerkelijke verzoeken, zei hij, maar dit was hem nog niet eerder gevraagd. Het was echter geen probleem, want hij kende de eigenaar van een hindoerestaurant en in die cultuur werd het bij rituelen ook gebruikt.

Toen we terugkwamen in The Ritz knikte hij vriendelijk met een knipoog, waarmee hij duidelijk maakte dat de missie was volbracht. Geblinddoekt nam ik Lisa mee naar de kamer die werd verlicht door tientallen kaarsen. Ik kleedde haar uit en liet haar geknield op het bed zitten. Daarna knielde ik naakt tegenover haar en zei: 'Nu mag je kijken.'

De zwarte satijnen sprei was bedekt met witte en roze rozenblaadjes.

'Wil je met me trouwen?'

Het bleef heel lang stil, zo lang dat ik bang was dat de roomservice het ontbijt zou komen brengen. Uiteindelijk riep ze dat ik gek was. Op dat moment was ik me daar zelf nog niet van bewust. 'Je bent een romanticus, lief manneke.' Ze kuste me en een uur later lagen we kletsnat tegen elkaar aan. De rozenblaadjes kleefden van top tot teen aan onze lichamen.

'Ik wil dolgraag met je trouwen,' zei ze, 'maar...' En na die 'maar' bleef het stil. Ze keek ineens anders. Er was iets, ik durfde niet te vragen wat.

'Je wordt volgende maand tweeëntwintig, jij moet eerst gaan leven.' Daarmee was het onderwerp voorlopig afgedaan. In de weken daarna heb ik haar meerdere keren geprobeerd te overtuigen, maar ze bleef bij haar antwoord. Tot die keer met de champagne. Ik had zestig flessen gekocht. Dat had die man van de wijnwinkel nog nooit meegemaakt. Hij zei: 'Zwem jij in het geld of zo?'

'Binnenkort, meneer,' zei ik. 'Zodra ik voldoende heb verdiend om erin te zwemmen.'

Het bad had ik rondom versierd met waxinelichtjes. Toen de kuip gevuld was met de zestig liter champagne, liep ik naakt naar de woonkamer. Lisa liet haar boek zakken en schaterde van het lachen. Ik trok haar mee van de bank en kleedde haar uit. Haar lichaam was goddelijk.

'Een bad met bubbels.'

Ze omhelsde me en fluisterde: 'Wat ben je toch een hopeloze romanticus. Ai! Koud.' Stom, niet aan gedacht.

'Je moet er even doorheen, daarna valt het mee,' zei ik. Even later zaten we bibberend in plakkerige priklimonade. We schoten allebei in de lach. Ik draaide de warme kraan open en liet heet water het bad in stromen, terwijl de champagne door het putje werd afgevoerd.

'Ben je altijd zo?'

'Hoe?'

'Dat je van die vreemde dingen doet. Maar misschien vind ik je daarom wel zo lief.'

'Trouwen?' vroeg ik met een onschuldige blik. Weer lachte ze en elke keer als ze lachte voelde het alsof ze pijltjes op me afvuurde, scherpe vonkjes die mijn lichaam lieten tintelen. Ze boog zich voorover en fluisterde in mijn oor: 'Ja, meneer Kamadev, ik wil. Maar... ik moet je iets vertellen. Ik ben ziek, zo'n ziekte waaraan je doodgaat. Als we de rest van ons leven samen willen zijn, moet je dat weten.'

'Wat heb je dan?'

'Cystic fibrosis. Een taaislijmziekte die problemen veroorzaakt in de longen, maar op den duur ook in andere lichaamsdelen. Uiteindelijk stik je, als je nog niet bent overleden door het uitvallen van vitale orgaanfuncties. Zo is het met mijn moeder ook gegaan. Het is erfelijk.'

Ze hadden het pas ontdekt toen ze achttien was en tot nu toe had Lisa er niet veel last van, maar doktoren hadden verteld dat het ernstiger zou worden naarmate ze ouder werd. Niet ziek genoeg om dood te gaan, te ziek om echt te leven, zo'n ziekte had Lisa. Zij wist dat 'tot de dood ons scheidt' voor ons geen eeuwigheid zou duren. Ik was jong en onbevreesd, nog niet van zo'n werkelijkheid doordrongen. De dood had ik pas één keer meegemaakt, op de dag dat ik voor de eerste keer seks had gehad met Lotte. Opa was drieënzestig jaar toen hij overleed, op de dag dat Wall Street instortte. Oude mensen gaan dood, de liefde van mijn leven kon niet sterven. Lisa was nog geen negenentwintig. Ik stond op de drempel om het grotemensenleven te betreden en ik werd meteen geconfronteerd met een realiteit die ik niet kon bevatten.

'Ik hou van je en ik zal er altijd voor je zijn,' beloofde ik.

Voor haar driemaandelijkse controle had Lisa een afspraak met een nieuwe longarts. De dokter die we gingen ontmoeten moest beslissen over mijn toekomstige vrouw. Lisa zag er niet ziek uit, en afgezien van een enkel hoestbuitje was er geen enkele aanwijzing dat ze een doodvonnis op zak had.

'Neemt u even plaats in de wachtruimte,' zei de jongedame achter de balie van de longafdeling in het AZU. 'Dokter Rozenboom komt u zo halen.'

In de wachtkamer zat een rochelend klein vrouwtje. Voor haar stond een looprek en op haar schoot een spuugbakje. Op de hoek zat een jongen die er heel gewoon uitzag met naast hem een meisje van onze leeftijd in een rolstoel met een slangetje in haar neus en een kleine duikfles op haar schoot. Ze keken alle drie zoals mensen in een wachtkamer je aankijken, in afwachting van de veroordeling.

Toen de jongen het meisje met het zuurstofmasker de wachtkamer uit duwde, rochelde het vrouwtje in haar spuugbakje en mompelde ze: 'Arm kind.'

'De dag dat ik er zo bij kom te zitten, moet je er een einde aan maken,' fluisterde Lisa in mijn oor. De onwetendheid in een wachtkamer doet je nadenken over dingen waar je beter niet aan kunt denken. Er zijn wel meer dingen waar je nooit eerder over hebt nagedacht, totdat ze je overkomen. En na het woord overkomen volgt er vrijwel altijd iets vreselijks, alsof die twee woorden niet zonder elkaar kunnen. In mijn leven had ik nog niet zoveel meegemaakt en er was me al helemaal niets overkomen, maar dat zou niet lang meer duren.

Om de tijd te doden pakte ik een folder die op de

stoel naast me lag. Bij mensen met Cystic fibrosis is het slijm door een genetische afwijking uitzonderlijk taai. Het kan daardoor zijn functies onvoldoende vervullen, met als gevolg dat organen zoals de longen, alvleesklier en lever steeds slechter gaan functioneren. Het is een erfelijke ziekte die een normaal leven onmogelijk maakt. De gemiddelde levensverwachting is tweeëndertig jaar, maar het ziektebeeld en de levensduur laten per patiënt grote verschillen zien. Geschrokken keek ik op. Lisa had niets in de gaten, ze was verzonken in een boek, *Herinneringen van een engelbewaarder.*

Een deur ging open en een krachtige heldere vrouwenstem riep: 'Mevrouw di Angelo.'

We stonden op en ik gooide de folder zo onopvallend mogelijk in een afvalbak. Het ziekenhuiskamertje waarin we terechtkwamen was kaal en het rook er steriel. Dokter Rozenboom zag er niet veel ouder uit dan Lisa, maar niet jong genoeg om zich bij haar voornaam te laten noemen. Het is een dokterscode dat artsen vanuit hun functie alleen initialen mogen dragen, om niet een al te hechte band met hun patiënten te krijgen. Het haar van M.D.A. Rozenboom zat vastgespeld in een knot en in combinatie met haar elegante bril en witte jas was zij de gedroomde hoofdrolspeelster in een doktersroman. Tijdens het kennismakingsgesprek glimlachte ze de hele tijd vriendelijk en ik kon mij niet voorstellen hoe zij slecht nieuws over haar welgevormde rozerode lippen zou kunnen brengen.

Voor de vorm luisterde ze met een stethoscoop naar Lisa's luchtwegen, ze liet haar in een machine blazen om de inhoud van de longen te meten en ten slotte bekeek ze de zuurstofwaarde in het bloed. Die was 96 procent en een beetje, dat was goed, zei ze. Er waren geen complicaties, wat ze daar ook mee mocht bedoelen.

'Het ziet er niet slecht uit,' zei dokter Rozenboom.

‘Ik zie u graag over drie maanden voor de volgende controle.’

Zie je wel, niks aan de hand.

najaar 1992 - najaar 1995

TOT DE DOOD ONS SCHEIDT

Iedereen had wel een reden ons ervan te weerhouden. Voor platenbaas Drakestein was het zelfs reden genoeg om mij bij hem op kantoor te roepen. Hij vond het belachelijk dat iemand van eenentwintig ging trouwen. Eerst leven. Achter de wijven aan, feesten, hoeren en sloeren.

'Er lopen zo veel lekkere wijven rond en jij kiest voor die vreemde vrouw. D'r zijn meer mokkels die goed kunnen neuken, als dat het is. Ik dacht dat jij Isabelle af en toe lag vol te pompen. Isabelle is tenminste een lekker wijf met grote tieten. Wat is er toch mis met jou? Jij bent een raar mannetje, Kamadef.' Hij vond me dom en naief, maar Drakestein kende het geheim van de liefde niet.

'Het gaat nog eens helemaal de verkeerde kant op met jou!' riep hij.

'Trouwen?' zei mijn vader. 'Hoezo trouwen, je moet eerst studeren.' Voor mijn vader was de onverwachte aankondiging aanleiding voor een avondvullende redevoering.

'Mevrouw di Angelo, Mishka is nog een kind. Als hij straks groot is, kan hij geen plaatjes draaien. Hoe kan hij voor vrouw en kinderen zorgen als hij niet heeft gestudeerd?'

Dat mijn jaarinkomen voldoende was om de hypotheek van mijn ouders in één keer af te lossen, wilde mijn vader niet geloven. Het kruis dat Lisa om haar hals droeg gaf hem meer vertrouwen. En nadat ze de woorden 'Bestemming van God' had uitgesproken, gaf hij zijn zegen. Van een wijze vrouw als Lisa kon ik nog veel leren, zei hij. Daarna berustte hij in stilte. De enige die zoals altijd onvoorwaardelijk achter me stond, was oma. Zij wenste ons alle geluk van de wereld.

Nu diende ik nog kennis te maken met papa di Angelo, om de hand van zijn enige dochter te kunnen bemachtigen. Haar vader was van het klassieke soort, zo iemand die ook honderd jaar geleden tot de aristocratie had kunnen behoren.

De oprijlaan naar landgoed Eyckenbosch had ik nog niet eerder bij daglicht gezien. Het grindpad werd aan beide zijden geflankeerd door een rij bomen, waarvan de bladeren gekleurd werden door de herfst. Het pad was zo lang dat je vanaf het begin niet kon zien dat er aan het eind een kapitale villa stond. Niet zomaar een huis, meer een paleis, met in het midden een torentje dat gekroond werd door een verguld kruis. De villa werd omzoomd door een uitgestrekt gazon. Aan de rand van het gras hadden we die eerste nacht gelegen onder de sterren, in de buurt van twaalf dikke eiken, die daar stonden in de vorm van een halve cirkel. Iets verderop stond in het midden van die halve cirkel een dertiende eik. De boom van de elfjes. Het zag er allemaal sprookjesachtig uit, alsof die lange laan van Eyckenbosch toegang gaf tot een twilight zone.

Een deur waaraan je kon zien dat die zwaar was werd geopend.

'Klein meisje van me.'

De man in de deuropening spreidde zijn armen. Daarna keek hij met een strenge blik naar mij. Zijn glimmende haren strak naar achteren gekamd, gekleed in een kostuum met een stropdas, zoals mijn opa. Zelfs in een lege arena zou je niet om deze man heen kunnen. Iemand die de ruimte vult, wat ze ook wel een sterke persoonlijkheid noemen. Dat was papa di Angelo. Lisa had het niet van een vreemde.

'Eh, hallo meneer. Ik ben Mishka Kamadev.'

'Kom binnen, kerel,' gebaarde hij vriendelijk.

De hal was zo groot als een balzaal. De trap met brede eikenhouten treden liep langs de wanden twee verdiepingen omhoog. In het midden hing een kroonluchter van het formaat dat ik had gezien in Versailles. De barsten in de uitgesleten marmeren vloer verrieden de historie van deze plek.

De gemene stiefmoeder was niet thuis. Mevrouw Freudi was er wel. Het echtpaar Freudi was zeer goed bevriend met de familie di Angelo. Nadat Lisa's moeder was overleden had mevrouw Freudi de huishouding in de villa voor haar rekening genomen en als een tweede moeder had ze jarenlang voor Lisa gezorgd. Zo was dr. Freudi een tweede vader geworden, aangezien papa di Angelo vaak voor zaken op reis was.

'Dit is Mishka,' zei Lisa. De hoffelijke dame maakte een lichte buiging. Ik boog terug.

De woonkamer was gedecoreerd met boeketten rozen. Aan de wanden hingen foto's en schilderijen. Er stond een Bösendorfer, niet de nieuwste, en daarnaast hing een levensgroot portret met het onderschrift *Maria di Angelo*. Onder het schilderij stond een vaas met een kruis erop.

Een oudere heer met bakkebaarden als kleine angorakonijntjes op zijn wangen kwam overeind uit de chesterfield en keek me onderzoekend aan.

'Dit is dr. Freudi,' zei papa di Angelo. Als huisvriend behoorde de guitige grijsaard tot het meubilair. Door zijn boek *Die Liebe und der Wahnsinn* had doctor Freudi een reputatie hoog te houden op het gebied van amoureuze en seksuele stoornissen, die volgens hem de oorsprong waren van vele vormen van waanzin.

'Freudi is niet zomaar een psychiater,' zei Lisa. 'Hij weet meer dan wij denken dat er is.'

'En wie ben jij?' vroeg de doctor.

'Mishka, meneer.'

'Dat is hoe je genoemd wordt, jongeman, niet wie je bent. We denken dat we weten wie we zijn, maar ons onderbewustzijn weet wel beter. Daar zijn wij ons alleen niet van bewust.'

'Siggi,' onderbrak zijn vrouw hem en ze maande hem tot zwijgen. Hij gaf me een knipoog.

We gingen zitten op het bordeauxrode bankstel. Mevrouw Freudi zette een dienblad met porseleinen kopjes en jasmijnthee op tafel. De doctor keek me nog steeds onderzoekend aan en maakte notities in een blocnote.

'Hoe voel jij je?' vroeg Lisa aan haar vader.

'Zolang ik mijn hartpilletjes op tijd neem, gaat alles prima.'

'Lieg niet, Alfredo,' merkte mevrouw Freudi op. 'Di papa maakt zich druk over madame. Ze is altijd op stap, shoppen, geld uitgeven, ze doet niets in huis, ze komt nachten niet thuis en nu is ze een week skiën in Sankt Moritz, met een vriendin...'

Dr. Freudi zei niets maar knikte instemmend.

'Martha, kun jij een glaasje whisky inschenken, alsjeblieft? Siggi, jij ook een?' vroeg di papa. De doctor knikte nogmaals en mevrouw Freudi schonk met een afkeurende blik twee glazen vol uit een karaf.

'Jouw verstand brokkelt af door die drank, Alfredo. En voor je hart is het ook niet goed.'

'Wat belangrijker is, hoe gaat het met jou, meisje?' vroeg di papa aan Lisa.

'Goed, papa,' antwoordde ze. 'Bij de controle was alles in orde, maak je om mij geen zorgen.'

Ik luisterde onverstoorbaar naar de conversatie tussen vader en dochter, totdat papa di Angelo zich plotseling tot mij wendde.

'Lisa zegt dat jij muzikant bent? Ik hou van muziek,' zei hij. 'Laat maar eens horen.' Hij gebaarde me plaats te nemen aan de vleugel. Hij tuitte zijn droge lippen onder zijn snorretje en tikte er met zijn wijsvinger tegenaan, tot het vingertje omhoog ging.

'*Ave Maria* van Gounod, ken jij dat?'

Ik nam plaats op het krukje en klapte de deksel open. Als een schoolmeester keek di papa toe vanuit zijn stoel. Mijn ogen dwaalden af naar het schilderij naast de vleugel.

'Ave Maria,' fluisterde ik. De partituur kende ik niet, maar ineens hoorde ik de melodie in mijn hoofd, als een engelenstem die mij souffleerde. Ik hield mijn handen boven het klavier en sloot mijn ogen. Ik improviseerde op het thema. Toen ik de laatste toets losliet, klapte hij langzaam driemaal en zei: 'Bravo, bellissimo.' Dank u wel, oma, dacht ik.

Papa di Angelo en ik mochten elkaar, ik vond het fijn om in zijn gezelschap te vertoeven en naar zijn verhalen te luisteren. We dronken whisky en praatten met elkaar, maar ik luisterde vooral. Hij vertelde over vroeger, toen hij nog jong was en hoe hij was begonnen als advocaat. In een rechtszaal was hij al tijden niet meer geweest, de laatste jaren deed hij alleen nog de begeleiding van bedrijfsovernames. De zakelijke en juridische kant van de transactie, legde hij uit. Contracten opstellen. Ik wist niet dat advocaten dat deden. De enige advocaten die ik kende, had ik op televisie gezien, in een rechtszaal.

Papa di Angelo was een belangrijk man en als je omgaat met belangrijke mensen, leer je belangrijke mensen kennen. Zo stelde hij me voor aan bankdirecteur Ernst de Boer, want di papa vond dat ik mijn geldzaken moest gaan regelen bij de bank die ook zijn geldzaken beheerde, een chique private bank. Tijdens het eerste gesprek werd meteen duidelijk dat Ernst de Boer een man was zonder ruggengraat, zo iemand die nooit voldoende gewicht in de schaal kan werpen om zich staande te houden en daarom met alle winden mee moet waaien. Het goede nieuws was dat ik vanaf nu ook een rekening had bij deze private bank.

Dat voorjaar trouwden we, in de rozentuin van Eyckenbosch. Lisa zag er adembenemend uit in een parelmoerkleurig jurkje. Het was de allereerste keer in mijn leven dat ik danste, met de mooiste bruid van de wereld. Branco en Isabelle waren onze getuigen. Oma kon helaas geen getuige meer zijn van ons huwelijk. Ik was de muziek geweest in haar leven, had ze op haar sterfbed gezegd. Nu ik in Lisa mijn bestemming had gevonden, kon zij haar jongetje met een gerust hart loslaten.

Platenbaas Drakestein had zichzelf benoemd tot ceremoniemeester. Hij had het allemaal geregeld, vertelde hij aan iedereen. De bladen stonden vol met foto's van het sprookjeshuwelijk, dat had Draak ook geregeld. Lisa en ik, voor altijd en eeuwig met elkaar verbonden, hoe lang onze eeuwigheid ook zou mogen duren.

Draak was een forsgebouwde bourgondiër van vijfenveertig. Hij had twee kinderen met zijn vrouw Mona en een verhouding met Shirley, maar dat mocht niemand weten. Ik denk dat Drakestein al met Mona getrouwd was voordat Shirley geboren werd.

'Ik heb het gelukkig uit de bladen kunnen houden,' zei hij een keer tegen me, 'dat hoeft niet iedereen te weten. En nu is ze nog zwanger ook.' Hij had het aan mij verteld, omdat hij er trots op was dat hij iets wist wat ik niet wist, zo was Draak. Nadat hij het mij verteld had wist ik het dus ook, iedereen wist het, maar dat wist hij dan weer niet. Mona wist het ook, maar die deed alsof ze het niet wist, waardoor Drakestein dacht dat ze het niet in de gaten had. Dat is kort samengevat hoe de entertainmentindustrie in elkaar stak.

'Zo, meneer Kamadef.' Drakestein zat met een sigaret in zijn grote leren fauteuil, zijn voeten lagen op tafel. 'Nieuwste Versaatsjies.' Hij wees naar de slangenleren laarzen.

'Neuk je nog een beetje met die schoonheid van je?' Dat was zijn manier om te vragen hoe het thuis ging. In de muziekindustrie, de zogenaamde rock-'n-rollscene, was het gebruikelijk een gesprek op die manier te beginnen. Vooral grote baas Drakestein stond bekend om zijn grove taalgebruik. Shirley noemde hij 'koeienkut'. Het was moeilijk te verbergen dat er na de bevalling iets meer Shirley was ontstaan, maar...

'Meneer Kamadef.' Zijn indringende blik doorboorde me en hij knikte een paar maal. Ik kreeg het er warm van. Hij stak een sigaret op, bekeek de neuzen van zijn laarzen en blies de rook de kamer in. Toen vormde zich een zelfvoldane uitdrukking op zijn gezicht en zei hij: 'Jij gaat de hele zomer draaien in de Pacha!'

'Dus dan ben je de hele zomer weg? Lekker is dat,' zei Lisa. Ik had een andere reactie verwacht.

'Ik ga draaien in dé club van Ibiza. Ik word een ster, ik word beroemd! Liefie, als ik straks rijk ben, koop ik de hele wereld voor je.'

'Ik hoef niet de hele wereld, ik wil alleen jou, jij bent mijn wereld.'

'Ga dan met me mee.'

Lisa vroeg zich af of het wel zo'n goed idee was om direct een huis op Ibiza te kopen, maar voor honderdtachtigduizend gulden, al mijn gespaarde geld op dat moment, plus een persoonlijk kredietje van zestigduizend waren we een maand later eigenaar van onze eigen *casa* aan de baai tussen Cala San Vincente en Punta Grossa. Dat krediet was snel voor elkaar, nadat ik het contract liet zien waaruit bleek dat ik drieduizend gulden per nacht ging verdienen in de Pacha. Dat had Drakestein goed voor me geregeld. En voor hemzelf, want later bleek dat de helft van mijn gage naar hem ging.

Het huis was wit en werd omringd door een muur van bougainville, die voorkwam dat de tuin het kleine zandweggetje overwoekerde. Het stond op een heuvel, aan de noordoostkant van het eiland, met uitzicht over zee en het onbewoonde eilandje Isla de Tagamago. Prettige bijkomstigheid was dat we Manu erbij kregen als onze huistuin-zwembad-en-keukenhulp. Manu hield het zwembad schoon, hij zorgde dat de tuin geen wildernis werd en hij regelde een volle koelkast, op de dag dat wij arriveerden. Met de bejaarde jeep, die de vorige bewoner bij de *casa* had achtergelaten, was het twintig minuten rijden naar Ibiza stad, waar ik al snel twee avonden in de week achter de meest begeerde draaitafels van het eiland stond.

Met Joël, de bedrijfsleider van de Pacha, werd ik die zomer goeie maatjes en via Joël ontmoette ik Rakhi Bandhan. Een Engelsman, maar geboren en getogen in India en zo zag hij er ook uit, met gitzwart golvend haar en een spitse baard. Op zijn eenentwintigste had hij India verruild voor Londen, waar hij als jonge ondernemer startte met The Temple, dat al snel een van de meest trendy clubs werd in de Britse hoofdstad. Hij was ook de eigenaar van Buddhisque en om talent te scouten voor zijn platenlabel verbleef hij in de zomermaanden regelmatig op Ibiza. Los daarvan was Rakhi een spirituele nicht, en het voormalige hippie-eiland is dé plek in Europa waar die zweverige jurken zich verzamelen.

Rakhi bleek onze buurman te zijn. Hij had een huis op driehonderd meter afstand van onze *casa* en hij nodigde ons uit voor een *welcome dinner*. Zijn riante onderkomen rook naar bloemen en kruiden en hijzelf liep erbij als een monnik in een flowerpowerachtig gewaad. Hij kon urenlang filosoferen over het leven vóór en ná de dood en Lisa had vanaf het eerste moment een intens contact met onze Boeddha-buurman. Rakhi werd onze party-guide. Op Ibiza was het alle dagen feest. Dokter Rozenboom en het ziekenhuis bestonden daar niet en het leven had geen deadline. Lisa en ik genoten van ieder moment, maar vooral van elkaar. Ons liefdesspel had hetzelfde ritme als de zon en de maan. We stonden elke ochtend verliefd op en gingen elke avond verliefd naar bed. Als je hart gevuld is met geluk heb je geen notie van tijd. Ik kon me geen leven zonder haar voorstellen. Lisa was de beste creatie die God ooit op aarde had gezet.

Twee jaar lang ging ik gearmd met het succes door het leven. Elke plaat werd een hit en ik reisde kriskras door Europa om overal en nergens te draaien. In die beginjaren ging Lisa meestal mee, slechts een enkele keer voelde ze zich niet opperbest en bleef ze thuis.

Mijn bekendheid in Amsterdam en op Ibiza verspreidde zich als een virus door Europa en werd ook opgemerkt op het hoofdkantoor van Warner Music in Amerika. In een fax aan Drake Records deden ze het verzoek of ik een dance-remix wilde maken van *Secret*, de nieuwe Madonna.

Omdat ik de telefoon niet hoorde als ik muziek aan het maken was in mijn studio, had ik een rode lamp gemonteerd die ging knipperen als er werd gebeld. Ik was bezig met de remix van Madonna toen de rode lamp knipperde. Het was ver na middernacht. Lisa lag al uren in bed. Het gesprek was kort. Het was de gemene stiefmoeder, die met een vreemde zachtheid in haar stem vertelde dat di papa was overleden. Pas na een half uur had ik voldoende moed verzameld en liep de slaapkamer in. Ik ging op de rand van het bed zitten en maakte Lisa voorzichtig wakker.

'Hé,' fluisterde ze slaperig. Nog voordat ik iets had gezegd verstarde haar blik. De dagen daarna verkeerde ze in shock en ze hoestte veel meer dan ik gewend was.

Tijdens de crematie hoorde ik mensen zeggen dat hij een prachtig leven had gehad. Dat waren mensen die hem niet kenden, ik kende die mensen niet. Wat is een prachtig leven? Hij had een prachtige vrouw, die op haar tweeendertigste afscheid had moeten nemen van het aardse bestaan, toen hun dochtertje vier jaar oud was. Ze was overleden aan dezelfde ziekte die het geluk van Lisa en mij bedreigde.

Ik heb di papa alleen de laatste drie jaar van zijn leven gekend, maar in die tijd hadden we een intieme band met elkaar opgebouwd en had ik veel van hem geleerd.

Alles wat je kunt bedenken kun je bereiken. Dat moest ik in mijn oren knopen en nooit vergeten. Alleen de dood hebben we niet zelf in de hand, had hij gezegd.

Zijn verhalen waren jongensboeken. Hij vertelde dat hij altijd in de mooiste auto's had gereden, hij had de hele wereld bereisd, hij deed zaken met belangrijke mensen en hij had veel geld verdiend. Papa di Angelo was geslaagd in het leven, zoals dat genoemd wordt, zelfs een blinde kon dat zien. Maar de enige ware liefde in zijn leven miste hij al achtentwintig jaar, elke dag. Dat zagen maar weinig mensen. Haar afscheidsdienst was de laatste keer dat hij een kerk had bezocht en vanaf die dag geloofde hij niet meer in God.

De meeste mensen die in God geloven stoppen daarmee als ze niet krijgen waarvoor ze hebben gebeden. Ongelovige mensen gaan juist spontaan tot God bidden als ze iets van Het Opperwezen nodig hebben. Op die momenten is God meestal even niet thuis.

Een nieuwe liefde heeft di papa nooit meer gevonden, wel een derde vrouw. In te goed vertrouwen had hij afgesproken dat zij de rest van haar leven in Eyckenbosch zou blijven wonen, ze waren immers in gemeenschap van goederen getrouwd. Ook was de afspraak dat Lisa in haar eigen vleugel bleef wonen. Toen echter duidelijk werd dat di papa het familievermogen voor het overgrote deel zelf al had opgemaakt, zette de gemene stiefmoeder Eyckenbosch te koop. Lisa had dan wel recht op een kwart van de opbrengst, de verkoop tegenhouden kon ze niet.

Het huis was veel te groot voor Lisa en mij alleen en niet alleen te groot, de vraagprijs van twee miljoen gulden was voor ons veel te hoog. Maar voor Lisa was de emotionele waarde van de villa niet in geld uit te drukken. Daarbij was ik verliefd op dat huis, en als ik verliefd ben doe ik onverantwoorde dingen.

Ik ging op bezoek bij bankdirecteur Ernst. Lisa bleef thuis, in bed. Ze voelde zich sinds de crematie al niet lekker. Omdat ze het benauwd had waren we voor de zekerheid langsgegaan bij dokter Rozenboom, die uit voorzorg een antibioticum had voorgeschreven. En rust zou haar goed doen, had de dokter gezegd.

Ik legde bankdirecteur Ernst de situatie uit en ook al verdiende ik met plaatjes maken en draaien bijna driehonderdduizend gulden per jaar, toch was ik met mijn vierentwintig jaar en het verzoek om een hypotheek van anderhalf miljoen een uitzonderlijk geval. Uitzonderlijk genoeg om ons de lening van vijfmaal mijn jaarinkomen te verschaffen, met Eyckenbosch en onze *casa* op Ibiza als onderpand.

Nadat de overdracht van het landgoed was getekend knapte Lisa zienderogen op. Na een paar weken geheelonthouding hadden we zelfs weer een keer seks. Mijn remix van Madonna's *Secret* was een wereldwijd succes, het geld stroomde binnen en er was niets dat ons geluk nog in de weg stond. Alleen de voorspelde dood moesten we zien te overwinnen, al hield die gedachte zich schuil in de grote leegten van Eyckenbosch.

Op een middag zaten Lisa en ik op het bankje in de rozentuin. We keken naar de Heilige Eik, zo noemden we de alleenstaande boom sinds we er elfjes omheen hadden zien dansen. De Eik straalde iets geheimzinnigs uit, volgens Lisa gaf die boom haar kracht.

'Ik mis papa,' zei ze plotseling. 'Nu heb ik niemand meer, alleen jou.'

Met een gelukzalig makende triestheid staarde ze voor zich uit. Het is een cliché om te zeggen dat de lucht blauw was, maar hij was blauwer dan blauw en er was geen wolkje aan de lucht.

december 1995

IC (MORGEN IS ALLES ANDERS)

De feestdagen waren in aantocht en de winter had het landgoed bedekt onder een witte deken. Lisa lag al een week tegen een stapel kussens aan in bed. Ze voelde zich moe, was verkouden en had het benauwd. Vorige keer was alles na een antibioticumkuur overgegaan, maar deze keer leek het hardnekkiger. Ze had pijn in haar longen en steken in haar borst. Steeds vaker kwam ze overeind om naar lucht te happen omdat ze bijna stikte. Paarse adertjes werden zichtbaar in haar vuurrode gezicht en haar hoofd was zo opgeblazen dat ik bang was dat het uit elkaar zou spatten.

'Ik… word gek… van de pijn,' fluisterde ze tussen het hijgen door.

Ik pakte de inhalator met de Ventolinpoeder van het nachtkastje en zette het aan haar mond. Die zou de luchtwegen ruimte moeten geven. Ze zoog er moeizaam aan, om daarna uitgeput in de kussens weg te zakken. Haar gezicht werd opeens lijkwit.

'Mish... kon ik, af en toe... even geen pijn... gewoon... af en toe, even niet,' huilde ze. 'Ik word... gek van het... hoesten,' kwam er met veel moeite uit.

Ze was niet de enige. Ze hoestte zo oorverdovend hard dat ik er niet meer tegen kon. Het deed pijn aan mijn oren, en het verbaasde me dat haar trommelvliezen niet scheurden.

'Lief, kan ik iets voor je doen?'

Ze tilde haar hand slapjes op en wees richting de badkamer. Ik hielp haar uit bed en hield haar stevig vast. Voor de wc zakte ze op haar knieën en liet haar hoofd boven de pot hangen. Ze spuugde slijmklodders uit, maar behalve groen kleurde de pot ook rood. Ik weet niet waar ik meer van schrok, van het bloed of van de angst in haar ogen. De boodschap was duidelijk. Ik pakte een pyjama, ondergoed en toiletspullen in een tas, en zette haar met een deken omwikkeld in de oude Jag. Voor onderweg nam ik een verse doos Ventolin mee en we reden met 180 kilometer per uur richting het AZU.

Een half uur later lag Lisa op de intensive care. Ze werd aan allerlei apparaten gelegd. Een zuster trok haar pyjama uit en een tweede gaf een injectie in Lisa's bovenbeen. Een van de mannen vouwde zijn handen samen en duwde die ritmisch een paar maal tussen haar ontblote borsten op en neer. Ze gilde van de pijn. Een verpleegster stak een slangetje in haar neus en plakte die met pleisters vast op haar gezicht. Een andere bracht een infuus aan in Lisa's arm. Er werd een kapstok met drie plastic zakken eraan naast het bed gezet en ten slotte sloot een soort dokter haar aan op een hartmonitor.

Ze lag doodstil, met haar ogen dicht. Het bewegende groene golflijntje op de monitor was het enige bewijs dat ze nog leefde. De vijf witte jassen bleven nog een tijdje druk in de weer. Ze namen bloed af en er werden nog meer apparaten met schermpjes en slangen en kabeltjes op Lisa aangesloten.

'Een paar minuten later was te laat geweest.'

Naast me stond een man in een witte jas, over zijn brilletje keek hij me schoolmeesterachtig aan.

'Meneer Kamadev?' Hij stak een hand naar me uit. 'Hermans, ik ben de behandelend arts. Loopt u even mee?'

Het kamertje zag er hetzelfde uit als dat van dokter Rozenboom, kaal, en het rook er naar ziekenhuis. Er hingen twee kindertekeningen aan de muur en er stond een naamplaatje op het bureau met daarop *Dr. W.F. Hermans, longarts*. De dokter nam plaats achter het bureau.

'Meneer Kamadev, uit het onderzoek dat wij hebben gedaan, blijkt dat uw vrouw zeer ernstige ontstekingen heeft in beide longen, waarschijnlijk als gevolg van een eerder verwaarloosde ontsteking. Daarbij zijn er door het hoesten twee of drie ribben gekneusd. Heel pijnlijk, dat geeft een stekende pijn in haar borst, maar dat zal met een paar weken genezen. Over die ontstekingen maken we ons grotere zorgen.'

De deur ging open en de assistent van de dokter overhandigde hem Lisa's dossier.

'Uw vrouw is onder behandeling bij Rozenboom, zie ik.'

Vluchtig bladerde hij door de papieren.

'Dit is pas de eerste keer dat uw vrouw wordt opgenomen?'

'Ja?'

'Bent u zeker geschrokken.'

Zonder aandacht aan mij te schenken bekeek hij de doktersverslagen.

'Heeft u verpleging thuis?'

'Nee.'

'Kan uw vrouw zich nog zelf aankleden?'

'Ja.' Ik keek de dokter verbaasd aan.

'Kan ze nog alleen douchen?'

'Ja,' zei ik geïrriteerd.

De manier waarop de dokter mij aankeek maakte me onrustig en bang.

'Is u de laatste tijd niets opgevallen aan uw vrouw? Is ze kortademig? Hoest ze meer dan normaal? Is ze snel moe? Is ze afgevallen?'

Ik vertelde dat het overlijden van Lisa's vader haar had geraakt, maar dat was alweer drie maanden geleden. De eerste dagen na de crematie leek het wel of het leven ook uit haar aan het verdwijnen was. Ze zwierf als een geestverschijning door de villa. Ze wilde niemand zien, niemand spreken en ze at ook vrijwel niets. Ja, toen had ze voor het eerst last van benauwdheid en sindsdien hoestte ze ook steeds vaker. Alles wat ik vertelde, noteerde Hermans in het dossier.

'Het is goed mogelijk dat haar psychische gesteldheid heeft geleid tot een verminderde weerstand, die haar fysieke conditie heeft aangetast. Door de luchtweginfectie is de zuurstofspanning in haar bloed significant gedaald.' Hij ademde diep in. De borstkas van de dokter zwol op en het duurde seconden voordat hij langdurig zuchtte en zijn betoog vervolgde. 'Het is uitzonderlijk dat uw vrouw deze leeftijd heeft gehaald. Van Cystic fibrosis-patiënten overlijdt 95 procent voor hun tweeëndertigste en volgens het dossier wordt zij komende week tweeëndertig.'

Hij keek me veel te lang aan, zijn gezicht sprak boekdelen.

'Meneer Kamadev, uw vrouw heeft een ernstige ziekte. Vooral door de infecties in de luchtwegen heeft zij een beperkte levensverwachting. Dat is u toch wel bekend?'

Lisa had het me verteld, ze had me gewaarschuwd, ik had niet geluisterd, ik had het verdrongen.

'Via het infuus krijgt uw vrouw een antibioticum toegediend en tegen de pijn krijgt ze morfine. Momenteel is ze buiten bewustzijn, dus de komende uren zal ze nergens op reageren. Ze ligt aan de automatische beademing en de komende dagen blijft ze op de IC. Ik denk dat we pas over drie of vier dagen een betere diagnose kunnen stellen. Meneer Kamadev, ik begrijp hoe u zich voelt.'

U begrijpt hoe ik me voel? Hoe ik me voel? U begrijpt

er helemaal niks van!

Het leven glipte door mijn vingers. Hoe lang zouden we nog samen zijn? En met die vraag gaf ik het antwoord op wat ik niet horen wilde: Lisa ging dood.

Die nacht bleef ik in het ziekenhuis. Vanuit een wachtkamertje naast de IC mocht ik naar haar kijken. Het zag er beangstigend uit met al die slangetjes waar ze aan vastlag. Vier verpleegsters bewaakten Lisa onafgebroken en vertelden me dat ik beter naar huis kon gaan om te slapen, hier kon ik toch niets doen, maar ik bleef. Niets en niemand kreeg me hier vandaan.

'Goedemorgen.' Een vriendelijke zuster maakte een eind aan de onrustige nacht. 'Ze is stabiel. De morfine zorgt ervoor dat ze geen pijn heeft en de codeïne werkt ook, want ze heeft bijna niet gehoest vannacht. En u heeft ook heerlijk zitten slapen, ik ben nog een paar keer bij u komen kijken. U moet aan uzelf denken hoor, straks kunnen we u hier ook op een bedje leggen.'

'Dat is een goed idee,' zei ik slaperig. Er ontstond een korte discussie met de hoofdzuster en de medische staf – want dat was niet gebruikelijk –, maar vanaf de tweede nacht sliep ik in mijn eigen bed, in een klein kamertje naast de IC.

Aangezien Lisa beperkt bezoek mocht ontvangen, hadden we afgesproken dat alleen Isabelle 's middags langskwam en 's avonds af en toe dr. Freudi. De schrik zat er goed in. Zelfs Isabelle, die van kleins af aan met Lisa was opgegroeid, had niet eerder gemerkt dat ze zo ernstig ziek was. Vroeger op school had ze wel eens hoestbuien, waardoor ze de klas werd uitgestuurd, maar het was niet zo dat ze vaak dagenlang ziek thuisbleef, vertelde ze.

'Met haar moeder is het ook zo gegaan,' zei dr. Freudi. 'Bij haar werden de symptomen merkbaar rond haar eenentwintigste. In het begin onopvallend en niet ernstig, maar na Lisa's geboorte ging het van kwaad tot rampzalig. Mijn vrouw is toen in huis gekomen om voor haar en voor Lisa te zorgen, want di papa was vaak op zakenreis. Pas op het laatste moment kreeg hij spijt van alle dagen die hij niet in haar bijzijn was geweest. Dat kon hij zich niet vergeven en na haar dood heeft hij zijn verdriet geprobeerd te verdrinken. Ieder geluk lijkt op een ander, maar eenieder is ongelukkig op zijn eigen manier.'

Dr. Freudi hield even stil en keek een ogenblik dromerig voor zich uit. 'Er zijn twee dagen die ons leven markeren. Twee momenten die we zelf niet bewust meemaken, maar waaraan we het meest herinnerd worden. Alles ertussenin is de illusie van ons bestaan.'

De deur ging open en Rozenboom kwam binnen. Haar dienst zat erop en ze wilde nog even kijken hoe het met Lisa ging. Ze bekeek de lijst waarop de zusters elke vier uur rapporteerden. Daarna bekeek ze de monitor en luisterde nog even naar Lisa's ademhaling.

'Onveranderd,' fluisterde ze. 'Blijft u weer slapen vannacht, meneer Kamadev?'

Ik knikte.

Nadat het welgevormde lichaam van de doktersromandokter uit zicht was verdwenen, vervolgden we ons gesprek. 'Hoe was haar moeder?' vroeg ik aan dr. Freudi.

'Maria was een prachtige, krachtige vrouw, helaas heeft ze haar dochter niet kunnen zien opgroeien. Al zei Lisa toen ze klein was dat mama er nog steeds was, dat wij haar alleen niet konden zien.'

Na drie dagen keerde Lisa langzaam terug in de werkelijkheid. Ze opende haar ogen en keek afwezig om zich heen. 'Hé, pop. Hoe is het?' vroeg ik.

'Gaat wel,' fluisterde ze. De morfine had haar verdoofd. 'Eigenlijk wel lekker, zo zonder pijn. Hoe lang lig ik hier al?'

'Drie dagen.'

Ze lachte en begon te huilen. 'Mish.' Ze pakte mijn hand vast. 'Ga ik nu dood?'

'Nee, lief. Je hebt een dubbele longontsteking en je ribben zijn gekneusd van het hoesten, maar ze zeggen dat het goed komt, ze maken je beter. Dat heeft de dokter me verzekerd. Het kan alleen even duren voordat je hier weg mag.'

Tranen stroomden over haar wangen.

Verkeerd antwoord? Wat moest ik dan zeggen? Ja, je gaat dood. Ze weten alleen niet wanneer, maar dit was het, tot zover en niet verder? Nee, dat zeg je niet, dus als de dood nabij komt, liegen mensen. Ik sloeg mijn armen voorzichtig om haar heen, bang om een slangetje los te trekken. Ze trilde.

'Ik wil niet dood, Mish, ik wil niet zonder jou.'

Rozenboom en Hermans wisselden elkaar dagelijks af tijdens hun ronde en na twee weken vroeg de doktersromandokter met haar vriendelijke lach of ze mij even onder vier ogen kon spreken.

'Meneer Kamadev, het lijkt erop dat het iets beter gaat met uw vrouw, maar ik mag u niet te veel hoop geven. Ze reageert goed op de medicatie, de zuurstofwaarde is hoger, maar de ontstekingen zijn nog steeds ernstig en daarin zien we niet voldoende verbetering. Het is mogelijk dat ze zomaar ineens terugvalt en zo'n terugval kan fataal zijn.'

Na een paar seconden ontdekte ik pas dat ik geen adem meer haalde.

'Vooralsnog zijn we positief en het is mogelijk dat uw vrouw over enkele weken weer naar huis toe kan. Daar wil ik het met u over hebben. Ze zal voorlopig permanente verzorging nodig hebben. We kunnen u in contact brengen met de thuiszorg, zodat u alvast een afspraak kunt maken...'

'Dokter, ik zorg voor Lisa, samen met haar vriendin en onze huisvrienden. Daar hebben wij verder niemand bij nodig. Vertelt u mij liever wat we kunnen doen. Een longtransplantatie? Kan ze een long van mij krijgen?'

De dokter keek niet veelbelovend en schudde haar hoofd.

'Een transplantatie is in haar huidige toestand onmogelijk en ik vind zo'n ingreep riskant. En zelfs als haar lichaam een nieuwe long accepteert, is het nog maar de vraag of zij zich er veel beter door zal voelen. Meneer Kamadev, uw vrouw zal nooit meer beter worden, dat weet u toch? De klinische symptomen zullen steeds meer tot uiting komen in de organen waarbij slijmproductie een rol speelt, zoals de longen, het maag-darmkanaal en de geslachtsorganen.'

Even keek Rozenboom bedenkelijk. 'Het is misschien een indiscrete vraag, maar hebben jullie nog intiem contact met elkaar?'

'U bedoelt of we nog seks hebben?'

Ze knikte.

'Nee, al een paar maanden niet meer.'

'Dat vermoedde ik al. Doordat bepaalde lichaamsdelen uitdrogen, als gevolg van taai slijm, zal de coïtus pijnlijk voor haar zijn. Heeft uw vrouw daar nooit met u over gesproken?'

Voordat ik had verwerkt wat ze me allemaal vertelde, ging ze al verder met het vonnis.

'Ik kan me voorstellen dat dit vervelend voor jullie is, zeker als dat niet meer verandert. In dit soort gevallen wordt wel eens gebruikgemaakt van hulpmiddelen, waardoor de vagina tijdelijk soepeler kan aanvoelen, maar de symptomen van het gehele ziektebeeld hebben vaak nogal invloed op de psychische gesteldheid en het verschilt per vrouw hoe daarmee wordt omgegaan. Nou goed, als u daar meer over wilt weten kan ik een afspraak voor u laten maken bij de gynaecoloog.'

Ademloos zag ik haar lippen in slow motion bewegen. Niet meer verandert?

'Er is nog iets anders wat ik u moet mededelen. We hebben verschillende onderzoeken gedaan en daaruit blijkt dat uw vrouw als gevolg van de CF steriel is, onvruchtbaar. Het is beter om dit voorlopig niet aan uw vrouw te melden. Het lijkt me verstandiger dat ik dat vertel wanneer ze weer een beetje is opgeknapt. Overigens moet u zich erop voorbereiden dat ze waarschijnlijk nog een paar maanden nodig heeft om te herstellen. Zonder al te veel complicaties kan het daarna weer een tijd goed gaan, maar haar lichaam is kwetsbaar en een kleine verkoudheid kan haar al noodlottig worden.'

Isabelle annuleerde al mijn optredens en ruim twee maanden lang speelde onze wereld zich af op die paar vierkante meter waar Lisa door machines in leven werd gehouden. In dat kamertje begon mijn grotemensenleven. Onze hoop lag op de bodem van de doos van Pandora en ik kon er niet bij.

1996-1998

LEVEN VOOR DE DOOD

De eerste keer dat ik alleen door de draaideur van het AZU naar buiten liep, werd ik overvallen door de vraag of we ooit nog samen naar buiten zouden lopen. Tien weken lang was die draaideur de poort naar de hel, de laatste keer leek de hemel weer een beetje dichterbij. Lisa was vrij. Ze wachtte op het bankje naast de uitgang toen ik een gloednieuwe Mercedes SL55AMG uit de parkeergarage haalde en voorreed. Ik stapte uit en gaf haar de sleutels.

'Uw nieuwe bolide, mevrouw.'

Onderweg naar huis spraken we bijna niet. Pas toen ze onder de carport parkeerde draaide ze haar hoofd naar me toe en zei: 'Dank je wel, manneke, dank je wel.' Er straalde een treurige blijdschap van haar gezicht. 'Hij is echt prachtig en rijdt geweldig, maar...' In haar ooghoek glinsterde een traan.

'Liesje, het is maar geld. En geld hebben we genoeg, Drakestein heeft royalty's betaald, dus al moet ik de hele wereld voor je kopen, al moet ik alle sterren uit de hemel plukken, als het jou blij maakt is niets te veel.'

Toen we de salon inliepen werd ze overweldigd. Twee dagen was ik met mevrouw Freudi bezig geweest om het huis spic en span te maken, alles was gepoetst en de kamer was gevuld met honderden rozen. De eettafel was gedekt met het zilveren bestek en het Villeroy & Bochservies dat we voor ons huwelijk hadden gekregen.

Vanuit de keuken klonk geblaf. Lisa keek me vragend aan. Isabelle kwam binnenlopen met een kleine zwartwitte pup in haar armen. 'Hallo. Kijk eens wie we daar hebben.'

'O, wat een schatje!' riep Lisa.

'Liefje, dit is Einstein. Voor jou, om de boel hier in huis een beetje op te vrolijken.'

Isabelle zette Einstein op de vloer en Lisa knielde naast hem neer. 'O, wat ben jij een lief manneke. Wat heb jij een leuke witte streep op je kop en zo'n mooie witte neus.'

'En blauwe ogen. Op die blauwe kijkers kun je hem vertrouwen, zei de fokster. Het is een Staffordshireterriër, een achterneef van de Amerikaanse pitbull. Hij is betrouwbaar, intelligent, vriendelijk, hij leert snel, en hij is van nature erg gehoorzaam, net als ik, zeg maar. Hij kan alleen zo nu en dan z'n buitjes hebben en een beetje eigenzinnig zijn.'

Lisa was *totally in love.*

Ik had me verheugd op de eerste avond dat we weer samen in bed zouden liggen. Lisa bewoog zich door de slaapkamer alsof ze er voor het eerst rondliep. Ze bekeek alles aandachtig en bleef stilstaan voor het dressoir, waarop de twee vazen met de as van haar vader en haar moeder stonden. Op elke vaas legde ze een hand. Ik bekeek het ritueel, het leek of ze in een andere wereld verkeerde.

Met haar rug naar me toe kleedde ze zich uit en hing haar jurkje over de stoel. Door het flakkeren van de kaarsen op onze nachtkastjes speelde een schimmenspel mee op de wanden van de kamer. Plotseling draaide ze zich om, het voelde alsof ze door me heen keek. Met een mysterieuze glimlach stapte ze naakt in bed. Mijn bloed raakte in een stroomversnelling, totdat Einstein op bed sprong en tussen ons in kroop.

'Nee, Einstein.'

'Laat hem nou, dat vindt-ie leuk.' Lisa klemde haar nieuwe knuffelbeest tegen zich aan. Ik luisterde naar haar ademhaling. Als ze alle lucht had uitgeblazen duurde het telkens vier seconden voordat ze weer inademde.

'Mish, ik heb iets gezien,' zei ze. 'Het voelde als een diepe slaap waarin ik wakker was. Eerst werd alles donker, heel donker, en in dat donker ontstond een klein gaatje waar heel fel licht doorheen scheen en in die bundel van licht ontstond een opening waar ik doorheen werd gezogen. Het was geen droom, ik was in een eindeloos bewustzijn, verbonden met Het Al. En in een stilte die al het geluid had weggezogen, hoorde ik iets wat mooier was dan de mooiste muziek. Zo vreemd maar zo vertrouwd. Ik vloog door een oneindige leegte en ik merkte ineens dat er een klein meisje bij me was. In een wit jurkje zweefde ze naast me en ze hield mijn hand vast. Ze sprak tot me zonder woorden, maar haar boodschap was kristalhelder. *Amor Fati,* gebaarde ze. Dat betekent "liefde voor het noodlot, het liefhebben van het onvermijdelijke". Volgens dr. Freudi heb ik de ruimteloosheid tussen leven en dood ervaren. Hij vertelde dat er een eerste gat is en daarna een tweede, dat is de poort naar een andere dimensie. Als je daar doorheen gaat, is er geen weg terug, zei hij. Geen idee hoe hij dat weet, maar ik geloof hem. Het klopt exact met hoe ik het voelde. Dat meisje maakte me duidelijk dat ik terug moest. En er was nog iets. Ze fluisterde jouw naam.'

Ademloos had ik elk woord tot me genomen.

'God bestaat, Mish. Of hoe je het ook wilt noemen. Akasha, het Universum, de Kosmos, de Bron van Het Al, de Oneindige Eeuwigheid. Ik was daar, Mish. Alles was Liefde, in een vorm zoals wij niet kunnen begrijpen en in woorden die niet zijn uit te drukken. In de Bijbel heet het Agápē en de boeddhisten noemen het Metta of Pali. Het is een vredigheid zonder grenzen, liefde in haar puurste vorm.'

Minutenlang lagen we roerloos naast elkaar, onze ogen lieten elkaar niet los.

Ik slaakte een diepe zucht. 'Liefje, ik ben blij dat je weer thuis bent.' Ik gaf haar een kus, waarna ze Einstein voorzichtig van het bed af tilde, tegen me aan kwam liggen en in slaap viel. De emoties van de dag hadden haar uitgeput. Ik kon de slaap niet vatten, mijn verlangen hield me wakker en haar verhaal zwalkte nog urenlang door mijn hoofd.

Toen ze een paar dagen thuis was zag ze er weer uit als nieuw. Die paar weken aan het infuus waren een revisie geweest voor haar lichaam, dat was volgegoten met een dosis doping, zodat ze er weer een tijdje tegenaan kon. Na een maand moesten we terug voor controle. Toen we de Mercedes parkeerden in de garage van het AZU begon Lisa te huilen. Ze durfde niet, bang dat ze weer moest blijven. Gelukkig vertelde dokter Rozenboom dat het herstelproces boven verwachting verliep, maar dat Lisa nog wel rustig aan moest doen.

Op weg naar huis reden we langs de apotheek om medicijnen op te halen. Een plastic tas vol. Aan de buitenkant zag ze er weer uit als nieuw. Haar mentale welzijn was een ander verhaal. Het uitstapje naar de schemerzone tussen leven en dood had haar dieper geraakt dan wij in eerste instantie doorhadden en het overlijden van haar vader had zich in haar ziel genesteld.

De pillen en poeders die Lisa dagelijks moest innemen hadden allemaal hun eigen bijwerkingen. Een van de gevolgen was het gebrek aan elke vorm van intimiteit, dat had niemand erbij verteld. Rozenboom had gezegd dat ze van de prednison iets kon aankomen. Met een flinke dosis prednison krijg je een dode olifant weer tot leven, dat zegt genoeg. Dat drong echter pas tot ons door toen het streepje op de weegschaal na een paar maanden vierenzeventig kilo aangaf. Het resultaat was dat de strakke, geile jurkjes in de kast bleven hangen.

'Ik word dik,' zei Lisa terwijl ze afkeurend naar zichzelf keek in de spiegel. Ik reageerde nonchalant, maar haar blik maakte duidelijk dat het onmogelijk was om niet te zien dat ze tien kilo was aangekomen.

'Straks vind je me niet meer aantrekkelijk, Mish. Ik ken je.'

'Liesje, jij hebt het meest goddelijke lichaam dat ik ooit heb gezien.' Het was alleen jammer dat ik daar al maanden niets meer mee mocht doen. Haar borsten waren gegroeid van 75B naar 85C en haar lichaam was in de juiste proporties iets uitgezet, en zelfs met die paar extra kilo's zag ze er nog steeds onweerstaanbaar uit. Ik telde de dagen zonder seks. Eerst waren het dagen, daarna weken, en toen maanden. En het was niet alleen geen seks, ze raakte me ook nog nauwelijks aan. Elke avond viel ze in slaap met Einstein in haar armen.

Omdat Rozenboom had gezegd dat Lisa zich niet onnodig moest vermoeien, deed ik het huishouden, de boodschappen, ik kookte en als er tijd overbleef dook ik mijn studio in om muziek te maken. Isabelle begon zich zorgen te maken over mijn dagtaak als ziekenverzorger, want doordat ik niet meer optrad stapelden de aanvragen zich op en stagneerde de geldstroom.

Dat was ook de reden dat platenbaas Drakestein belde. Hij vroeg of er thuis alweer geneukt werd, maar hij was vooral geïnteresseerd in nieuwe hits en wanneer ik weer op het podium zou staan. Isabelle bood de oplossing door een deel van de zorg voor Lisa op zich te nemen. Ze kwam een paar avonden per week voor ons koken en bleef dan op Eyckenbosch logeren. Mevrouw Freudi kwam een paar keer per week langs om de villa ordelijk en netjes te houden. Dat bracht gezelligheid in huis en het stelde mij in de gelegenheid weer te gaan draaien. Het was Lisa's idee om permanent een slaapkamer voor Isabelle in te richten, in de rechterbovenvleugel, naast mijn studio. Dan hoefde zij nooit alleen te zijn als ik van huis was.

Toen Lisa zich met de week beter voelde, besloot ik na enige aarzeling ook weer in het buitenland te gaan optreden. Ik had dringend behoefte aan aandacht en het was wel weer eens tijd om de ster uit te mogen hangen. Joël van de Pacha had gevraagd of hij me in de zomermaanden vast op de zaterdag kon boeken en Rakhi Bandhan, onze Ibiza Boeddha-buurman en de eigenaar van The Temple, wilde me elke donderdagnacht in Londen. Dat betekende dat ik elke vrijdagochtend vanaf Heathrow naar Ibiza vloog. Vrijdag bijslapen in onze *casa*, 's avonds meestal een beachparty of zelf even feesten, zaterdagnacht draaien in de Pacha, en dan op zondagmiddag met gevulde zakken weer terug naar Eyckenbosch.

Elke week vroeg ik Lisa of ze zin had om mee te gaan, maar dat had ze niet. Ze wilde niet naar Londen en niet naar Ibiza. Ze leefde steeds meer in haar eigen wereldje en ze wilde alleen nog in de villa zijn. Buiten Isabelle en dr. Freudi had ze weinig behoefte aan mensen om zich heen. Ze sliep met Einstein, ze reed af en toe op haar paard en soms zat ze uren bij de Heilige Eik. Ze was vooral alleen met zichzelf, niet meer met mij, en ik had niet de indruk dat het op enige wijze tot haar doordrong.

Het was mijn vierde zomer op Ibiza en ik was de hit van het eiland. Op megagrote billboards langs alle wegen stond mijn foto met als onderschrift: '*Every Saturday PACHA presents DJ Kamadev The God of House*

Music'. Elke zaterdagnacht stond ik in het middelpunt van seks, drugs & rock-'n-roll. Ik was een hitmachine. Mijn platen werden op ieder radiostation gedraaid, ik stond in alle dance-lijsten en mijn naam schitterde op de gevels van trendy clubs in Europa. In Nederland was ik de ongekroonde koning van de dansmuziek. Voor de TMF Awards was ik genomineerd als beste DJ en beste dance-track met *Love, Sex and Happiness.*

We hadden afgesproken om met z'n vieren naar de uitreiking te gaan, maar Lisa voelde zich niet lekker. Isabelle was klaar voor de strijd. Een strak leren rokje in combinatie met haar lange benen zou menig heerschap een nekhernia bezorgen en ze had speciaal nieuwe laarzen van Chanel gekocht om de blits te maken.

'De plicht roept,' zei pleegzuster Isabelle. 'Lisa en ik gaan wel weer gezellig samen met Einstein in bed tv kijken.'

Branco en ik stapten in de oude Jag en ik trapte het gaspedaal tegen de bodemplaat. Nog geen uur later liepen we in onze smoking over de rode loper van Ahoy Rotterdam. Ik had mijn haar zuurstokroze geverfd. En niet alleen geverfd, ook getoupeerd, net als Mozart. Mijn opkomen met de roze suikerspin op mijn kop was een eclatant succes. Ik nam beide Awards in ontvangst uit handen van de TMF-presentatrice, op wie ik al een tijdje gek was. Wat zat dat meisje heerlijk in haar vel, in dat vel zou ik ook wel eens willen zitten. Vervolgens mocht ik de prijs uitreiken voor beste zangeres internationaal. Het werd Janet Jackson. Ik gaf haar de Award en drie zoenen. Twee keer verliefd op één avond, uit wanhoop.

De volgende ochtend werd ik wakker naast een huilende vrouw. Ze lag zwetend naast mij met een gezicht als een verwrongen zeemlap. Het was nu vijftien maanden geleden dat ze uit het ziekenhuis was ontslagen. Tijdens de laatste controle had dokter Rozenboom gezegd dat het goed genoeg ging en dat Lisa nog maar eens in de drie maanden hoefde te komen, alleen als ze zich een paar dagen achter elkaar slechter zou voelen moest ze direct bellen met Rozenboom of met de EHBO.

Het leek zo goed te gaan, maar schijn bedriegt. Haar ogen waren waterig. Dag en nacht had ze pijn, pijn die ik met al het geld van de wereld niet kon wegnemen, laat staan dat ik haar kon beter maken. Het maakte me nog triester dan ik al was.

'Hoe voel je je?'

'Gaat wel.'

'Echt?'

Ze beet op haar lip en keek me angstig aan.

'Heb je het ziekenhuis al gebeld?'

'Durf ik niet.' Ze begon te huilen en te hoesten.

Ze was al een week aan de Zithromax, maar de benauwdheid was niet minder geworden en de pijn ook niet. Ik belde het ziekenhuis en vertelde dat we eraan kwamen.

Een half uur later lag Lisa aan het infuus en aan het zuurstof. Ik heb een aversie tegen drugs, maar morfine is een wondermiddel.

'Zo, dat voelt zeker een stuk beter?' vroeg dokter Rozenboom. 'Als je een dagje blijft, kan je lichaam tot rust komen en dan voel je je morgen vast sterker. Er zit een kleine ontsteking in de linkerlong en zo te zien reageer je niet meer zo goed op Zithromax. Ik zal een ander antibioticum voorschrijven waarmee die ontsteking over een paar dagen minder zal worden en hopelijk verdwijnt.'

Op de terugweg van het ziekenhuis ging ik langs de apotheek om de maandelijkse bestelling medicijnen op te halen. Thuis leegde ik de twee gevulde plastic tassen en stapelde de doosjes op in de kast naast ons bed.

Zithromax, Oxazepam, Codeïnefosfaat, Clomipramine, Ciprofloxacine, Salbutamol, Fluticason, Magnesium, Fexofenadine, Symbicort turbuhaler, Miconazolnitraat, Ventolin inhalatiepoeder, Omeprazol, Diclofenacatriun, Chloortalidon, Cinnerazine, Amoxicilline, Clavulaanzuur... Een gezond mens zou er ziek van worden.

Door die enorme voorraden viel het niet op dat ik af en toe een stripje oxazepam ritselde uit onze medicijnkast. Twee pilletjes per dag om de stress te onderdrukken, want ik voelde me ook steeds minder goed. Het chronisch tekort aan lichamelijke aandacht begon destructieve vormen aan te nemen. Ik had dringende behoefte aan een vrouwenlichaam. Ik wilde aan haar zitten, haar borsten strelen, haar billen voelen. Net als gisteren, de dag ervoor, vorige week en morgen. Lisa niet. Vanavond niet, gisteren niet en de afgelopen zeshonderdvijfenveertig dagen ook niet. Mijn verlangen naar tieten en seks verkeerde in alarmfase rood. Ik voelde me doodongelukkig en ik begon mijn zelf voorgeschreven medicijngebruik aan te vullen met alcohol.

Dat ontging Lisa niet.

'Mishka, je moet niet zoveel drinken,' zei ze. 'Er gebeurt nog eens iets waar je spijt van krijgt. Doe het voor mij, Mish,' smeekte ze. Niet onterecht want kort daarna ging het mis. Na een uit de hand gelopen borrel bij Drake Records was ik behoorlijk beschonken naar de andere kant van Hilversum gereden. Over drempels, stoepranden en een vluchtheuvel reed ik de bodemplaat en vier peperdure nieuwe velgen van mijn Jaguar aan gort. Wonderbaarlijk genoeg bereikte ik de studio van DJamFM zonder verdere schade aan te richten, maar op de zender was duidelijk hoorbaar dat ik straalbezopen was en het lukte me niet om twee platen fatsoenlijk aan elkaar te mixen. Dat vertelde Drakestein me een half uur later aan de telefoon. Op het feestje bij de platenmaatschappij stond de radio hard aan, dus de stilte was niemand ontgaan. En in de stilte hoor je alles. De naald kraste over het vinyl en maakte een pijnlijk geluid, om zich daarna in het centraal gelegen karton van de plaat te boren. Op de radio was het stil. De enige die het niet in de gaten had, was ik.

Isabelle haalde me op in de studio en bracht me naar Eyckenbosch. Lisa was overstuur. Ik had wel dood kunnen zijn, zei ze. En of ik enig idee had wat dat zou betekenen.

Nadat de oude Jag total loss was verklaard, kocht ik een Bentley Continental R, Mulliner Park Ward Coupé, donkerblauw met een cognac interieur. Een achtcilinder met een onweerstaanbaar geluid. Er stond 67.312 km op de teller en 398.000 gulden op het prijskaartje. Geen geld voor zo'n auto. Geld was überhaupt geen probleem, ik was *The God of House Music.* Ik draaide op de grootste feesten in alle topclubs en al mijn platen haalden de top 10.

Ik had niets tegen Lisa gezegd. Het leek me een verrassing om zonder aankondiging een Bentley voor de deur te parkeren. Met Branco had ik ook maar niet overlegd of het wel verantwoord was. Zolang de bank het krediet wilde verstrekken om ons glamourleven te financieren was er niets aan de hand.

Het was in de vroege zomer van 1997 dat we in de tuin wandelden. Dokter Rozenboom had gezegd dat het voor Lisa's conditie goed was om te bewegen en dus wandelden we twee keer per dag met Einstein naar het bos en over het landgoed weer terug naar de villa. Voor de Heilige Eik bleven we staan.

'Altijd als ik in de nabijheid van deze boom ben, voelt het of mijn moeder bij me is,' zei Lisa. 'Papa vertelde dat mijn moeder vroeger urenlang voor deze boom zat. Deze boom gaf haar kracht, zei ze.'

Blijkbaar beschikte de Heilige Eik werkelijk over bijzondere krachten, want plotseling draaide Lisa zich naar mij toe en riep: 'Ik ga met je mee naar Ibiza!'

De nieuwe medicijnen sloegen goed aan, want ze voelde zich levendig en het resultaat van de laatste controle verbaasde zelfs dokter Rozenboom. Het betekende niet dat ze niet meer veel hoestte, of dat ze het nooit meer benauwd had. En hoewel de dagelijkse lijst met medicijnen was gehalveerd, reisde er in haar handtas een mini-apotheek mee. Er gloorde weer hoop aan de horizon, want de zevenhonderd-dagen-zonder-seks-grens kwam in zicht.

Voor het eerst in twee jaar vlogen we weer samen naar Ibiza. Na een romantisch diner in Sa Capella, een restaurant in een 16e-eeuws kerkje, kwamen we tegen middernacht terug in *casa del sol*. Ik stak alle kaarsen aan en zette mijn lievelingsstuk van Mozart op, het *Requiem-Lacrimosa*. In mijn handen hield ik een doosje van glimmend kersenhout.

'Hier, voor jou.'

Lisa opende het doosje. Ze keek me aan en een traan rolde over haar wang. 'Een echte Cartier, met briljantjes. Dank je wel, erg mooi. Je geeft me tijd.' Ze zette de sieradendoos op de salontafel en pakte mijn handen vast. Ze trok me mee de slaapkamer in, begon me uit te kleden en duwde me op het bed. Daarna stapte ze uit haar hakken en liet ze haar jurkje afzakken. De extra kilo's hadden haar lichaam meer vorm gegeven. Met haar tong bevochtigde ze haar lippen. Ik was een vulkaan die op uitbarsten stond. Lisa's lichaam werkte al twee jaar niet meer mee aan het spel van genot en ik kon niet bevatten hoe zij die geestelijke kwelling van het gebrek aan lichamelijke bevrediging kon doorstaan. Ik had me kunnen vergrijpen aan gewillige meisjes, maar mijn belofte van trouw aan Lisa was onschendbaar. Het verlangen naar mijn uitverkoren liefde zegevierde over elke verleiding.

Ze trok haar slipje omlaag en ging op me zitten. Mijn vingertoppen gleden over haar rug via haar taille omhoog naar haar borsten. Haar lichaam boog voorover, ik voelde haar lippen. Ze richtte zich weer op en een strijdvaardige blik straalde uit haar zwart omlijnde ogen. Langzaam bracht ze haar heupen in beweging, maar het lukte me niet om bij haar binnen te dringen. Ze spuugde in haar hand en bevochtigde de droge plek. Daarna duwde ze me voorzichtig in haar. Het voelde ruw en branderig, haar gezicht vertrok. Zachtjes maar resoluut duwde ze zich van me af. 'Het doet pijn. Het gaat niet,' zei ze. Terneergeslagen draaide ze zich om en begon zachtjes te huilen. Ik klemde mijn arm om haar middel en kuste haar achterhoofd.

'Zo wil ik het niet meer, Mish,' fluisterde ze. 'Het spijt me.'

Dat was het definitieve einde van ons ooit zo magistrale seksleven.

Was onze liefde zuiver genoeg om zonder seks te kunnen overleven? En wat moest ik met mijn grenzeloze verlangen naar hartstocht, of was het ordinaire lust? Wat het ook was, ik verlangde ernaar en verlangen maakt je kwetsbaar.

zomer 1997

SODOM EN GOMORRA

Vol verwachting deed Drakestein het schijfje in de cdspeler en draaide het volume open. Hij liet zijn lompe lijf in de fauteuil zakken en stak een sigaret op. Zoals hij daar zat kreeg ik ineens medelijden met mijn platenbaas. Hij had een relatie met secretaresse Shirley. Zijn huwelijk met Mona stelde al jaren niets meer voor, maar scheiden was te duur en zijn kinderen belden alleen als ze geld nodig hadden. Om zijn leven wat fleur te geven, had Draak het kantoor laten kleuren door de decoratie van Versace. Een bank met opzichtige kussens, het behang, zelfs de spiegel en het servies waren van de Italiaanse kleurenkoning.

Het *Requiem* van Mozart had me op een briljant idee gebracht. Ik had de laatste en onvoltooide compositie van Amadeus tweehonderd jaar na dato verbouwd tot een housetrack. De beat begon als een spannende hartslag. Daarna dansten violen mee op het ritme en de dodenmars kwam tot leven. Draak zat onderuitgezakt en stak een tweede sigaret op. Zijn gezicht vertoonde zenuwtrekjes en zijn ogen knipperden onrustig. Met een agressieve beweging draaide hij het volume naar nul en schreeuwde: 'Wat is dit?'

'Dit is... experimenteel, vernieuwend. Classic House. Dit wordt de hit van het jaar.'

'Ik vind het niks en als ik het niks vind, wordt het ook niks! Hebbienomeer?'

Hij startte *Rock da House*. Tijdens een opzwepende nacht in de Pacha speelde een Slash-lookalike (de gitarist van Guns 'n Roses) op zijn elektrische gitaar bekende rockhits mee op de housebeats die ik draaide. De samensmelting van house en rock klonk fantastisch en het publiek ging uit z'n dak. Zo was ik op het idee gekomen. De dagen en nachten daarna experimenteerde ik in mijn studio op Eyckenbosch. Het resultaat was rauw. House met harde rockgitaren, zoals niemand het ooit eerder had gemaakt. Award winning vond ik het. Draak vond van niet.

'Die gitaren zijn kut en het klinkt ook niet gezellig. Misschien met een geil zangeresje erbij, maar die gitaren moeten er in elk geval uit!' Hij leunde achterover en keek alsof ik een enge ziekte had. 'Ben je depressief dat je van die kutmuziek maakt? Of neuk je niet genoeg?'

'Mwa,' mompelde ik.

'Wat, mwa?' brulde Draak.

'Nee.'

'Wat nee?' Hij nam een hijs van zijn sigaret en zuchtte demonstratief.

'Nee. Het gaat niet meer, komt door die ziekte.'

'Ze is toch niet ziek aan d'r kut? Luister eens pik, wat is er? Je hebt al maanden geen hit meer geproduceerd en nu kom je aan met deze rommel. En trouwens, ik hoor dat jij met mensen praat.'

Het was in *de business* geen geheim dat mijn contract met Drake Records aan het einde van dat jaar afliep, dus het was niet vreemd dat ik werd benaderd door mensen die eens een praatje met mij wilden maken.

'Daar ben ik niet zo blij mee,' zei Drakestein. 'Ik dacht dat wij mekaar konden vertrouwen, mannetje Kamadef?'

'Waar maak jij je nou druk over? Wat ik ook produceer, jij vindt het niks. Overal dansen tienduizenden mensen nachtenlang op mijn muziek, maar de grote meneer Drakestein vindt het allemaal kut! Dus wat maakt het jou uit met wie ik praat, of mag ik ook al niet meer praten?'

Door mij was de kassa flink gaan lopen voor Drake Records, maar Drakestein kon niet uitstaan dat ik altijd meer aandacht kreeg dan hij.

'Ik heb je ontdekt, vergeet dat niet!' riep hij dan, zodat iedereen het kon horen. Er ging geen dag voorbij zonder die woorden: 'Die Kamadef heb ik groot gemaakt.' En ik had een contract, dankzij hem had ik een contract, maar dat liep over een half jaar af.

'Ja, misschien ben ik de laatste maanden wat minder gezellig. Wat denk je, Draak? Ik leef dag-en-nacht met een vrouw die ziek is, doodziek.'

Zonder me aan te kijken liep hij de kamer uit en hij riep: 'Ik ga pissen.'

Omdat mijn gevoel bij Drakestein steeds slechter werd, belde ik Rakhi Bandhan. We spraken af op Ibiza. Ik liet hem *Requiem d'Amore* en *Rock da House* horen. Hij vond het te gek en wilde beide tracks in Engeland uitbrengen op Buddhisque. Via een licentiedeal die hij had met Strictly Rhythm in New York was er zelfs een mogelijkheid dat mijn muziek in Amerika zou worden gereleased. We spraken acht procent royalty's af.

'Geen contract,' zei Rakhi. 'We hebben een afspraak en *one way or the other*, daar krijgen wij nooit discussie over. Als je een man niet kunt vertrouwen op zijn woord, is zijn handtekening op papier niet meer dan een bevestiging daarvan.'

Hij gaf me een hand en we omhelsden elkaar. We hadden een deal.

'Heb je last van obstipatie?' vroeg dokter Rozenboom toen we voor de driemaandelijkse controle een bezoek brachten aan het AZU. Het was voor het eerst dat ze vroeg hoe het met haar darmen ging en Lisa's antwoord verbaasde me. Daar had ze tegen mij nooit eerder iets over gezegd.

'Hm, ja, op de foto's is het niet heel duidelijk, maar ik wil voor de zekerheid toch even een echo laten maken. Ga maar even langs bij de poli, dan kunnen we het beter zien,' zei Rozenboom.

Een jongeman met een dun snorretje, die zich gedroeg als een zuster, verwelkomde ons.

'Mevrouw Kamadev, komt u hier maar lekker liggen.' Hij bekeek het formulier dat Lisa hem had overhandigd. 'Eens even kijken, een echootje,' zei hij met een te blij gezicht.

'Zijn we zwanger?'

'Zie ik eruit alsof ik zwanger ben?'

'O nee, sorry, mevrouw, ik zie het al. U heeft last van wat dwarsliggende darmpjes.' Hij lachte verontschuldigend, maar hoe aardig hij het ook bedoelde, Lisa en ik waren er niet voor in de stemming.

'Het voelt niet goed,' zei ze toen we terugliepen naar de longafdeling en ze hield haar beide handen tegen de onderkant van haar buik. Ineens kneep ze haar ogen dicht en begon heftig te puffen. Ze sprintte naar het dichtstbijzijnde toilet en kwam daar niet meer van af. Ik liep alvast door naar de wachtkamer. Even later kwam Lisa binnenlopen alsof ze een kwartier rondjes door het ziekenhuis had gerend, zweetdruppels gutsten van haar hoofd.

Terug aan het doktersbureau bekeek Rozenboom de resultaten van de echo op haar scherm. Ze reageerde niet veelbelovend.

'We kunnen een coloscopie doen, maar zo'n onderzoek is nooit prettig en het probleem is wel duidelijk. De afvoergangen van de alvleesklier raken steeds meer verstopt en dat zorgt voor een verstoring van de spijsvertering. Het probleem is dat er een bepaald eiwit ontbreekt dat de slijmproductie dun moet houden, daardoor wordt het slijm taai en werkt de vetopname in de darmen ook minder goed. Nou ja, dat voel je dus, want de ontlasting is uitgedroogd en hard, waardoor het moeilijk door het darmkanaal en door de anus kan worden geperst. En als de verstopping loskomt, volgt er daarna altijd een flinke diarree.'

Sinds Rozenbooms constatering van de obstipatieproblemen kreeg Lisa steeds meer last van buikpijn, maagpijn en darmkrampen, waardoor ze uren op het toilet kon zitten. Om die reden installeerde ik een tv in de badkamer, zodat ze haar momentjes op de poepdoos wat kon veraangenamen. Het leek wel of de ontlasting zich met klauwen vastklemde in haar achterwerk. Alles zat muurvast in haar darmen, of de uitgang zat verstopt door een harde prop die eruit floepte, waarna de rest er als een waterval uit spoot. En dat gebeurde meestal niet als er een toilet in de buurt was. Uit voorzorg droeg ze altijd een XXL maandverband in haar onderbroek, maar in de praktijk bleek dat slechts een zandzak bij een dijkdoorbraak.

Lisa werd er niet vrolijker op. Afgezien van nieuwe pillen en molaxole die de stoelgang wat zouden vergemakkelijken, schreef dokter Rozenboom een dagelijkse dosis prozac voor. Een antidepressivum, want van al die pillen en je elke dag volkomen kut voelen word je niet vrolijk. Die prozac was voor mij een welkome aanvulling op de oxazepam en in combinatie met een paar glazen wodka per dag kon ik mijn gemoedsschommelingen een beetje onderdrukken. Onze medicijnkast deed niet meer onder voor een apotheek en tussen de enorme voorraden viel het niet op dat ik zo nu en dan eens iets voor eigen gebruik in beslag nam.

Drakestein wilde met me praten. Onze laatste aanvaring zat hem dwars, dus werd ik verzocht me op kantoor te melden bij de grote platenbaas. Een chic geklede man met kort golvend grijs haar en een streng gezicht begroette me vriendelijk toen hij het kantoor van mijn platenbaas verliet en ik naar binnen liep.

'Wat vind je van m'n nieuwe gordijnen? Origineel Versaatsie,' zei hij met een grijns en hij stak een sigaret op. 'Zo, meneer Kamadef. Hoe is het met je meissie?'

'De dokter vindt dat we meer anale seks moeten hebben om haar darmen wat meer in beweging te houden.'

'Humor, Kamadef, de humor is weer terug, dus het gaat beter, begrijp ik. Ik denk dat het goed is dat wij het eens over onze toekomst gaan hebben. Hé, slettebek!' schreeuwde Draak en twee tellen later kwam secretaresse Shirley de kamer binnen huppelen. Zo kwam ik op de titel voor een nieuwe track: *La Parada de Tettas*. Het was infantiel, maar ik wist dat Draak het een kneiter van een titel zou vinden. Drakestein had zijn eigen vocabulaire en daarin was kneiter synoniem voor een supergrote hit.

'Shirley, kijk eens wanneer ik met onze superster mee kan naar een leuk plekkie.' Daarna keek hij naar mij en vroeg: 'Draai jij over twee weken niet in Boedapest?' Zijn ogen glunderden met die befaamde blik waaruit sprak dat hij iets wist wat ik nog niet wist.

Op 12 juli zou ik draaien in The Opera, een Colosseum uit de oudheid dat nu gebruikt werd als openluchttheater, waar twintigduizend man zich zou verzamelen voor *The Midsummernight Passion Party*. Draak besloot mee te gaan, zodat we onderweg in een ontspannen omgeving over de toekomst konden praten. Shirley boekte het Four Seasons Gresham Palace. Zoals de naam al deed vermoeden, een paleis van een hotel met een schitterend uitzicht over de Donau en de befaamde Kettingbrug, die de twee oevers van de Hongaarse hoofdstad met elkaar verbindt.

Toen ik aan Isabelle vertelde dat Draak het weekend met mij meeging, zei ze dat zij ook wel mee had gewild. 'Als oppasjuf,' grapte ze met een knipoog. 'Want jij kunt volgens mij wel een oppeppertje gebruiken.' Maar Isabelle bleef thuis, als oppasjuf voor Lisa.

Voorafgaand aan het optreden in The Opera gingen Drakestein en ik dineren in een restaurant waar hij vaker was geweest. Alle chic geklede gasten keken verbaasd op toen wij door een heer in driedelig zwart met een vlinderdas naar onze tafel werden begeleid.

We begonnen met champagne. Voorafgaand aan optredens dronk ik nooit, maar die avond kon het geen kwaad, meende ik. Zeker niet nu ik met mijn dikke platenbaas op stap was voor zaken, maar over die zaken spraken we niet en ook niet over de toekomst. Ik kreeg er de kans niet voor, Draak praatte aan één stuk door.

'Je gaat gewoon niet weg, begrijp je. Ik wil niet dat je weggaat,' riep hij. 'Je heb het toch naar je zin bij mij? Nou dan.' Hij keek erbij alsof hij op iets heel vies zat te kauwen wat hij niet kon doorslikken, maar dat kon het niet zijn, want het diner was formidabel. Als voorgerecht aten we kaviaar en op advies van de sommelier dronken we een witte Tokaji Esszenciaen 1983. Daarna schonk Draak bij het traditionele hoofdgerecht een magnum Egri Bikavér Superior leeg. 'En als je wel bij me weggaat...' Hij spoelde zijn laatste hap gulyás weg met een slok Pálinka. '... krijg je daar spijt van. Daar zorg ik wel voor.' Dat waren de zaken. Daarna ging het weer over de gebruikelijke dingen. Kontneuken, pijpen, beffen en het kind van Shirley.

Iets voor middernacht stond ik backstage te wachten tot ik op moest. Tussen de gordijnen van het decor door zag ik de laserlichtshow beginnen. De vibratie van het publiek ging dwars door me heen, de energie was enorm. Die spanning voor een optreden was er elke keer en dan de ontlading als mijn aankondiging klonk: *'From Amsterdam, The God of House Music, ladies and gentlemen, DJ Kamadev.'*

Toen ik op het podium stond gingen er veertigduizend armen de lucht in. Ik was de koning van het nachtleven, maar mijn koningin zat thuis, waarschijnlijk op de poepdoos. Hoewel ik niets kon veranderen aan haar ziekte, reisde mijn schuldgevoel overal met me mee, waardoor ik nooit écht voor de volle honderd procent kon genieten van het moment.

La Parada de Tettas draaide ik die avond voor het eerst. Een toepasselijke plaat.

Draak vermaakte zich kostelijk op de dansvloer tussen schaars geklede jonge meisjes. Bij het horen van *La Parada de Tettas* stak hij een duim omhoog, zijn andere hand bewoog onder een kort rokje. Dat ik *Rock da House* ook draaide, haalde zijn bewustzijn niet meer. Elektrische gitaren scheurden door de enorme geluidsinstallatie en twintigduizend uitzinnige Hongaarse feestbeesten gingen hysterisch tekeer. Op dat ogenblik voelde ik me werkelijk *The God of House Music.*

Drakestein was de uitvinder van de midlifecrisishouse, alleen wist hij dat zelf niet. Bij elke goeie nieuwe plaat die ik maakte moest het altijd een beetje minder van dit en iets meer van dat, of er moest nog een geil zangeresje bij. En zo werden de meest geweldige underground clubtracks in opdracht van de chef afgeleukt.

'Luister eens naar hoe Mondino dat doet, dat klinkt tenminste gezellig,' zei Draak een keer, nadat hij de zoveelste demo van mij had afgekeurd. Mickey Mousedisco was het, die muziek van Max Mondino. Maar goed, het waren wel allemaal hits. Zijn nieuwste act noemde hij Los Bollinos, twee meiden met neptieten.

Midden in de nacht was ik klaar met mijn optreden en na een overweldigend applaus pakte ik mijn platenkoffers. Nadat tientallen lieftallige meisjes met mij op de foto waren gegaan, kwam Draak aanlopen met aan beide armen een schaars geklede jongedame.

'Deze *tettas* willen met je op de foto en daarna gaan we,' riep hij. Als in een bankschroef werd ik tussen vier tieten geklemd en net toen Draak de foto maakte duwden die meiden hun opgespoten lippen tegen mijn wangen.

'Hé, LoveJunkie, ik ben blij met die nieuwe plaat van je, eindelijk weer een hit,' zei hij in de limousine onderweg terug naar het hotel. 'Kneiter van een titel ook, Tettááás!' Hij hield de D-cup van die sloerie naast hem in zijn handen. Ik draaide mijn hoofd en keek naar de schitterend verlichte bruggen over de Donau. Het Gresham Palace zag er bij nacht nog indrukwekkender uit dan overdag. De conciërge knikte vriendelijk toen we de limo uitstapten. Ik lachte vriendelijk terug en maakte een verontschuldigend gebaar. In de hotelbar was het nog een levendige boel. Draak bleef staan en brabbelde met een dubbele tong: 'Waar hei jij zin in?' Hij keek wezenloos. Ik vermoedelijk ook, want ik voelde me plotseling op het verkeerde moment op de verkeerde plek.

'Waarom denk je dat we hier zijn? Dit is het Sodom en Gomorra van Oost-Europa.'

Toen pas drong het tot me door waarom Draak mee wilde naar Boedapest, niet om over onze toekomst te praten.

'De lekkerste jonge meisjes. Heerlijk strak en ze doen alles wat je wilt. Je mag er ook twee nemen als je dat spannend vindt.' Hij moest natuurlijk wel goed voor zijn sterren zorgen, voegde Draak eraan toe en hij verdween in de richting van de conciërge.

Daar stond ik, alleen op de wereld in de bar van een chic hotel. Ik was eraan gewend om alleen in luxe hotels rond te hangen, ik voelde me er thuis zoals een zwerver achter het Centraal Station. Ik was ook een zwerver, ik sliep vaker in vreemde bedden dan in bed bij Lisa, maar op dit moment voelde ik me eenzaam en verlangde naar mijn zieke vrouw.

Zijn rood doorlopen ogen en grote zwarte pupillen maakten duidelijk dat Drakestein meer dan voldoende had gesnoven om los te kunnen gaan. En ik? Wat ging er met mij gebeuren? Ik stapte de lift in naar de suite op de bovenste verdieping. Allemaal op kosten van mijn genereuze platenbaas. Ik kleedde me uit en ging in een badjas van het hotel op de satijnen sprei liggen. Omdat ik niet zo goed wist wat ik moest doen, zette ik de televisie aan en ik zag dat het bijna drie uur was. Breaking news op CNN, zoals altijd. Gianni Versace was vermoord voor zijn huis in Miami, doodgeschoten door een freak, die mogelijk niet eens wist dat hij de grote modekoning het zwijgen had opgelegd. De kogel was nog heet, maar CIA, FBI en CNN konden al met zekerheid zeggen dat het om een seriemoordenaar zonder motief ging. Kort daarna ging het gerucht dat liefdesverdriet van een afgewezen schandknaap de kleur uit het leven van de Italiaanse kleermaker had doen vervagen. Hoe dan ook, die ouwe was dodelijk geraakt en mijn hart stond ook even stil.

Er werd geklopt.

Het was niet eerder in mijn seksbeluste brein opgekomen, betaalde liefde met een dame die ik nog nooit had gezien? Het is natuurlijk ook geen liefde. Mijn hand trilde richting de deurknop, maar de zenuwen verloren de strijd om de bestelling onverrichter zake te laten wederkeren. Een meisje van een jaar of twintig stapte over de drempel.

'Rrroom-servies,' lachte ze onschuldig, gevolgd door een sensueel *'szervusz!'*, goedenavond in het Hongaars. Wat klonk dat geil, of kwam dat doordat ze er zo betoverend uitzag? Haar lippen waren rood, haar ogen donker en omlijnd met dik zwart potlood. Ze danste door de balzaal als Assepoester die in haar eigen sprookje verzeild was geraakt. Zwijgend keek ik toe en in de levensgrote spiegelwand zag ik een klunzige vertoning van mezelf. De jongedame nam plaats op de rand van het bed en trok haar zwarte laarzen uit. Een rusteloos onderbuikgevoel overviel me. Het meisje keek rond, lachte stout en verlegen en zei toen: *'Where you frum?'*

'Euh, Amsterdam.'

'You maa-ried?'

Het zou eerlijk zijn om de waarheid te spreken, maar ik zei niets.

'No girlfriend?' Haar argwanende glimlach liet doorschemeren dat ze gewend was aan een minder geloofwaardige versie van de waarheid.

'My wife is dying.'

Ik lag in een hotelkamer die de sfeer ademde van een middeleeuws kasteel, met tegenover me een goddelijk mooi meisje, discreet gekleed in een zwarte jurk. Een meisje dat ik nog nooit had gezien en na vannacht ook nooit meer zou zien. Zou haar moeder weten dat ze dit deed? Ze was één brok schattige geilheid, maar ik voelde me schuldig, tegenover Lisa en tegenover dit meisje, ik kende haar naam niet eens. Ik kon dit prachtige poppetje hier toch niet zomaar gaan neuken, omdat die dikke plofkop een stapel bankbiljetten in haar poezelige vingertjes had gepropt?

'Dying?' vroeg ze alsof ze het niet goed had begre-

pen. Door het Hongaarse accent klonk haar Engels charmant. Ze studeerde geschiedenis, zei ze. Dit werk deed ze erbij om haar studie te kunnen bekostigen en om voor haar familie te zorgen. Die familie bestond uit haar moeder, haar oma, een jonger broertje en twee zusjes. Haar vader was verdwenen en haar moeder verdiende niet genoeg om het gezin te kunnen onderhouden. Vroeg niemand zich dan af hoe zij aan zo veel geld kwam? Maar die vraag stelde ik niet.

'Waarom geschiedenis?' vroeg ik. 'Het verleden verandert toch niet meer.' Maar volgens Anastazia bepaalde het verleden de toekomst.

'Elke beslissing die je nu neemt en alles wat je nu doet behoort straks tot het verleden, maar de consequenties van elke handeling zijn bepalend voor elke dag die volgt.'

Anastazia was vierentwintig, ze leek jonger, ze klonk ouder. Als twee verliefde tieners lagen we op onze rug te staren naar het beschilderde plafond. We fantaseerden hardop over onze toekomst. Haar droom was een vrij leven, vol liefde, met kinderen en een man die altijd van haar zou houden, een man die haar geborgenheid zou bieden. Een beetje klef, maar diep vanbinnen is dat toch de stilzwijgende wens van ons allemaal, een beschermende en liefdevolle thuishaven.

'Lisa is the love of my life.' Dat klonk ook klef, maar misschien is de waarheid wel drassig en is het daarom dat we er soms als drijfzand worden ingezogen.

Ik vertelde dat ik pas twee keer echt verliefd was geweest, op Lotte en op Lisa, en dat ik met niet meer dan drie verschillende vrouwen het liefdesspel had gespeeld. En dat we door Lisa's gezondheid al twee jaar geen intimiteit meer met elkaar deelden.

Door de muur heen klonk uit de kamer naast ons een heftig gekreun, met als finale een symfonie van zeer luid gegil. Het geluid van twee dames die deden alsof ze klaarkwamen op die dikke platenbaas van me. Anastazia en ik lagen zeker al een uur op bed te praten.

'Ai laikè you.' Ze keek zo lief en treurig tegelijk dat ik smolt. Ik voelde iets wat leek op die keer dat ik Lisa voor het eerst zag op het tuinfeestje van mijn platenbaas. Of wilde ik dat geloven, om te rechtvaardigen wat ik hier deed? Het was niet alleen haar onschuldige voorkomen. Ik besef dat een meisje dat zich – al dan niet gedwongen – laat betalen voor seks niet direct geassocieerd zal worden met een onschuldig voorkomen, maar het voelde zuiver en puur.

Mijn aandacht werd getrokken door iets tussen haar benen. Een litteken, een brandwond, nee, meer een soort brandmerk. Een paar centimeter groot, in haar lies, alsof iemand opzettelijk een brandmerk in haar huid had aangebracht. Toen ze mijn onderzoekende blik bemerkte, dimde ze het licht zodat het net niet helemaal donker was en kwam tegen me aan liggen. Ook al helen de wonden, de littekens van het leven blijven zichtbaar. Die gedachte werd verstoord door haar vingers, waarmee ze door mijn haar friemelde. Langzaam gleed haar hand over mijn borst naar beneden, mijn adem stokte. Jezus, Mish, niet doen. Ik probeerde Lisa voor een ogenblik uit mijn gedachten te bannen. Niet doen, niet doen. Te laat. Vergeef me. Ik sloot mijn ogen, ze voelde als Lisa.

Kerkklokken verbraken de stilte die de nacht had achtergelaten. Door de vitrage scheen het daglicht opgewekt naar binnen. Ik staarde naar de schilderingen op het plafond. De heiligen keken op ons neer. Moeder Maria, de engelen en de man met het kruis op zijn rug, de man die al mijn ellende even op zijn schouders droeg.

Ik pakte mijn telefoon van het nachtkastje. Het was kwart over acht, ik had twee nieuwe berichten.

03.23: Kan niet slapen. Zit al een uur op de wc. Gaat het wel goed met je?
04.16: Je voelt zo ver weg. Ik mis je, kus. X

Onder het laken wreef een klein voetje over de mijne. Ik legde mijn mobiel weer op het kastje en draaide mijn hoofd naar links, daar lag een lief koppie met korte blonde krullen. Ze deed haar ogen een klein beetje open en toverde een glimlach op haar gezicht.

'Ello mai prince.' Ze drukte haar fragiele lichaam tegen me aan en klemde haar armen en benen om me heen. Zo poseerden we een tijdje als stilleven. Ik schilderde het moment in mijn geheugen. Zes uur geleden had ik nog geen notie van haar bestaan, en tussen het duister van de nacht en het ontwaken van deze nieuwe dag waren onze lichamen en zielen versmolten tot een momentje van zaligheid. Ik keek naar Maria met het kind in haar armen en vroeg God om genade.

'You are special,' zei ze. *'You believe in God?'*

Een uur later zat ik met Anastazia in een kerk. Ze was gekleed in de halflange zwarte jurk die ze ook aanhad toen ze mijn hotelkamer binnenstapte. Een doorschijnende zwarte sjaal bedekte haar hoofd en schouders. Door de kledij van de andere kerkgangers waande ik me in de vervlogen tijd van keizerin Sisi.

Na afloop van de mis brandde ik twee kaarsjes, Anastazia stak er ook een aan.

'Things always happen for a reason,' zei ze zacht. Ik sloeg mijn armen om haar heen en legde mijn hoofd op haar schouder om mijn tranen te verbergen. *'I will never forget you,'* fluisterde ik met mijn lippen tegen haar oor. *'Never.'* Bij het afscheid maakten we een afspraak. *'Maybe, one day,'* antwoordde ze. *'If it's in God's plan, we'll meet again.'*

juli-augustus 1997

GEDONDER

'Fijn dat je weer thuis bent.' Ik omhelsde Lisa en hield haar stevig vast.

'Ik heb je zo gemist,' fluisterde ze in mijn oor. Mijn blik dwaalde af naar het schilderij van haar moeder aan de muur. *'Ik weet wat jij gedaan hebt,'* zeiden die ogen.

Ik schrok en liet Lisa los.

'Is er iets?'

Met mijn blik nog steeds op het schilderij gericht liep ik naar het tafeltje met de karaffen naast de Bösendorfer en schonk een glas vol met wodka.

'Ik ben in de kerk geweest vanochtend.'

'In de kerk? Had je wat op te biechten?'

'Hoezo?'

'Je was in een kerk.'

'God wilde even met me praten.'

'Was het zo erg?' Ze lachte.

Ik vertelde Lisa dat Boedapest een onvergetelijke indruk op me had gemaakt en dat het optreden in The Opera fantastisch was. '*Parada de Tettas* is een knaller!'

'Heb je het opgelost met Draak?' vroeg ze. Ik was alweer vergeten dat Drakestein naar Boedapest was meegegaan om over zaken en over de toekomst te praten.

'Nee, eigenlijk niet.'

'Je kijkt tenminste weer blij.'

Ik was verliefd op een Hongaars meisje dat in de volksmond een hoer wordt genoemd, zo omschrijf ik het zelf liever niet. Het verwarde me. Niet dat ik verliefd was op een meisje dat haar lichaam voor geld aanbood, wel dat ik iets voelde voor een andere vrouw.

'Is er echt niks? Ik zie toch hoe je al een tijd met jezelf worstelt. Er is iets met je.'

'Ben jij nog verliefd op mij?'

'Manneke, wat ik voor jou voel gaat oneindig veel verder dan verliefdheid. Mijn liefde voor jou is onaantastbaar, wat er ook gebeurt.'

Onaantastbaar genoeg om te vertellen dat ik verliefd was? Onschuldig verliefd op een meisje dat ik nooit meer zou zien? Het meisje dat had vervuld waarnaar ik al twee jaar zo had gesmacht.

'Waarom zit jij jezelf zo in de weg? Jij bent op zoek naar wat je allang hebt gevonden, maar je ziet het niet. Jij wilt dat alles altijd mooier is dan het is.'

Lisa liep naar de boekenkast achter de Bösendorfer en voorzichtig haalde ze een lederen kaft tevoorschijn. Ze bladerde door de vergeelde pagina's en begon voor te lezen.

'***De legende van Romanticus.*** *Met een begeerte naar schoonheid verlangde Romanticus naar liefde en hij zocht zijn hele leven. Maar feitelijk wilde hij niet vinden, het smachten was zijn doel. Hij streefde naar het onbereikbare en telkens wanneer zijn verlangen werd vervuld, viel het immer tegen. De gedachten van Romanticus vulden zich vaak met zwaarmoedige gevoelens, waardoor hij zichzelf de weg versperde tot zijn geluk. Romanticus richtte zich veelal op zijn eigen innerlijk en was zich niet bewust van zijn zelfbeeld. Vele gedachten sprak hij nooit uit, waardoor hij moeilijk was te doorgronden. Zijn stemmingswisselingen waren on-*

gemakkelijk en maakten hem onbegrepen. Na een levenslange zoektocht maakte de dood een einde aan zijn lijden en schonk hem eeuwige liefde.'

Ze sloeg het boek dicht en raakte me met een trieste blik. 'Dit ben jij, Mish. Jij bent Romanticus, een onmogelijke romanticus.' Ze schudde haar hoofd en in haar ogen herkende ik een vleugje wanhoop.

'Als ik dood ben, ben jij verlost. Misschien dat je dan inziet hoeveel ik van je hou.'

Op de begrafenis van Gianni Versace verschenen veel bekende personen, onder wie prinses Diana en Elton John.

'Belachelijk! Belachelijk is het, dat ík níet ben uitgenodigd voor die begrafenis!' schreeuwde Drakestein vanuit zijn kamer. Secretaresse Shirley gebaarde dat het niet het juiste moment was om naar binnen te lopen, maar het zat me dwars dat er nog steeds iets in de lucht hing wat we niet hadden opgelost.

Toen ik naar binnen liep hing Draak in de gordijnen te tieren, maar niet lang. De hele flikkerse boel donderstraalde naar beneden en toen lag mijn platenbaas begraven onder het bloemetjesgordijn en een flinke laag kalk. Dat plafond was goed vernacheld. Die dikke krabbelde op, klopte het stof van zijn lompe lijf en zag toen pas dat ik in de deuropening stond.

'Heb jij ook nog wat te zeiken?'

'Zeker! Luister, Draak, Rakhi Bandhan heeft mij een artiestencontract aangeboden op Buddhisque,' zei ik om maar direct met de deur in huis te vallen.

'Die pisnicht met z'n Engelse homolabel, die zweefteef, die...?'

Draaks gezicht vertoonde een mix van zenuwtrekjes.

Om nog wat olie op het vuur te gooien riep ik: 'Die

zweverige pisnicht was wel op de begrafenis van die ouwe kleermaker.'

Er was geen enkele reden om dat te melden, en waarschijnlijk was het ook niet zo, maar het effect was wel geestig. Draak pakte de Versace-vaas van tafel en smeet die zo hard tegen de muur dat de spiegel eraf donderde. Daarna pakte hij de kopjes van het Italiaans designservies en gooide die stuk voor stuk aan diggelen.

'Laten we er even rustig bij gaan zitten,' zei hij. Tussen de scherven van de kopjes en de spiegel, de afgebrokkelde ornamenten van het plafond en het bloemetjesgordijn, gingen we tegenover elkaar aan tafel zitten.

'Zeg, superstar, vertel effe aan je grote platenbaas wat er aan het handje is.'

'Ik sluit een artiestencontract met Buddhisque voor mijn DJ LoveJunkie-platen. Als producer, dus als Mishka Kamadev, blijf ik alle andere projecten voor jou produceren.'

Rode vlekken kleurden Drakesteins hals. 'Dat kan niet, je hebt een contract.'

'Dat loopt over vier maanden af. En hoezo kan ik niet met twee platenmaatschappijen een deal hebben? Jij moet eens een beetje ruimdenkend worden. Hoe bekender ik straks ben in de rest van de wereld, hoe beter dat ook voor jou is.'

Hij stak een sigaret op en blies de rook als een dolle stier door zijn neus. Hij kreeg altijd rode vlekken in zijn hals en op zijn wangen als hij zijn zin niet kreeg. Zijn lippen maakten al rare bewegingen en hij knipoogde onophoudelijk.

'Luister, Draak, alle nieuwe tracks die ik de laatste tijd heb geproduceerd wil jij niet uitbrengen. Dus als jij er toch niets mee wilt, wat is dan het probleem?'

Hij had nog steeds geen woord gezegd. Hij zoog zo heftig aan de sigaret dat de kop roodgloeiend werd. Zijn eigen kop was ook rood aangelopen en zijn wild uitgegroeide neusharen bewogen als duingras bij een noordwesterstorm. De rook kwam uit zijn oren.

Mijn contract had ik eind 1994 met drie jaar verlengd en liep eind dit jaar af. Toen ik mijn eerste wurgcontract tekende was ik zo blij als een kind. De grote meneer Drakestein bood mij een contract aan, onderhandelen behoorde niet tot de mogelijkheden. Het zou niet eens in me zijn opgekomen, ik had zelfs geld toe willen geven voor die platendeal. Maar drie jaar later was alles anders. Samen met Max Mondino was ik de kaskraker van Drake Records en ik vond dat ik recht had op meer dan de vier procent aan royalty's die ik overhield aan de platenverkoop. Met tegenzin verdubbelde hij mijn percentage van de opbrengst, maar toen ik ook vroeg om meer creatieve vrijheid en of ik mijn eigen label mocht oprichten onder de paraplu van Drake Records, explodeerde de grote platenbaas. Een motie van wantrouwen noemde hij het en vanaf dat moment werd onze onderlinge verhouding steeds grimmiger, wat hij voor de buitenwereld verborgen wist te houden, want ik was zijn goudmijn, dus hij wilde niet van mij af, en ik was loyaal. We konden niet meer met maar ook niet zonder elkaar. Althans, dat laatste dacht ik lange tijd. En niemand haalde het in zijn hoofd om ruzie te maken met de grote Drakestein, daar waren al te veel slachtoffers door gevallen.

'Dus nu ik je groot heb gemaakt, ga jij bij die Rakhinicht de mooie jongen uithangen? Alsof hij de sultan van de platenwereld is.' Hij stak een sigaret op. Het was al zijn derde in de paar minuten dat ik aan tafel zat.

'Ik ga niet bij je weg, ik wil alleen de voorwaarden van onze zakelijke samenwerking herzien.' Dat ik mijn contract wilde uitdienen en dat ik ook daarna voor Drake Records wilde produceren, kwam niet meer aan.

'Meneer Kamadef, jij hebt helemaal níks te willen.

Zonder mij was jij nu nog steeds helemaal niks. Niks, hoor je! Ik heb je ontdekt, jij bent van mij! Ik heb je de kans gegeven, en na al die jaren, na alles wat ik voor jou gedaan heb, is dit wat ik ervoor terugkrijg?'

Draak was aangeslagen, geraakt, zoals ik hem nooit eerder gezien had.

'Zal ik dat zieke vrouwtje van jou eens vertellen dat jij na al die nachtelijke avonturen van je kleine meisjes uit elkaar ligt te trekken? Of kan ze beter zelf in de bladen lezen dat meneer de lafjunkie een hoerenjong is?'

Het was geen loos dreigement. Hij stak een vierde sigaret op en draaide zijn stoel naar het raam, hij keek me niet meer aan, nooit meer.

De volgende dag stond er een deurwaarder op de stoep met een dagvaarding.

Ik zat in de serre en keek voor me uit. Zo zat ik al twee dagen. Lisa kwam naar me toe en vroeg wat er was. Ik vertelde over de aanvaring met Draak en liet haar de dagvaarding zien waarin stond dat Drake Records mij – op grond van onze productieovereenkomst – verbood om voor andere platenmaatschappijen, Buddhisque specifiek benoemd, platen te produceren. Nadat ik de tekst een keertje of tien had gelezen constateerde ik buikpijn, hartritmestoornissen en ademnood. Voor elke overtreding eiste Drakestein een miljoen.

De eerste oplage van *Rock da House* was door Buddhisque geperst en lag in Londen klaar om naar de winkels verzonden te worden. De track zou twee weken later uitkomen in de UK, maar dat feestje ging niet door. Op maandag 15 augustus stond de zaak Drakestein-Kamadev op de rol van de rechtbank aan de Parnassusweg in Amsterdam.

'Het is jammer dat papa dood is,' zei Lisa. 'Hij had je het beste kunnen verdedigen.'

Ze belde Tjebbe Dubois voor me. Hij was opgeleid door haar vader en was volgens Lisa de beste advocaat die ik kon krijgen. Ik belde Rakhi en vertelde dat de release van *Rock da House* tot nader order uitgesteld moest worden. De spanning maakte me gek. Ik had dringende behoefte aan seks, vrouwenhanden en -lippen. De wetenschap dat de vervulling van die wens niet binnen handbereik lag, maakte me helemaal krankzinnig. Ik schonk een glas vol wodka en ging op het bankje in de tuin zitten, mijn blik op oneindig. Bij het derde glas kwam Lisa naast me zitten. Ze sloeg een arm om me heen en vroeg of ik niet zoveel wilde drinken.

'Heb je d'r last van? Heb jij er last van dat ik drink, of zou ik er meer last van hebben dat jij nooit eens wil neuken?'

'Nou, da's duidelijk.'

'Sorry, Lies, zo bedoelde ik het niet.' Ze stond op en ging tegenover me staan.

'Als jij zo nodig moet neuken, dan moet je dat doen. Meisjes genoeg die niet ziek zijn. En als jij niet met mij kunt leven, meneer Kamadev, dan moet je bij me weggaan. Het spijt me dat ik ziek ben en die paar jaar dat ik er nog ben wil ik zeker geen beperking voor je zijn. Ga jij maar neuken, zorg er alleen voor dat je zo'n wicht niet zwanger schopt!'

De tranen stonden in haar ogen.

'Lies, sorry, ik bedoelde het niet zo. Ik ben een beetje gestrest door die rechtszaak en ik heb al maanden geen nieuwe plaat uit.'

Huilend klampte ze zich aan me vast.

'Mish, ik maak me zorgen. Om jou. Wat is er? Je lijkt wel ontspoord. Ga alsjeblieft met dr. Freudi praten.'

Het gesprek met dr. Freudi was vertrouwelijk en kende een beroepsgeheim, dus daarover kan ik niet uitweiden, en hij ook niet.

Drakestein was zelf niet komen opdagen. Hij had de man gestuurd die ik wel eens bij hem op kantoor had gezien. De grote man in het strakke pak. Hij droeg altijd een koffertje in zijn hand en hij keek vriendelijk. Hij was er niet vaak, maar wanneer hij er was kon je de geheimzinnigheid voelen. Secretaresse Shirley gedroeg zich altijd anders als hij met Draak op kantoor zat.

Toen ik al een tijdje met Tjebbe Dubois zat te wachten in de hal van de rechtbank kwam hij de wachtruimte in lopen. De man met het koffertje en zijn gladgestreken haren stelde zich voor als Hendrik-Jan Stibbe, van Voorhoudt, Stibbe & Van Breugel Advocaten. Hij hield mijn hand langer vast dan ik nodig vond en hij keek niet meer vriendelijk.

Even later zat Drakesteins advocaat links van ons in de rechtszaal. Ik vond het vreemd dat je een kort geding tegen iemand kon aanspannen zonder daar zelf bij aanwezig te zijn.

Het zag er anders uit dan op de televisie. Het was een soort leeg klaslokaal met vooraan een lange tafel en daarachter twee rechters in een zwarte jurk. Ik vond het doodeng, alsof ik veroordeeld kon worden tot levenslang.

Nadat de rechter de zitting had geopend, begon Don Corleone mij af te schilderen als een ontoerekeningsvatbare en staatsgevaarlijke crimineel, die voor minimaal duizend jaar achter slot en grendel zou moeten verdwijnen, maar zijn cliënt volstond met de nakoming van de bestaande overeenkomst en een exclusieve verlenging daarvan. Plus het verbod dat ik zou produceren voor derden, op straffe van een miljoen gulden per overtreding. De Don haalde een pistool uit zijn binnenzak en zette de loop tegen mijn voorhoofd, zijn vinger aan de trekker. De rechter zag het niet en gaf mijn advocaat de mogelijkheid om mijn lijden nog iets te verlengen.

Tjebbe Dubois kende ik tot dat moment niet anders

dan als een aardige vent, maar in zijn toga transformeerde hij tot een meedogenloze vechtkunstenaar. Hij toonde geen emotie toen Hendrik-Jan Stibbe (van Voorhoudt, Stibbe & Van Breugel Advocaten) levend werd begraven. Tjebbe maakte in een paar prachtige volzinnen duidelijk dat Corleone zich niet juist had ingelezen, dat zijn zaak was gegrond op een ondeugdelijke overeenkomst, en dat hij zich vooral had blindgestaard op de eenzijdige mening van zijn cliënt. Daarnaast vond de rechter het ongepast dat de eisende partij niet in persoon was komen opdagen en noemde zij de dwangsom van één miljoen gulden per overtreding buitensporig.

Nadat beide partijen waren gehoord, verklaarde de rechtbank over veertien dagen uitspraak te doen. 'Hoezo veertien dagen?' vroeg ik aan Tjebbe. Het zweet stond niet alleen in mijn handen, mijn overhemd plakte aan mijn lichaam. 'Het is toch duidelijk? Wij hebben gewonnen.'

Tjebbe knikte. 'Dat verwacht ik ook, maar je weet nooit hoe een rechter uiteindelijk oordeelt.'

Die uitspraak van mijn onoverwinnelijke advocaat leverde geen bijdrage aan mijn gemoedsrust. Wat was er eigenlijk te winnen? Over vier maanden liep mijn contract af en daarna kon ik doen wat ik wilde. Het was de laatste poging van Drakestein om zijn macht te tonen.

Nog voordat de rechtbank uitspraak deed liet Drakestein via zijn advocaat weten dat hij de overeenkomst niet wilde verlengen. Als machtige grootheid in de media liet hij zijn invloed niet onbenut. Ik kwam met stip op één binnen op zijn zwarte lijst en ik hoefde er niet op te rekenen dat er ooit nog een plaat van mij gedraaid zou worden op de radio. Tijdens het kort geding kwam ik erachter dat Drakestein ook de stille eigenaar was van DJamFM en met onmiddellijke ingang was ik ook niet meer welkom om mijn radioprogramma te maken. Zo ging dat dus. Draak had zijn kennissenkring dringend verzocht geen contact meer met mij op te nemen. De stumperds die jarenlang slijmsporen achter me aan hadden getrokken, wrongen zich nu in alle mogelijke bochten om mij te ontwijken. Ik werd doodgezwegen, behalve in een van de bladen, waarin een foto verscheen waarop ik gesandwicht werd door die twee hoeren in Boedapest, onder de kop *Het duistere seksleven van Mishka Kamadev.*

Ik was dan wel verlost uit de klauwen van Drakestein, maar de rechter had bepaald dat Buddhisque de komende drie maanden *Rock da House* niet mocht uitbrengen. Ik was in de war van een Hongaarse hoer die ik nooit meer zou zien, Lisa en ik leefden steeds meer langs elkaar heen en mijn verlangen naar seks werd ondraaglijk. Gelukkig kon ik er even uit, want Joël van de Pacha had gevraagd of ik drie nachten wilde draaien tijdens het sluitingsweekend en Isabelle had een lucratieve gage van dertigduizend gulden voor mij afgesproken. Lisa wilde niet mee naar Ibiza. 'Ga maar met Isabelle,' zei ze. 'Dan ben je niet alleen en dan kun je niet "toevallig" tussen allerlei hoeren terechtkomen.'

'Wie zorgt er dan voor jou?'

'Daar ga jij je nu ineens druk om maken? Die paar dagen red ik me wel en als er iets is, bel ik de Freudi's.'

'Ik ben even klaar met alles,' zei ik tegen Isabelle toen we aankwamen in San Vincente. Ik zette mijn platenkoffers in de hal en liep direct door naar buiten. Manu – onze huis-tuin-zwembad-en keukenhulp – had de tuin net besproeid, wat tijdens de droogte aan het einde van de zomer hard nodig was. Het groen was nog nat en de bougainville kleurde er mooi paarsroze door. Ik snoof de hierbas de Eivissa op en genoot van het overweldigende uitzicht.

Vanaf het bed op de veranda stuurde ik Lisa een berichtje.

Hier alles goed. Lig aan het zwembad.
Even rust. Jij OK? Denk aan je, kus Xx.

Isabelle kwam in haar bikini naar buiten gelopen met een fles champagne.

'Kijk eens aan, maestro, kunnen we de depressie hiermee wegspoelen?'

Ze zette twee glazen op tafel en draaide het ijzerdraad van de kurk af, die met een knal de lucht in vloog. Bruisende bubbels spoten omhoog en dropen langs de hals van de fles omlaag. Ze schonk de glazen vol en kwam naast me op bed liggen. We dronken in stilte en keken voor ons uit over de zee. Af en toe dwaalden mijn ogen af. Ik dacht aan Lisa en vroeg me af of zij... Ze moest toch begrijpen dat ik dit zo niet volhield.

'Weet je,' begon Isabelle uit het niets. 'Ik vind het echt geen probleem om voor jullie te koken en om Lisa gezelschap te houden als jij er niet bent. Ik doe het met liefde, maar... soms wil ik ook even geen gevangene van Eyckenbosch zijn, begrijp je?' Ze keek me aan met een blik waarin ik zelfreflectie meende te herkennen. Ze vervolgde haar monoloog. 'Ik ben dertig, ik wil ook nog wel eens feesten, beesten en dronken worden. Lisa begrijpt dat niet. Ze leeft in een andere wereld. Dat lijkt me voor jou niet makkelijk.'

Ik leunde voorover en schonk de glazen opnieuw vol.

'Heb je nog wel eens seks?'

'Met Lisa? Nee. De laatste keer was zevenhonderdvierenzestig dagen geleden.'

Isabelle kwam overeind. 'Wat? Meer dan twee jaar! Ik wist niet dat het zo lang was.'

'Hoe bedoel je? Zo lang?'

‘Ik bedoel, je neukt toch wel, hier en daar?’

‘Nee, niet hier en niet daar. Ach, het is maar seks.’

Anastazia wandelde in mijn gedachten voorbij, maar die gedachte stierf een stille dood.

‘Je liegt. Hoe hou je dat vol?’

Na de eerste nacht van de Closing Parties in de Pacha kwamen we thuis net voordat het morgenroze een einde maakte aan de sterrenhemel. We stapten allebei onder de douche en daarna in bed op de veranda. Ik had het niet gevraagd, Isabelle ook niet. Het gebeurde. Ze hield me vast, het voelde niet vreemd. We lagen naakt tegen elkaar aan en keken naar de sterren.

Toen ik wakker werd door de brandende zon op mijn kop, lagen we erbij als geroosterd vlees. Ik draaide mijn hoofd naar Isabelle en op datzelfde moment keek zij naar mij.

‘Goedemorgen, mooie vrouw.’

Ze antwoordde met een lieve glimlach. ‘Goedemorgen, mooie man. Lekker geslapen?’ Een paar seconden keken we elkaar aan, daarna zat ze boven op me. Ze was een oase.

‘Zo, missie volbracht,’ zuchtte Isabelle. ‘Dat was even nodig.’

Ik keek op mijn mobiel om te zien hoe laat het was en zag twee nieuwe berichten.

10.32: Goedemorgen manneke. Ik voel
me goed, denk altijd aan je. Mis je. Xx.
11.26: Zorgt Isabelle goed voor je?
Hoop dat jullie je vermaken.

Ik werd overspoeld door een vloedgolf van schuldgevoel en melancholie. Waarom was alles niet zoals het had moeten zijn? Ik stuurde een berichtje terug.

13.19: Hier alles oké. Denk aan je,
mis jou ook. Hou van je. Xx.

Isabelle kwam overeind en rekte haar naakte lichaam uit. Ze zag eruit als een half gefrituurde garnaal. 'Mmm, tintelende tepels! Wat een heerlijke dag.'

We genoten als gevangenen die na een opsluiting in de isoleercel even werden gelucht. Dat weekend deden we het zeven keer, zonder verplichtingen en zonder verwachtingen.

oktober 1997

DE BANK

'Meneer Kamadev, moeten wij niet eens iets doen met uw geld?'

De toon in zijn stem verried dat hij bedoelde dat 'wij' al bedacht hadden wat zij met mijn geld gingen doen. Wij, dat waren de mannen van de bank. Hans Willemse was me zojuist door directeur Ernst voorgesteld als financial planner en de derde bankman was Dick Leeson, de beleggingsadviseur. We zaten met z'n drieën aan een chique tafel in het directiekantoor. De bank was gevestigd in een statig gebouw, omgeven door een keurig aangelegde tuin met veel oude bomen en een vijver. Het was geen bankkantoor voor gewone mensen, op het parkeerterrein van wit grind stonden alleen dure auto's, van klanten die zich dit soort bolides konden veroorloven. Dit was de afdeling private banking.

'We hebben al een en ander voor u uitgezocht. Het is sowieso verstandig om uw hypotheek om te zetten naar een beleggingshypotheek,' zei de financial planner. Hij liet grafieken zien met lijntjes van linksonder naar rechtsboven.

'Meneer Kamadev, zoals u...'

'Hans, ik ben Mishka, en zo mag je me ook noemen.'

Bankmensen raken altijd van hun stuk wanneer je zegt dat ze 'je' mogen zeggen. Vreemd, want aan de grijze haren van Hans te zien leek hij minstens tweemaal zo oud als ik.

‘Als we naar de historie kijken vanaf 1930 zijn aandelen alleen maar gestegen,’ legde hij uit. ‘Volgens onze prognose – met een gemiddeld rendement van acht procent – is het goed mogelijk dat u over dertig jaar de hypotheek volledig kunt aflossen en nog een half miljoen gulden overhoudt, maar het kan ook meer zijn.’

In een paar minuten was de financial planner, die met zijn kennis de stoffigheid van zijn voorkomen deed opwaaien, gepromoveerd tot financieel genie. Het is fijn om te ervaren dat een bank het goede met je voorheeft en met je meedenkt, of eigenlijk dachten ze voor mij, zelf had ik er nog nooit over nagedacht. Logisch, ik was niet zomaar iemand, ik was rijk en beroemd, dus ik was belangrijk voor de bank. De bank die graag zaken deed met rijke mensen.

‘Wat wij voorstellen, is om jullie vermogen in een beleggingsportefeuille onder te brengen.’

‘Ja.’ Mijn ‘ja’ klonk politiek zakelijk.

‘Dick wordt dan je persoonlijke adviseur, die dat allemaal voor je gaat regelen,’ zei bankdirecteur Ernst.

‘Ik heb zelf op de beursvloer gestaan,’ zei Dick, ‘dus ik weet hoe het spelletje gespeeld wordt.’ De persoonlijk beleggingsadviseur sprak snel en op populaire toon. Het spelletje was dus een spel, het spel van het grote geld. En ik stond op het punt om mee te gaan spelen.

‘Het gaat blijkbaar goed met het DJ’en, zeg je dat zo, DJ’en?’ vroeg Dick. ‘In elk geval hark je lekker wat centen bij elkaar en het is zonde om daar niks mee te doen. Nu staat het op een spaarrekening tegen vijf procent rente, maar dat kunnen wij verdubbelen.’

‘Dick bedoelt dat, gezien de progressie in jouw financiële situatie, wij ook nog wel met je mee kunnen investeren,’ vulde de financial planner aan, waarna Dick direct doorratelde.

‘Wij kunnen tot zeventig procent leveragen. Dat betekent dat jij maar dertig gulden investeert en dat wij zeventig gulden aan je lenen, met de aandelen die je koopt als onderliggende waarde.'

Ik knikte langzaam. De bank die twee jaar geleden nog twijfelde of ze mij anderhalf miljoen wilde lenen voor Eyckenbosch, bood nu aan om mijn vermogen sneller te laten groeien door mij extra geld te lenen. Zomaar. Je koopt zeg maar twee konijnen, je betaalt er zelf één, de andere koop je met geleend geld en in no time kun je een dierenwinkel beginnen. De handelsgeest in mij was ontwaakt.

'Je rendement behaal je dan over honderd gulden, terwijl jij er maar dertig hoeft te investeren. Dan groeit het sneller,' concludeerde Dick. De twee andere bankmannen knikten. Heel even vroeg ik me af of het verstandig was om Branco te raadplegen voordat ik een beslissing zou nemen, maar die gedachte verdween snel.

'Wanneer kunnen we beginnen?'

Er was een verbond ontstaan, ik behoorde nu tot de 'wij'. Sparen was voor mensen zonder geld. Beleggen was de manier om rijk te worden.

'Hé, oom Dagobert, zit je je winst al te tellen?' Branco had een sleutel van de villa en kon dus te allen tijde binnenkomen. 'Hoe was het bij de bank?'

'Geweldig! Voor het geld hoef ik niet meer te werken.' Dat leek mij althans niet nodig. Er stond meer dan een miljoen op onze gezamenlijke spaarrekening (die van Lisa en mij) en de komende twee jaar zou ik zeker nog een tonnetje of zes aan inkomsten krijgen uit de royalty's van de platen die ik voor Drake Records had geproduceerd.

'Als ze zo eenvoudig zo veel geld voor jou kunnen verdienen, waarom werken die sukkels dan zelf nog elke dag voor een baas?'

'Meneer de boekhouder, omdat jij de hele dag bonnetjes zit te tellen, ben jij nog geen financieel expert.'

Maar dat was hij wél. Branco was cum laude geslaagd als registeraccountant en hij was net voor zichzelf begonnen. Ik was zijn eerste klant. Sinds mijn contract met Drake Records deed hij mijn administratie en onze belastingaangiften, dat leek Lisa een goed idee. Ze had hem officieus aangesteld als onze 'financieel directeur'.

'Die Ernst is misschien een koekenbakker, maar hij heeft het beste met me voor,' zei ik. Branco kende Ernst de Boer, een aantal van zijn klanten bankierde ook bij diezelfde private bank.

'Mish, doe niet zo naïef, weet Lisa dat je dit doet?'

'Ik maak er alleen meer van, we moeten ergens van leven als ik stop met draaien.'

'Hoezo: stop met draaien?'

Ik reageerde niet.

'Je hebt toch niet ál jullie geld in beheer gegeven aan die grijze pakken?'

'Natuurlijk niet. Ik heb een persoonlijk adviseur, maar ik handel zelf en ik neem zelf alle beslissingen, dus er kan niks misgaan.'

Hij wachtte een ogenblik en kneep daarna zijn ogen dicht.

Op dat moment kwam Isabelle binnenstormen. 'Die gek heeft me ontslagen! Omdat hij via zijn spionagedienst heeft vernomen dat ik met jou op Ibiza was.'

'Draak?'

'Wie anders?'

'Wat een lamlul.' Dit was de wraak van Draak. Wat kon ik anders dan Isabelle in dienst nemen?

'Als jouw personal assistant?'

'Ja, en als manager en zo, iemand die mijn zaken regelt. Wat je bij Party Time ook deed, maar nu exclusief voor mij.'

‘Je zegt net dat je gaat stoppen met draaien,’ voegde Branco eraan toe.

‘Stoppen met draaien?’ vroeg Isabelle verbaasd.

Ik vertelde dat ik van plan was om in zaken te gaan, grote zaken, geldzaken. De droom om een beroemde DJ te worden had ik waargemaakt en mijn passie voor muziek was zonder dat ik het in de gaten had gehad langzaamaan vervaagd. Als plaatjesdraaier had ik het hoogst mogelijke bereikt op aarde. In de hemel zou nu vast een VIP-plek worden gereserveerd, naast andere grootheden als Jim Morrison, Elvis Presley en John Lennon. Misschien was dit een mooi moment om te stoppen. Mijn liefde voor muziek was business geworden en die business toonde grimmige schaduwkanten. Door het conflict met mijn platenbaas begreep ik dat onze vriendschap nooit had bestaan. En dan waren er nog de drugs. De house-scene was steeds meer een podium voor xtc, coke en god weet wat voor rommel. Een pilletje kon geen kwaad, zeiden ze, maar elk weekend zag ik mensen van mijn leeftijd naar de donder gaan.

Ik kon me die ene nacht nog goed herinneren. Ik draaide op een houseparty in de Amsterdam ArenA. Tussen alle hoofden en wild bewegende armen zag ik haar. Ze danste in slow motion, het meisje dat de tienduizenden andere gezichten deed vervagen. Minutenlang hield ik haar blik vast, lang genoeg om verliefd te worden. In mijn verbeelding hadden we geile seks en werden we gelukkig als een normaal gezin met kinderen en een hond, maar verder dan mijn verbeelding zou ze niet komen. Als ik omringd werd door mooie vrouwen voelde ik me een gladiator zonder zwaard in een arena zonder uitgang. Het meisje vond mij. Flitslichten legden het moment vast. Haar pupillen waren groot en zwart en god, wat was ze mooi. Haar naam wist ik niet, wel dat ze eenentwintig jaar was en later die nacht door een ambulance werd afgevoerd. Een fatale combinatie van drugs en drank, even later was ze dood. Ik las het maandagochtend in de krant naast de foto waarop ze mij een kus gaf. Het meisje keek me nog maandenlang in mijn ogen. Het was me allemaal te veel geworden. Voor de buitenwereld had ik het leven dat iedereen wilde, maar vanbinnen ging ik langzaam kapot. Wat had het nog voor zin? De onmacht en het schuldgevoel vraten me op. Lisa werd steeds onbereikbaarder, ik voelde me steeds ongelukkiger, eenzaam en alleen. Ik had geen zin meer om te draaien, ik wilde geen muziek meer maken, eigenlijk wilde ik niks meer, alleen dat Lisa beter zou worden. Het beste wat ik kon doen was zoveel mogelijk bij haar zijn, ook al lag ze de meeste tijd in bed met Einstein.

Omdat ik aftrad als *The God of House Music* had Isabelle geen baan meer als mijn personal assistant, maar na al die jaren voor mediamagnaat Drakestein gewerkt te hebben, kende ook zij iedereen in de mediawereld en iedereen kende Isabelle. Ze werd met open armen ontvangen bij Endemol.

Isabelle vulde de leegte op Eyckenbosch. Ze woonde nu vrijwel permanent bij ons in en ze kookte bijna elke avond. Na het eten kroop Lisa meestal meteen weer samen met Einstein in bed. Isabelle en ik kropen tegen elkaar aan op de bank. En van het een kwam het ander. In het begin deden we het heel voorzichtig, maar op den duur ging het van rammenstein. Isabelle stond een keer met haar lange benen naakt tegen het aanrecht en haar billen naar achteren. Ik hield haar borsten in mijn handen en net toen het moment daar was, hoorden we Lisa hoesten. Een seconde stond mijn hart stil. Twee tellen later trok ik mijn broek van mijn enkels omhoog en terwijl Isabelle haar sweater zonder bh over haar hoofd trok en zonder slipje in haar joggingbroek stapte, ging de keukendeur open.

Ik pakte snel een fles rode wijn van het aanrecht en trok de kurk eruit. Ook al keek ze slaperig uit haar ogen, iets in me zei dat ze in de gaten had wat er aan de hand was.

'Ik kom even wat warme melk met honing maken.'

'Ga maar naar bed, poppie, ik maak het wel voor je klaar.' Ze keek me aan, ze keek naar Isabelle en liep zonder iets te zeggen de keuken uit. Isabelle en ik keken elkaar aan en zij maakte een gebaar van opluchting. Ik warmde de melk op in een pannetje en schonk het samen met de honing in een beker. Toen ik de slaapkamer inliep lag Lisa met Einstein in haar armen. Ze keek wezenloos voor zich uit.

'Drink je niet te veel?' zei ze. 'Isabelle drinkt ook te veel.' Ze keek me aan alsof haar ogen iets wilden zeggen wat ze niet over haar lippen kon krijgen.

'Dank je wel,' zei ze en ze dronk de melk met honing op. Ze pakte mijn hand vast en zei: 'Blijf bij me.' Weer keek ze me aan met die blik in haar ogen. Einstein keek me ook aan met een soortgelijke blik. Ik bleef naast Lisa zitten tot ze weer sliep. Daarna liep ik terug naar de keuken. Isabelle had de fles rode wijn al voor de helft leeggedronken. Ik ging op de stoel tegenover haar zitten. Ze schudde haar hoofd.

najaar 1998

MAYDAY MONDAY

Al het spaargeld dat ik de afgelopen jaren had verdiend met het maken en draaien van plaatjes, had ik geïnvesteerd in opties en aandelen. In het begin handelde ik met een paar duizend gulden, maar al snel met honderdduizenden tegelijk. Het spel was verslavend. Mijn beste dag sloot ik af met een winst van meer dan vijftigduizend gulden, maar alle goede en beste dagen bij elkaar waren niet voldoende voor wat er daarna gebeurde.

Op 20 juli bereikte de AEX een all-time high van 1323,65 punten. De top van de berg was bereikt en in de euforie had niemand in de gaten dat we genadeloos het ravijn indoken.

Op maandagochtend 31 augustus 1998 kopten de kranten CRISIS IN RUSLAND EN AZIË. Rusland was ver weg en Azië nog verder, maar ver is een relatief begrip, want die dag kwam alles ineens dichtbij. Heel dichtbij, op het scherm recht voor mijn neus: BEURZEN IN PANIEK, AEX DIEP IN HET ROOD.

In New York stortte de Dow Jones in een zwart gat. Het Amerikaanse hedgefund Long Term Capital Management bezweek als eerste en trok in zijn val de grootste Europese bank UBS mee. Er brak paniek uit. De financiële markten wankelden op hun grondvesten en de wereld van het grote geld werd van de aardbodem weggevaagd. Handelaren spraken van een Bloody Monday.

Gelukkig had ik Dick Leeson, mijn persoonlijke vermogensbeheerder. Maar de man met een salaris van tweemaal modaal, die op al ons spaargeld moest passen, was die bewuste maandag onbereikbaar. Toen ik de volgende ochtend om vijf over acht aan de vijfde espresso achter mijn bureau zat, rinkelde de telefoon.

'Gozer!' Het was Dick. 'Sorry dat ik gisteren niet kon terugbellen, je zal het wel gezien hebben, er was een beetje paniek hier en daar. Dat is het spel, maar mij maken ze niet gek.'

Ik had geen oog dichtgedaan. Valeriaantabletten en wodka hadden me door de nacht geholpen, maar dat was – zoals mijn persoonlijke adviseur mij wilde doen geloven – een overtrokken reactie van een onervaren handelaar. Dick Leeson was een door de wol geverfde beursjongen, ik denk dat hij niet opzettelijk doortrapt was, meer een onbezonnen cowboy die achter elk gerucht aan rende.

'Hadden jullie dit niet zien aankomen?'

Aan de andere kant van de lijn bespeurde ik een kort denigrerend lachje.

'Als ik het allemaal kon voorspellen, zat ik wel op de Bahama's. Dit is een zwaar overdreven reactie, omdat het daar in Azië en Rusland even niet lekker loopt? Kijk wat er gebeurt. Normale mensen worden nu bang en verdringen zich voor de nooduitgang. Daardoor zakken de koersen als een baksteen, volkomen onterecht. Dus.'

'Dus wat?'

'Dit zijn dus juist de kansen in de markt. Nu moeten we bijkopen!'

Ik liet het geratel even bezinken en vroeg toen: 'Bijkopen? Ik sta dik op verlies!'

'Ja, kijk, die koersen zijn natuurlijk veel te ver naar beneden doorgeschoten, dus als we nu bijkopen, dan verlagen we onze gemiddelde aankoopprijs en als de boel straks weer omhooggaat, verdienen we het sneller terug.

Dat is de hele truc van beleggen. Laag kopen, hoog verkopen. Het is geen hogere wiskunde.'

Wiskunde of niet, ik belde Branco voor advies. 'Die adviseur van mij zegt dat ik moet bijkopen, omdat alles nu lekker goedkoop is.'

'Tja, zou kunnen, als je denkt dat de boel straks weer omhooggaat, maar ik zou even niks doen. Het is erg onrustig op de markten en als die paniek aanhoudt, dan zakt het voorlopig nog door. Je hebt je aandelen toch wel gedekt met putopties?'

'Tuurlijk.'

'Dan is er niks aan de hand. Stil blijven zitten en niet gaan dansen op een mijnenveld.'

Ik gaf de goede raad van Branco door aan Dick en vertelde dat het me verstandig leek putopties te kopen om alle posities af te dekken, voor het bijna onwaarschijnlijke geval dat de koersen toch verder zouden zakken.

'Puts kopen? Nee joh, die zijn veel te duur nu. We gaan ze juist verkopen. We verkopen ze, zonder dat we ze in ons bezit hebben. Opties schrijven, heet dat in beurstermen. Dan verkoop je iets wat je niet hebt en daar ontvang je geld voor. Nu de koersen zo laag staan durf ik dat wel aan. Als alles straks stijgt, lopen die geschreven puts waardeloos af en heb je een flinke tas met geld verdiend.'

Het klonk ongeloofwaardig, maar het was een kwestie van 'het spelletje begrijpen'. We kochten bij en we schreven stapels met puts. Om die posities aan te mogen houden, moest Dick wel wat extra ruimte binnen mijn kredietfaciliteit regelen. In gewonemensentaal: ik moest op papier nog iets meer geld van de bank lenen, hoewel mijn debetstand al een paar ton was opgelopen. Dick kon dat soort zaakjes regelen. Hedgen noemde hij dat. Ik had geen idee wat het betekende, maar het klonk cool.

Terwijl ik op de chesterfield in de salon het strategisch strijdplan van mijn persoonlijk adviseur overdacht, kwam Isabelle de keuken uit gelopen met twee glazen rode wijn. 'Moet je eens proeven, Tignanello, zo lekker.'

'Wat eten we?'

'Rodekoolstamppot met appeltjes en hazenbout. Haal jij Lisa uit bed, dan zet ik het op tafel.'

Tijdens het diner vertelde ik Lisa en Isabelle over de geweldige truc die ik vandaag ontdekt had. 'Je kunt die putoptie, die verzekering dus, ook ongedekt verkopen. Dan ontvang je geld, zonder dat je een cent hoeft te investeren. Vandaag bijna een ton mee verdiend.'

De weken die volgden waren spannend. Als de koersen een dag iets omhooggingen, zakten ze de dagen erna als een baksteen het diepe in.

Vanachter mijn bureau in de serre keek ik naar buiten. Het landgoed had zijn herfstkleuren aangetrokken en een krachtige wind deed zijn best de bladeren van de bomen te rukken. Buiten was het een en al treurigheid en op mijn scherm was het niet veel beter. Al mijn posities stonden zwaar op verlies, ook wat we hadden bijgekocht stond diep in het rood. Wat Dick er niet bij had verteld, was die ene maar. Als de koersen 'onverwacht' dalen, moet je die ongedekte posities terugkopen voor veel meer geld dan je ervoor hebt ontvangen. Dat wist ik toen nog niet. Branco natuurlijk wel, maar die durfde ik in dit stadium niets meer te vragen. Vooralsnog ging ik ervan uit dat het goed zou komen. Al stond de AEX op vrijdagmiddag 2 oktober 35 procent lager ten opzichte van het hoogtepunt in de zomer.

Het zelfvertrouwen van mijn persoonlijk adviseur werd er niet door aangetast. Met volle overtuiging bleef Dick volhouden dat de bodem nu wel een keer bereikt moest zijn. 'Dit is normaal echt onmogelijk,' zei hij, maar het gebeurde wel. Door de alsmaar dalende koersen werden de putopties duurder en duurder. Machteloos keek ik naar mijn scherm. Ik had een vreselijke pijn in mijn buik en tegen de spanning spoelde ik elk uur een oxazepam weg met een glas wodka.

Aan het eind van die ochtend rolde er een fax uit de machine.

Blaricum, vrijdag 2 oktober 1998

Geachte heer Kamadev, beste Mishka,

Wij hebben geconstateerd dat de optieposities in uw beleggingsportefeuille hebben geleid tot een dekkingstekort dat het maximale bedrag heeft overschreden. Hiervoor gelden de regels van de 5-dagen procedure van de Algemene Voorwaarden Beleggen, art. 6.1 marginverplichting.
Wij stellen u hierbij dan ook in kennis dat er binnen vijf werkdagen 600.000 gulden voldaan dient te worden op uw beleggingsrekening, anders zijn wij genoodzaakt een deel van uw effecten te verkopen.

Met vriendelijke groet,
Ernst de Boer
Directeur

Ik scheurde het papier van de faxmachine af en las de tekst nog eens. En nog eens. Met vriendelijke groet? Ernst had vorige week nog spontaan gebeld om te vragen hoe het met Lisa ging.

'Naar omstandigheden niet slecht,' had ik geantwoord. Zo'n antwoord zei niet zoveel, maar ik had geen zin om keer op keer aan God en de hele wereld te vertellen hoe het met Lisa ging. Het ging goed of slecht. Soms heel slecht en soms ging het wel, het ging in elk geval nooit heel goed.

Ernst belde om te zeggen dat hij met Dick Leeson mijn portefeuille had bekeken en dat baarde hem nogal wat zorgen. Hij waarschuwde dat mijn marginverplichting tegen de limiet aan liep.

'Mijn wat?' riep ik.

'Je marginverplichting. Om risico's te beperken eist de aandelenbeurs dat er voldoende onderpand aanwezig is om eventuele verliezen te kunnen financieren. Daarvoor moet je een bepaald bedrag aanhouden, ter dekking van je optieposities. Heeft Dick je dat nooit verteld? Het staat in de optieovereenkomst die je getekend hebt. Wettelijk heb je vijf dagen de tijd om de tekorten aan te zuiveren, als je limiet bereikt wordt. Het is niet te hopen dat de boel verder wegzakt, want dan zul je moeten bijstorten.' Hij klonk ernstig.

'De bodem zal nu toch wel een keer bereikt zijn,' had ik tegen Ernst gezegd, en ook uit welke betrouwbare bron ik deze kennis had vernomen. Dat was woensdag, ja, het was twee dagen geleden dat hij had gebeld.

'Hallo, manneke,' zei Lisa met een trage glimlach en ze kuste me op mijn voorhoofd. Ik had haar niet horen binnenkomen. Ze stond ineens naast me in haar badjas, met de krant in haar hand. Snel klikte ik het overzicht van het scherm en legde de fax ondersteboven op het bureau.

'In de krant staat dat het crisis is. Er kan toch niets misgaan?'

'Wat kan er misgaan? Nee, de bodem is nu wel bereikt. En daarna gaat het allemaal weer omhoog, zo gaat dat altijd. Volgens die gozer bij de bank is het een storm in een glas water. Niks om ons zorgen over te maken.'

Donkere wolken spanden samen boven Eyckenbosch, de regen kletterde als kogels tegen de serre en mijn hart bonsde in mijn keel. 'Hoe voel jij je?'

‘Ik ga even wat pilletjes nemen.’ Ze aaide me over mijn hoofd en zei: ‘Als je maar weet wat je doet, manneke.’ Kuchend liep ze terug naar de slaapkamer.

Waar toverde ik zo snel zes ton vandaan? Drakestein nam niet op. Ik belde secretaresse Shirley op kantoor en vertelde haar dat ik Draak dringend moest spreken. Ze vroeg of ik het op de fax kon zetten. Ik schreef dat ik een probleem had met mijn bank en vroeg hem of ik de royalty’s, die een half jaar later uitbetaald zouden worden, per direct kon ontvangen. Met als zakelijk voorstel dat ik maar 75 procent van het bedrag hoefde te ontvangen en dat Drake Records de andere 25 procent mocht houden. Het te ontvangen bedrag schatte ik op een kleine zeshonderdduizend gulden en daarmee kon ik het probleem met de bank oplossen. Die vrijdag kwam er geen reactie, zaterdag en zondag ook niet. Ik belde Drakestein nog een paar keer op zijn mobiel, hij nam niet op.

Ik belde Branco. ‘Zin om naar de kroeg te gaan? Het is belangrijk.’

Hij zuchtte. ‘Marloes is uit eten met vriendinnen, ik zit met de baby. Kom maar hiernaartoe.’

Ik zei tegen Lisa en Isabelle dat ik op babybezoek ging en stapte in de Bentley.

‘Hoe is dat nou met zo’n baby?’

‘Wat ze zeggen: het verandert je leven. Ik ben elke nacht een paar keer wakker, vrije tijd is zeldzaam en Marloes heeft geen zin meer in seks, maar verder... kijk dan wat een mooie meid. Wat wil je drinken? Hou jij Fleur even vast.’

Zat ik daar met een baby in mijn armen.

‘Wijn of wodka?’

‘Laten we met de wijn beginnen. Weet jij wat een marginverplichting is?’

‘Da’s een dekkingsverplichting.’ Branco trok de kurk

uit de fles en schonk de glazen in. 'Als je ongedekt opties verkoopt, ben je verplicht om een bedrag als zekerheid op je rekening te hebben staan, voor het geval dat die opties duurder worden, zodat je...'

'Er is een probleem met mijn marginverplichting.'

Ik keek Branco in de ogen en daarmee wist hij voldoende.

'Hoeveel?'

'Momenteel zes ton, maar als het maandag verder zakt kan het wel eens hard oplopen.'

'Heb je Ernst al gesproken?'

'Hij heeft een fax gestuurd vanmorgen.' Opeens bedacht ik dat hij nog zou bellen, dat had hij niet gedaan. Ik zette Fleur op Branco's schoot en liep naar de fles wodka.

'Dus je hebt ongedekt geschreven?'

'Idee van Dick, die adviseur van me. Volgens hem gingen we daar tassen met geld mee verdienen.'

'Hoe kun jij trouwens een margin van zes ton hebben? Dat kán niet op jullie vermogen.'

'Geleend. Ze zeiden dat ik mijn maximale kredietfaciliteit moest gebruiken, dan kon ik optimaal profiteren van de winst.'

'Met geleend geld? Waarom heb je me dit niet eerder verteld? Dat had ik nooit goed gevonden. Weet Lisa hiervan?'

'Nee.'

'Ze hebben je veel te veel krediet gegeven, dat kan niet anders. Jezus, Mishka, als dit fout gaat, ben je alles kwijt...'

Het werd een rusteloos weekend. Slapen kon ik niet, drinken wel. Ik las mijn gedachten als nare sprookjes over monsters en geldwolven. Stilletjes stapte ik uit bed, liep naar de serre en draaide een fles Smirnoff open. Zo moet ik daar een tijdje gezeten hebben. Mijn hoofd was vol gedachten en leeg tegelijkertijd, ronddolend in een niemandsland. Kon ik nog dieper vallen? Een paar slokken later stond ik onder aan de trap en keek naar boven. Een warm vrouwenlichaam zou wonderen kunnen verrichten. Ik sloop de trap op en ging naast Isabelle liggen. Ik kroop naakt tegen haar aan. Ze kreunde in haar slaap en bewoog zachtjes haar onderlichaam.

'Wat doe jij nou?' Ik opende mijn ogen. Het ochtendgloren gaf een andere kijk op de situatie. Isabelle schudde me heen en weer en haar borsten dansten ritmisch mee.

'Ben je gek geworden. Wat doe je hier?' fluisterde ze. 'Dit kan toch niet.'

Er kraakten traptreden. Ik wist niet wat ik moest doen. Geluidloos kroop ik uit bed. Het schoot me te binnen dat ik halverwege de nacht zonder kleren was binnengeslopen. De trap kraakte nog een keer. De deur bewoog. Ik hield mijn adem in en keek verschrikt naar Isabelle. Zij had het laken over zich heen getrokken. De deur ging verder open en Einstein kwam kwispelend op me aflopen. Met een lange zucht blies ik alle lucht uit en stilletjes lachten we de spanning weg. Einstein keek me aan met zijn trouwe blauwe kijkers en blafte vrolijk.

'Ssst! Ja, ik ga met je mee.'

Isabelle schudde haar hoofd. Ik maakte een onschuldig gebaar, liep haar kamer uit en strompelde de trap af. Daar trok ik een badjas aan en maakte met Einstein een ommetje door de tuin. Het was fris, de herfst was in aantocht. De rozen waren verwelkt.

Tegen de tijd dat ik de keuken binnenliep, stond Isabelle broodjes te maken met zalm, bieslook en ei. Uit de oven kwam een overheerlijke geur van afgebakken croissants en op de tafel stond een kan verse jus d'orange. Aangezien de naweeën van gisteravond nog hamertje-tik speelden in mijn hoofd, begon ik het ontbijt met twee roze pilletjes en een valiumpje. Isabelle ging tegenover me zitten en keek me ernstig aan.

'Wat je vannacht hebt gedaan, kan niet. Ze hoeft ons niet bij elkaar in bed te vinden. Dit maakt me ongemakkelijk.' Ze stond op en liep de keuken uit. 'Ik ga Lisa wakker maken.'

De ochtend van maandag 5 oktober zat ik al om halfzeven voor mijn scherm. De beurzen in Azië bezorgden me een onrustig gevoel. De ene na de andere rilling gierde door mijn lichaam, evenals de espresso's. Diep ademhalen en in alle rust vertrouwen op wat Dick Leeson had gezegd: 'Paniek is niets anders dan een tijdelijke deuk in het zelfvertrouwen, je zal zien dat alles straks weer omhooggaat.' Hij had stalen zenuwen, zei hij, die bogen wel, maar braken niet. Nadat hij die woorden had uitgesproken straalde er een voldane trotsheid van zijn gezicht, die mijn rusteloosheid kleineerde tot pathetisch gedrag.

Direct na de opening van de beurs stond mijn marginverplichting al op 993.000 gulden, zeven ton meer dan was toegestaan. Om tien over negen ging de telefoon, het was Ernst. Ik moest bijstorten, of de bank ging alles verkopen.

'De wet zegt dat wij als bank onze klanten moeten beschermen tegen onverantwoorde posities, om grote verliezen te voorkomen. Achteraf gezien hadden we in elk geval beter vrijdag al kunnen liquideren.'

Er klonk iets vreemds door in de manier waarop hij dat zei. Wat bedoelde hij? Dat volgens die formele regeltjes van de bank, om mij te beschermen tegen een onverantwoorde catastrofe, de bank afgelopen vrijdag 2 oktober – of misschien zelfs eerder – aan de noodrem had moeten trekken? Of bedoelde hij dat mijn persoonlijke adviseur Dick Leeson mij onverantwoorde posities had laten innemen, en dat hij, bankdirecteur Ernst de Boer, verzuimd had, of misschien in het spanningsveld van de beursval vergeten was, mij afgelopen vrijdag te bellen, voor het gesprek waarvoor het nu te laat was?

'Kom maar even langs, dan kijken we wat we kunnen doen,' zei hij. 'En neem Lisa mee, dat lijkt me verstandig.'

De achtcilinder gromde, met mijn rechtervoet duwde ik het gaspedaal diep in. Vanuit de auto belde ik Branco. 'Foute boel. Ernst wil de boel liquideren. Ik ben onderweg naar de bank, ik kom je ophalen.'

Een half uur later stapten we het kantoor van bankdirecteur Ernst binnen. De financieel planner en mijn persoonlijke beleggingsadviseur waren niet uitgenodigd, of niet welkom, voor deze crisisbespreking.

'Ga zitten, jongens.' Hij keek nog of Lisa achter ons aan kwam, maar hij vroeg niets.

'We hebben een serieus probleem.'

'Nu hebben "we" ineens een probleem?'

Ernst wist dat ik geen miljoen kon bijstorten, dat wisten we alle drie. Mijn voorstel was om de posities te laten staan. 'We wachten het af en over een paar weken gaan de koersen vast weer een keer omhoog, zoals jullie hebben laten zien in al die prachtige grafiekjes.'

'Ik kan het niet verantwoorden, Mishka.' Zijn ogen knipperden, hij beet op z'n lip en zijn handen trilden. Branco bladerde geconcentreerd door de stapel papieren die hij van Ernst had gekregen.

'Jouw expert, meneer Leeson, heeft mij geadviseerd om gebruik te maken van de maximale kredietfaciliteit.'

'Mishka, ik begrijp dat het vervelend is...'

'Vervelend! Hoe kan dit nu zo ineens?'

'Het zijn de regels, Mishka, ik kan er niks aan doen.'

En wat stond er dan in die regeltjes, die nooit eerder ter sprake waren gekomen? En ter bescherming van wie werden die regeltjes eigenlijk uit de hoge hoed getoverd?

De zweetdruppels op zijn voorhoofd vertaalden wat hij op het scherm zag.

'We zakken door, ik moet opdracht geven alle posities te sluiten,' zei hij met een vage twijfel op zijn gezicht.

'Kan hij dat zomaar doen?'

Branco antwoordde niet. Hij bladerde nog steeds door de stapel papieren.

'Als we nu niet liquideren is de schade aan het eind van de dag nog veel groter,' voegde Ernst eraan toe. 'En dan...' maar die zin maakte hij niet af. De opgelaaide emoties werden gedoofd door een serene stilte. Er tikte een tijdbom die op het punt stond mijn leven te laten ontploffen. Branco bewoog zijn lippen even zonder geluid te maken, als bij een schietgebedje, en toen zei hij: 'Het is nog veel erger dan ik dacht.'

'Wat?'

'Je verlies. Als ze nu alles verkopen, is je verlies bijna drieënhalf miljoen gulden.'

'Dat kan niet. Zoveel heb ik niet eens.'

'Branco heeft gelijk. En je hebt ook de hypotheek van de villa,' vulde Ernst aan. 'Plus je persoonlijke krediet. Ik vind het heel vervelend, maar ik ben bang dat we Eyckenbosch moeten verkopen,' zei hij kil. Ernst was met afstand de grootste droplul die ik ooit had ontmoet.

'Meneer De Boer,' zei Branco. 'Dit moeten we toch kunnen oplossen, denkt u niet? Is het u bekend dat er veel te veel krediet is verschaft? Veel meer dan volgens uw regeltjes is toegestaan.' Ernst keek ongemakkelijk, zijn gezicht kleurde groen en geel.

Bijna anderhalf miljoen, al ons spaargeld, had ik verspeeld. En als alles nu verkocht zou worden, zou er nog een schuld van twee miljoen overblijven.

Branco stelde een krediet van twee miljoen gulden voor om dat verlies te dekken. Die extra lening kon worden verpakt in de hypotheek, waardoor de totale schuld aan de bank vier miljoen zou bedragen, maar die werd dan voor een groot deel gedekt door de overwaarde op Eyckenbosch. Het gegoochel met getallen ging langs me heen. Om zo spoedig mogelijk een paar ton af te lossen moest de Bentley worden verkocht en het huis op Ibiza ook.

Het duizelde me. Hoe kon ik dit aan Lisa vertellen?

'En in de komende twee jaar krijgt Mishka nog zo'n zesenhalve ton aan royalty's van Drake Records,' voegde Branco eraan toe. Bankdirecteur Ernst stemde direct in met het voorstel. Hij pakte de telefoon en gaf opdracht alle posities te sluiten. Het totale verlies bedroeg 3.487.321 gulden.

Over die zesenhalve ton aan royalty's had mijn ex-platenbaas een andere mening. Aan het einde van die gedenkwaardige zwarte maandag kwam bij ons thuis per fax een antwoord van Hendrik-Jan Stibbe van Voorhoudt, Stibbe & Van Breugel Advocaten. Zijn cliënt ging niet in op mijn voorstel. Tevens werd medegedeeld dat client sowieso niet meer zou overgaan tot het uitbetalen van toekomstige royalty's, aangezien volgens de overeenkomst Drake Records alleen hoefde uit te keren zolang er sprake was van een overeenkomst. Indien toekomstige royalty's uitbetaald moesten worden op het moment dat er geen rechtsgeldige overeenkomst meer bestond tussen partijen, dan was Drake Records niet verplicht om tot betaling over te gaan. Drakestein was niet voornemens om nog royalty's aan mij te gaan betalen, nu niet, nooit niet.

Rusteloze gedachten hielden me die nacht wakker. Ik moest een manier vinden om aan geld te komen. Die beschrijving in het contract leek mij wettelijk niet toegestaan en anders was het op z'n minst misleiding. De volgende ochtend belde ik Tjebbe Dubois. Mijn advocaat was het met me eens. Het kort geding stond twee weken later op de rol van de rechtbank in Amsterdam. Onze eis was een directe eenmalige betaling van 650.000 gulden aan toekomstige royalty's.

5-13 oktober 1998

IK MOET JE IETS VERTELLEN II

Lisa had geen idee dat ons leven op de rand van de afgrond balanceerde en ondanks mijn benarde situatie leek het me beter om dat nog even zo te houden. Ze reageerde opgewekt toen ik vertelde dat ik een paar dagen naar Ibiza ging om te kijken of ik weer ergens als DJ aan de bak kon. Ze was minder enthousiast toen ik vertelde dat Isabelle ook meeging. Ik legde uit dat het beter was dat mijn personal assistant erbij was, zodat zij direct zakelijke afspraken kon maken, maar Lisa's gezicht verried dat mijn betoog allerminst overtuigend was. Ze ging tegenover me staan en keek me aan zoals een man niet graag door zijn vrouw wordt aangekeken.

'Maak je om mij geen zorgen, ik red me wel.' Ze stond te hijgen en ze moest op adem komen voordat ze verder kon. 'Wat is er, Mish? Wat is er dat je me niet durft te vertellen?'

Sprakeloos stond ik daar als een kleine jongen die op heterdaad betrapt was maar dat zelf nog niet doorhad.

'Mish, ik maak me zorgen. Ga alsjeblieft met dr. Freudi praten. Je hebt hulp nodig. Ik zie hoe ongelukkig je bent, je worstelt al maanden met jezelf. Komt het door mij? Wat kan ik nog meer voor je doen om je weer blij te maken? Ga met Isabelle uitwaaien op Ibiza, maar alsjeblieft, drink niet zoveel.'

Ik dacht dat onze driehoeksverhouding een publiek geheim was, al wist niemand exact hoe het in elkaar zat. Niemand sprak erover. Alleen die journalist van dat ene roddelblad vond het nodig om te schrijven over *Mishka's affaire met hartsvriendin van Lisa* en toen wist ik zeker dat iedereen het wist, al zei ik natuurlijk dat je die bladen niet moest geloven. Lisa glimlachte met een zuur gezicht toen ze het had gelezen. Ik kon het me niet voorstellen dat Lisa geen vermoeden had dat er iets tussen Isabelle en mij aan de hand was, maar ze had er nog nooit iets van laten doorschemeren.

Op de foto van wazige kwaliteit waren Isabelle en ik gearmd te zien, niets bijzonders, want zo liepen we wel vaker over rode lopers bij feestjes en premières. Ze was mijn personal assistant, dus daar hoefden we niet geheimzinnig over te doen.

Die paparazzi kunnen met een telelens tot in detail zien welke kleur een maanmannetje op Mars zit te schijten, maar een beetje fatsoenlijke foto van Isabelle en mij konden ze niet maken, dat begreep ik niet. Ik begreep ook niet waar dat artikel voor nodig was. Niet iedereen hoefde alles te weten over onze privéaangelegenheden en zeker niet over Lisa. Zij kon er niets aan doen dat ik beroemd was en dat ik daardoor telkens in de bladen te zien was. Daar hoef je overigens niet per se beroemd voor te zijn. Veel namen in de bladen kun je nergens anders van kennen dan alleen uit die bladen. Dat soort mensen doet er alles aan om in de bladen te komen. Ik niet, en ik wilde al helemaal niet dat ze over Lisa schreven. Lisa was ziek, daar kon ze niets aan doen, niemand kon er iets aan doen, ook de doktoren niet en daarom zou ze doodgaan.

Op een tv-scherm zag ik dat de AEX was gesloten op 807 punten. Ik zat met Isabelle in de businesslounge op Schiphol te wachten op onze vlucht naar Ibiza. Het was donderdag 8 oktober, in tien weken was de beurs veertig procent gezakt.

'Daar drinken we op,' riep een stropdas naast me aan de bar.

'Dat zijn wijze woorden, meneer.' En ik bestelde een tweede dubbele wodka voor mijzelf en voor Isabelle een wodka-jus.

'Zit jij op de beurs?' vroeg de stropdas met zijn ogen gericht op het scherm.

'Ik niet, u?'

Hij draaide zich naar me toe en hield zijn borreltje in de lucht. 'Proost, jongen. Al heel lang niet meer, maar toen de flikkerse boel van de zomer begon te wankelen heb ik voor de aardigheid wat putjes gekocht en nadat de pleuris uitbrak zijn die dingen dertig keer over de kop gegaan. Na al die winstwaarschuwingen van Philips, Baan, ING, ABN AMRO en zelfs het onkwetsbare Koninklijke Olie wist ik wel hoe laat het was.'

'Dus, toen de beurs een slagveld werd, heeft u geld verdiend?'

'Beginnersgeluk, jongen, maar d'r loopt ergens ook een sukkel rond die al z'n centen kwijt is, dat is het spel. Het is net het casino, alle verliezers schuiven hun geld naar een paar winnaars en wat er ook gebeurt, de bank wint altijd, tot er een dag komt dat ook die banken omvallen. Neem één ding van mij aan, begin er niet aan. Het is Russische roulette en die bankiers hebben hun vinger aan de trekker, als het even tegenzit schieten ze je kop eraf. Wat doe jij voor de kost, als ik vragen mag?'

'Ik repareer vogelbekdieren.'

'Vogelbekdieren? Moet je die repareren dan?'

'Als hun kop eraf is geschoten.'

We schrokken wakker toen de wielen de landingsbaan raakten. Isabelles hoofd lag tegen mijn schouder, mijn hand onder haar shirt.

'Het is onbewolkt en de temperatuur is 19 graden. We bedanken u voor het vliegen met Transavia en wensen u een prettig verblijf op Ibiza.'

De aankomst op Ibiza is altijd heerlijk. Zodra je de schuifdeuren van de airport door loopt, ruik je de bloemen en de kruiden, hierbas de Eivissa. Ik snoof de droge, zoete geur op en we stapten in een taxi naar San Vincente. Thuis aangekomen doken we met een fles champagne in bed op de veranda en we beleefden intense hartstocht tot we in slaap vielen.

's Ochtends werd ik wakker van een ongewoon gevoel. Door de spleetjes van mijn ogen zag ik een bos blond haar op en neer bewegen tussen mijn benen. Achter de bollingen van haar billen kleurde in de verte een rode gloed op uit de zee.

'Hmmmm,' zei ze en ze likte de laatste druppels van mijn buik. Zo'n weekend was het. 'Nu opstaan, je kan de hele wereld aan! Koffie?'

'Doe maar een fles water en twee ibu'tjes.'

Zoals gebruikelijk had Manu een overlevingspakket klaargezet om het weekend door te komen: toast, zalm, croissants, abrikozenjam, meloen en verse jus van de sinaasappels uit onze tuin.

'Alles is hier lekkerder,' zei Isabelle nadat ze haar glas jus had leeggedronken. 'En het is ook fijn dat je in je blote kont kan rondlopen. Als jij volgend seizoen weer gaat draaien, kunnen we hier elk weekend naartoe. Gaat de kassa ook weer rinkelen en dan zijn wij allebei eventjes weg uit de sleur. De Freudi's doen we er een plezier mee als ze ieder weekend bij Lisa op Eyckenbosch kunnen zijn. Lisa heeft er wel vrede mee zo.'

'Ja?' mompelde ik, verzonken in gedachten. De werkelijkheid kwam ineens weer aan het licht en deze werkelijkheid was geen illusie.

'Ik moet het huis verkopen.'

'Welk huis?'

'Dit huis.'

'Hoezo verkopen?'

'Het is niet helemaal goed gegaan met die aandelen. Wil je nog wat jus?'

'Hoe niet goed?'

Ik schonk nog twee glazen sinaasappelsap in en smeerde een croissant met jam.

'Het is nogal ingewikkeld. Die gozer van de bank had me geadviseerd om iets te verkopen wat ik niet in bezit had. Dat leverde geld op, maar toen de beurs zo hard omlaagging moest ik die dingen voor een veelvoud terugkopen. Daardoor liep het verlies extreem op en uiteindelijk heeft de bank alles verkocht.'

'Wist Branco daarvan?'

'Niet alles. Toen het fout begon te gaan, wilde ik eerst niks zeggen, hij vond het van begin af aan geen geweldig plan dat ik al het geld had belegd, en voordat ik het wist was het te laat.'

'En nu?'

'Nu heb ik een schuld van twee miljoen, boven op de hypotheek van Eyckenbosch, en ik had al een persoonlijk krediet van vijf ton voor die auto's. Dus in totaal zit ik op een schuld van vier miljoen.'

'Vier miljoen? Dan ben je failliet!'

'Dat ligt eraan hoe je het bekijkt. Toen het geld binnenstroomde vond de bank het geen probleem, maar zonder inkomsten kan ik de rente niet betalen. Daarom moet ik het huis hier verkopen, de auto's moeten weg, en ik moet zo snel mogelijk weer aan de bak. Als ik elke maand twintig mille aan rente kan ophoesten en ik ritsel hier en daar nog een duizendje of acht bij elkaar zodat we boodschappen kunnen doen en de rekeningen kunnen betalen, dan is er niet zoveel aan de hand.'

Vol ongeloof keek Isabelle me aan. 'Wil je koffie?' Ze liep naar de keuken en even later kwam ze terug met twee dubbele espresso's.

'Lisa heeft er niks over gezegd.'

'Ze weet het ook niet.'

'Niet?'

'Nee, ik heb niks verteld.'

'Twintigduizend per maand aan rente? Mishka, je hebt al een jaar geen plaat uit, je hebt een jaar niet gedraaid, je marktwaarde is net zo gedaald als die beurs.'

'En wat dacht je van *The comeback of DJ Kamadev*? Wat die flapdrol van een Drakestein kan, kunnen wij ook. Een eigen label, ons eigen bedrijf. Jij en ik. Ik word weer de grote ster en jij wordt weer mijn PA.'

'Nou, grote ster, volgens mij moet jij eerst uit je zwarte gat klimmen.'

Het feestseizoen op Ibiza was voorbij. Alle clubs werden schoongemaakt, opgeruimd en winterklaar gemaakt. Isabelle had haar supermodel-tenue aangetrokken: hoge laarzen, blote benen, strak tiet-shirt. Als we daarmee geen succes konden boeken, lag het in elk geval niet aan haar. Twee dagen reden we langs alle discotheken om een contract voor volgend seizoen binnen te slepen. We begonnen bij onze goede vriend Joël van de Pacha.

'Hey, LoveJunkie! What a big surprise,' zei hij. *'I've heard you had a fight with Mister Drake.'* Geruchten kennen geen grenzen en geen houdbaarheidsdatum. Hij vond het leuk me te zien, maar hij had me niet meer nodig. *Pacha presents Max Mondino* stond er groot op de gevel en Mister Max was een succes, dus die hadden ze alvast getekend voor het nieuwe seizoen. Space en Privilège hadden ook al grote namen voor de belangrijke

avonden. En het nieuwe talent had zich al aangediend. De naam van een Franse gozer, Guetta of zo, gonsde over het eiland. Volgens de kenners was hij de nieuwe held achter de draaitafels. Het beste resultaat behaalden we bij Pèpe Alfredo van Amnesia, maar meer dan een onzeker *'maibie'* zat er niet in. Als ik in het voorjaar een grote hit zou hebben, konden we hem bellen.

We reden terug naar San Vincente en gingen op het bed op de veranda liggen.

'Vorig jaar was ik nog de *hotshot* van het eiland, *The God of House Music.*'

'Zo gaan die dingen.'

'Ja, zo gaan die dingen.'

Isabelle kroop tegen me aan en we doezelden in slaap.

Toen we wakker werden was het voor Spaanse begrippen etenstijd. We reden naar het pleintje in de oude stad, waar we aten bij La Torretta. Twee flessen wijn verder liepen we tegen middernacht de trappen van Dalt Vila af naar Teatro Pereyra, de beste livemuziektent op het eiland. Buiten zat een man met wilde haren en blote voeten met een biertje in zijn hand.

'Kijk eens wie we daar hebben,' riep een lachende whiskystem en hij stond op om me te omhelzen. 'De man met de magische vingers, Mishka!'

'Jans! Mag ik je voorstellen, dit is Isabelle.'

Jans zag eruit als een ongeschoren zwerver, maar hij was schathemeltjerijk, dat wist niemand. Pereyra had hij vijfentwintig jaar geleden gekocht om zijn droom waar te maken. Een eigen theatertje waar hij muziek kon maken. En dat was wat hij al jaren deed. Elke avond zat hij op zijn blote voeten achter de piano met de beste muzikanten om hem heen. Jans straalde uit dat hij de gelukkigste man op aarde was, en niet eens omdat zijn bankrekening niet te tillen was.

Kort nadat ik de casa in San Vincente had gekocht, liep ik een keer binnen bij Pereyra om wat te drinken voordat ik in de Pacha moest draaien. Jans zat achter de piano wat te jammen. We raakten in gesprek over muziek en vanaf dat moment werd Teatro mijn vaste stek om een drankje te drinken. Zo werd ik onderdeel van het meubilair en speelde ik geregeld een avond met de band mee, of draaide ik voor de gezelligheid wat plaatjes.

We dronken een paar biertjes en ik vertelde Jans over de bijna-doodervaring van Lisa, de beurscrash, dat niemand meer een baantje had voor *The God of House Music* en dat ons huis te koop stond.

'Ik ga wel voor je rondvragen,' zei hij. 'Er komen hier vaak genoeg mensen die een casa zoeken zoals die van jullie. Hier, neem nog een biertje en je vriendin ook. Mishka, het is maar geld. Ze kunnen ons alles afnemen, behalve onze liefde voor muziek.'

Hij trok me mee aan m'n arm en zette me achter de keyboards. 'Spelen, kreng!'

Jans ging achter de piano zitten, de drummer tikte af, de bas begon te spelen en een meid met een stem die walnoten kon kraken zette de tent in vuur en vlam. Het voelde heerlijk, de sfeer, het publiek, de sensualiteit van de nacht. De muziek was een infuus dat in mijn arm werd geprikt. De adrenaline pompte zich door mijn lijf en ik voelde de kracht door mijn lichaam gieren. Ik voelde me als herboren. Toen de band pauze nam kroop ik achter de draaitafels. Ik draaide, dronk gin en wodka, danste met Isabelle, speelde met de band, zoende met Isabelle, danste, dronk nog wat, en zo ging het door tot we om halfvier kacheltje lam maar in opperste staat van gelukzaligheid een taxi naar huis namen.

We lieten de zon achter ons en toen we aan het begin van de middag de draaideur van Schiphol door liepen werden we bijna omvergeblazen. Het was koud en vochtig. We haalden de Bentley op bij de valet parking en ik bracht Isabelle naar haar eigen huis. Ze had een grote, zwarte zonnebril op en op afstand kon ik haar hoofd horen bonken. Het leek Isabelle beter om de rest van de middag buiten het gezichtsveld van Lisa weer tot leven te komen. Met mij ging het een tikkie beter na zes roze pilletjes, twee liter water en drie espresso's. Nadat ik Isabelle had afgezet, spoot ik voor alle zekerheid nog wat Dolce & Gabbana op mijn wangen en in mijn nek. Ik draaide alle raampjes open en ik stopte twee pepermuntjes in mijn mond.

Toen ik de oprijlaan opreed was zichtbaar dat de bomen de strijd met de wind aan het verliezen waren. De herfst had weinig geduld. Donkere wolken pakten zich samen boven Eyckenbosch. Lisa wist nog van niks en ik had ook geen idee hoe ik het haar moest vertellen. Ik parkeerde de Bentley onder de carport en bleef nog even zitten voordat ik uitstapte.

Lisa lag met Einstein op de bank en haar gezicht sprak boekdelen.

'Zo, jij ziet er fris en fruitig uit. Waar is Isabelle?'

'Naar huis. Ze was moe en ze voelde zich niet lekker.'

'Hm. Hebben jullie het leuk gehad, samen?' Ze klonk kortaf. Zou ze iets vermoeden? Wilde ze me een mogelijkheid geven om eerlijk te zijn, zodat ik mezelf een lichte strafvermindering kon geven op mijn schuldgevoel? Maar waarom zou ze de pijn uitgesproken willen horen over mijn lippen? Mijn zwijgen zei alles, in elk geval genoeg.

'Je bent niet meer wie je was, Mishka. Het lijkt wel of er iemand anders in jou is geslopen. Wat is er met je gebeurd? Je gedraagt je vreemd, je zuipt als een achterlijke. Ik had gehoopt dat die paar dagen je goed zouden doen, je had beloofd dat je niet zoveel zou drinken. Kijk hoe je eruitziet!'

Ze schudde haar hoofd en ik las een lichte wanhoop af van haar gezicht.

'Liefje, liefje, wat is er toch allemaal met je aan de hand? Kom eens bij me zitten.'

Ik ging naast haar zitten. Ze sloeg een arm om me heen en zuchtte.

'Ik heb je gemist. Volgende keer gaan we samen. Alles wordt weer zoals het was. Kan je ergens draaien?'

'Dat komt goed. Als ik straks weer hits heb, staan ze voor me in de rij. Ik heb vannacht bij Jans gespeeld met de band. Het voelde heerlijk en toen ineens wist ik het, ik moet weer muziek gaan maken.'

Lisa glimlachte. 'Zie je, alles komt goed. Maar waarom heb je het me niet verteld?'

'Wat?'

Ze draaide haar hoofd naar me toe.

'Die fax, die fax van de bank. Ik was je bureau aan het opruimen en ik wilde jou niet lastigvallen, dus heb ik Ernst gebeld.'

'En?'

'Wat en? Hij vertelde dat jullie het opgelost hadden. Branco had iets geregeld,' zei hij.

Mijn hand aaide door haar donkere krullen. Ik hoorde haar moeizame ademhaling.

'Hoe gaat het eigenlijk met dat beleggen? Daar ging die fax toch over?'

Een ogenblik hield ik mijn adem in en toen zei ik: 'Ik moet de Bentley verkopen en jouw Mercedes ook.'

Lisa liet me los en deinsde terug.

'En ik heb het huis op Ibiza te koop gezet.'

'Wat?'

'Het geld is op.'

'Welk geld?'

'Al het geld.'

'Wat bedoel je?'

Ik vertelde wat er gebeurd was. Het bleef lang stil, het was zo'n stilte die niet veel goeds voorspelde. Lisa keek me aan met een blik die ook niet veel goeds in zich had.

'Dus we staan op straat?'

'Nee, Branco heeft een constructie bedacht. Hij heeft het zo met Ernst geregeld dat we ons daar geen zorgen over hoeven te maken. We moeten alleen elke maand iets meer hypotheek betalen.'

Het was beter om Eyckenbosch te verkopen, zodat onze financiële situatie overzichtelijker zou worden, maar dat was uitgesloten. Dat huis was heilig voor haar en ik zou ervoor zorgen dat zij er voor altijd kon blijven wonen, wat er ook gebeurde.

'Is dat alles? Is dat alles wat ik moet weten, of is er nog meer?'

'Vind je het niet genoeg? Vertrouw je me niet? Heb ik verdomme alles zo opgelost dat jij nergens last van hebt... Jezus, zeg. Ik heb al dagen nachtmerries, ik slik oxazepam en valium... Is er ook nog iemand die een beetje rekening houdt met mij? Ik kan net zo goed van het Hilton afspringen.'

Ze onderbrak me op kalme toon.

'Wat? Wat zei je? Dus ik ga langzaamaan kapot en jij vindt dat je doodleuk tegen mij kan zeggen dat je van een dak te pletter wil springen? Aansteller, pathetische kwast. Jij bent echt niet goed bij je hoofd. Jij gaat geen rare dingen doen, hè, meneer Kamadev!'

Het onweer op haar gezicht gaf een waarschuwing af voor een wervelwind met orkaankracht.

'Luister goed, meneer Kamadev. Ik weet van jou en Isabelle. Dat jullie het met elkaar doen. Het was míjn idee, vanaf het prille begin. Ik heb het aan haar gevraagd, omdat ík het niet meer kon, omdat mijn lichaam het niet meer aankon. En om te voorkomen dat jij zou gaan hoeren en sloeren, leek dat mij een veilige oplossing. Het enige risico was natuurlijk dat jij jezelf weer helemaal zou verliezen en dat je verliefd zou worden, maar Isabelle zou niet verliefd worden op jou, dat was de afspraak.'

Lisa glimlachte en schudde haar hoofd.

'Ik had het niet verwacht, ik ken haar al dertig jaar. Liefde zou geen spelbreker worden. Het was een spel, een spel om jou... om je niet kwijt te raken. Het is mijn eigen schuld, ik was gewaarschuwd. En het is toch gebeurd en niet zo'n beetje ook. Meneer en mevrouw leven er lang en gelukkig op los, terwijl ik hier...'

Het praten ging over in hoesten en haar gezicht kleurde paars. Zwaar ademend zei ze nog: 'Even had ik de hoop dat je niet op haar avances zou ingaan, omdat je mij eeuwige trouw had beloofd...'

Haar ogen stonden onder water en vroegen om een verklaring, maar er was een spastische kramp opgetreden waardoor mijn lichaam zich kromde tot een wassen beeld van Quasimodo. Het duizelde me.

'Ik dacht: dat moet ik je toch even vertellen,' zei ze. 'Misschien is het beter dat jij je eigen leven gaat leiden, ik kan je niet meer geven wat jij nodig hebt, maar mijn liefde voor jou blijft onoverwinnelijk. Je bent mijn alles, lief manneke, maar... ik ben niet alles meer voor jou. Het is voor jou beter dat ik dood ben, dan kun jij weer gaan leven. Laat me maar even alleen, ik wil even alleen zijn.'

maandag 12 oktober 1998

ONTMOETING MET HET VERLEDEN

Op het bankje in de rozentuin ben ik een potje gaan zitten janken. De toon in haar stem had mijn hart in duizend stukjes verbrokkeld. Misschien had ze gelijk, misschien wás het beter om mijn eigen leven te gaan leiden. Maar wat was er nog over van mijn leven? Ons leven? Ik moest toezien hoe ik onze onsterfelijke liefde had vermoord.

Om mijn gedachten te laten verwaaien, stapte ik in de Bentley en reed naar IJmuiden. Het was een onstuimige dag en de wind was bezig het duin weg te waaien. De zee was woest. Ik ging op het strand zitten en nam een slok Smirnoff uit de fles die ik voor noodgevallen altijd achter in mijn auto had liggen. Als gedachten niet bereid zijn vrijwillig afscheid te nemen, moet je ze verdrinken. Het ongrijpbare kun je niet vermoorden.

Schuldgevoel en vrees voerden een duel in mijn hoofd. De zee voerde ook een gevecht, het was niet duidelijk met of tegen wie of wat, maar een gevecht was het.

Er moet wel leven zijn na de dood, dacht ik, want voor de dood was er geen leven meer, niet voor mij. De schuld aan de bank was vier miljoen gulden. Tot aan mijn graf zou ik een slaaf zijn van de bank en dan nog zou ik als een arme sloeber sterven. Eyckenbosch verkopen was de enige redding.

Gegijzeld door waandenkbeelden dronk ik nog wat wodka. Ik moest Isabelle spreken.

'Laat een bericht achter na de piep,' zei haar stem op het bandje.

‘Piep, piep, piep,’ sprak ik in, en misschien wel meer ook.

Naar wie kon ik toe? Branco was voor zaken naar Londen, dr. Freudi was in Zwitserland om een lezing te geven over *Die Liebe und der Wahnsinn* en Lisa wilde me voorlopig niet zien. Niemand wilde mijn eenzaamheid delen.

Wat doet een man die geen toekomst meer ziet?

Ik legde de halflege fles op de stoel naast me en startte de auto. Mijn bloeddrukmeter stond op 250 en met die snelheid scheurde ik over de A9 op weg naar het hiernamaals. Ik vroeg me af hoe het zou voelen. Morgenochtend zou ik op de voorpagina staan van *De Telegraaf*, met een foto van wat er nog over was van de Bentley en als onderschrift: *‘Noodlottig einde DJ Kamadev.’* Mijn rechtervoet nam gas terug.

In een straat in Amsterdam-Oost kwam ik tot stilstand. Het was niet de eerste keer dat ik hier parkeerde. De groep mannen op de stoep viel stil toen ik uitstapte. Een man in een jurk, met een keppeltje en een ringbaard, kwam naar me toe en zei: ‘Hier voor jou ishj gefaarlijk. Jij niet kan parkeren.’

‘Als je zoveel hebt gedronken als ik, is parkeren overal gevaarlijk,’ zei ik, en ik bedankte de aardige man voor de waarschuwing.

‘Hier gefaarlijk voor jou,’ zei hij nog een keer met zijn wijsvinger zwaaiend in de lucht.

Voor de deur van nummer 11 wachtte ik even en drukte toen op de bel van 11-3 hoog. Met een zoemend geluid klikte de voordeur uit het slot. De trap was smaller en steiler dan ik me herinnerde. Het rook er naar iets wat al lang in staat van ontbinding verkeerde maar nooit was opgeruimd.

Bij de laatste treden van de derde trap hoorde ik een

deur opengaan. Daar stond ze, in een doorschijnend T-shirt met een diep uitgesneden decolleté. Haar lange blonde haar leek rood en ze zat strakker in haar vel.

'Zo?' zei ze met een vragend gebaar. Gelukkig doorbrak zij na een tijdje de stilte, anders hadden we elkaar nu nog zwijgend staan aangapen. 'Wat kom jij doen?'

Ja, wat kwam ik doen?

'Lotte.'

Ze haalde haar schouders op. 'Wat, Lotte?'

Het was niet de toon waarop ik gehoopt had, waarop ik wel had gehoopt wist ik niet.

Ze schudde haar hoofd, draaide zich om en liep naar binnen. Ik liep achter haar aan, er was niets veranderd. Heerlijke billen in een retestrakke spijkerbroek. In een hoek van de kamer stond de tafel met een leeg wijnglas en een volle asbak, aan de andere kant lag de matras op de vloer.

'Je komt toch niet om te neuken?'

'Ik kom afscheid nemen.'

'Afscheid? Je probeert al zes jaar uit mijn leven te verdwijnen en nu sta je weer hier.'

'Ik wil verdwijnen uit mijn eigen leven.'

'Hoe kan je verdwijnen uit je eigen leven?'

'Het is mijn leven, dan kan ik er toch ook uit verdwijnen?'

'Heb je gedronken?'

'Nee.'

Ze slaakte een diepe zucht, deed een stap in mijn richting en drukte zich tegen me aan.

'Zullen we wat eten?'

We gingen eten bij Youfuk, het restaurantje waar we vroeger vaak kwamen. De eigenaar met de grote snor was nog steeds de eigenaar en hij had ook nog steeds die grote snor. Het leek alsof er in zes jaar niets was veranderd, alleen herkende de grote snor mij niet meer. Dat was het begin. Als ze mij in restaurants al niet meer herkenden, zou binnenkort niemand mij meer herkennen. Ik stond met één voet in het zwarte gat.

'Waarom heb je zo lang niks van je laten horen?' vroeg ze.

'Zo gaan die dingen.'

'Ja,' zei ze aarzelend, 'zo gaan die dingen.'

We bekeken de kaart, maar veel viel daarop niet te bekijken.

'Zullen we rode wijn drinken?'

'Wit is ook goed. Heb je echt niet gedronken?'

'Niet genoeg.'

De grote snor noteerde een fles rode wijn. 'En tweemaal dagmenu?'

'Is er nog iets anders dan?' vroeg ik.

'Nee,' zei de grote snor. 'Dagmenu met kip, of dagmenu met lam.'

'Dan tweemaal dagmenu met kip.'

'En knoflookbrood?'

'Ja, en knoflookbrood, met veel knoflook. We hoeven toch niet te zoenen.'

'Knoflook verheldert de geest,' knipoogde de grote snor naar Lotte.

'Hoe is het met je moeder?'

'Misschien wil ik toch liever lam,' zei ze.

De grote snor kwam aanlopen met de fles wijn, de kurk was er al uit. Hij schonk twee glazen vol, glazen die niet voor wijn waren bedoeld.

'Heeft u geen wijnglazen?' Hij zette het knoflookbrood op tafel en zei: 'Wijn zit in de glazen, dus het zijn wijnglazen. Jullie drinken wijn, straks is glas leeg. Is dit glas anders leeg dan wijnglas?'

Hij had gelijk. Leeg is leeg, het maakt niet uit wat eromheen zit of hoe het verpakt is.

'Nou, daar zitten we dan.'

'Ja, daar zitten we dan.'
'Wat is er nu weer, Mishka?'
'Weet je nog, toen we klein waren?'
We spraken over onze jeugdjaren, toen alles nog mogelijk was. We hadden geen verantwoordelijkheden, geen zorgen en geen geld. Een bestaan dat gelukzaligheid benaderde, maar geluk herken je altijd pas vanaf een afstand. Lotte en ik waren kinderen en kinderen hebben de toekomst, maar de toekomst verdwijnt als zij dichterbij komt en de tijd pakt kinderen hun geloof en hun dromen af. Lotte had haar dromen en haar geloof al vroeg verloren, en de enige toekomst die zij ooit had gehad was ik.
Ze vertelde wat ze de laatste tijd zoal gedaan had, maar het was vooral wat ze had willen doen, nu was het tijd iets te doen wat haar leven echt betekenis zou geven.
'Waarom doe je dat dan niet?'
'Nog wijn?' vroeg de grote snor, toen hij zag dat de eerste fles leeg was.
'Ja, graag,' zei ik, 'en ook nog wat knoflookbrood.'
'Het heeft geen zin om dingen te proberen die toch niet mogelijk zijn,' vond Lotte.
'Niets is onmogelijk,' zei ik. Voor mij was het allemaal anders, zei ze. Ik had geld.
'Hoe is het met de liefde?'
'Liefde is waanzin,' antwoordde ze.
'Ik ben verliefd op de dood,' zei ik, 'maar mijn liefde voor haar is onsterfelijk.'
'Hou je nog van mij? Je hebt gezegd dat je altijd van mij zou blijven houden.'
'Natuurlijk hou ik van jou, jij bent mijn verleden en het verleden reist altijd met je mee.'
Naarmate de avond vorderde werd het steeds gezelliger en Lotte legde haar hand op die van mij. Ik vertelde dat Lisa bijna dood was geweest en hoe ziek ze vaak was, dat we al drie jaar geen seks meer hadden, dat ik verliefd

was op een hoer in Boedapest en dat ik Drake Records had verlaten na een conflict met Drakestein. Ik vertelde ook dat ik al mijn geld op de beurs had verloren, en niet alleen mijn geld, ook mezelf. De resterende tijd van dit bestaan op aarde was waardeloos geworden, daarom was het tijd om afscheid te nemen van deze wereld en van mezelf.

'De glazen zijn leeg,' zei ik tegen de grote snor. 'Het is tijd om te gaan.' Ik legde mijn American Express op tafel.

'Heb jij geen geld?' vroeg de grote snor.

'Hoezo zou ik geen geld hebben? Dit is een Platinum Card, dat is voor rijke mensen.'

'Rijke mensen hebben geld,' zei de grote snor.

'De bank heeft mijn geld.' Toen wilde hij dat ik naar de bank ging om te pinnen. Lotte moest achterblijven als onderpand. Vijfenzestig gulden was ze waard als onderpand. De pinautomaat vroeg driemaal om mijn pincode en at toen mijn bankpas op.

Toen ik terugkwam in het restaurant waren alleen Lotte en de grote snor er nog.

'De automaat heeft mijn pas opgegeten en ik heb geen geld, maar morgen bel ik de bank, ik ken de bankdirecteur persoonlijk,' zei ik.

De grote snor stond op en riep: 'Geen geld, geen geld! Wat nu?'

'Ik heb wel een telefoon, de allernieuwste, hiermee kun je zelfs bellen in Amerika.' Ik haalde de spiksplinternieuwe Nokia uit mijn broekzak en zag dat ik drie oproepen had gemist.

'Bel dan de bankdirecteur,' zei de grote snor.

'Weet je wel hoe laat het is? Hier, neem mijn telefoon, die is driehonderd gulden waard. Morgen kom ik het geld brengen en dan krijg ik hem terug.'

In ruil voor het nieuwe onderpand mocht Lotte mee. Buiten ontdekte ik dat de wind me had achtervolgd en nu probeerde Amsterdam omver te blazen.

'Na mij de zondvloed!' riep ik, maar dat was de goden verzoeken. Een wolkbreuk scheurde de hemel open en wij renden naar de nachtwinkel om te schuilen. Lotte zei dat ze daar toch iets moest halen. Dan konden we net zo goed ook een fles wijn meenemen. Bij de kassa bedacht ik dat we nog steeds geen geld bij ons hadden, en wat we kochten was niet duur genoeg om met een Platinum Card te betalen.

'Stanley, mogen we deze fles meenemen? En sigaretten en m'n pakketje,' vroeg Lotte. Stanley? De gespierde krullenbol gaf haar een pakje Marlboro en een plastic zakje.

'Yo, goed spul,' lachte Stanley, zijn gouden voortanden glinsterden in het TL-licht.

'Yo,' gebaarde ik met twee vingers in de lucht, zoals jongens als Stanley dat gewend zijn. 'Goeie investering, die komt de bank vast niet uit je bek trekken als het fout gaat.' Al leek Stanley mij niet het type dat een bank nodig had. Hij had het ver kunnen schoppen als profvoetballer, of als rapper, maar het noodlot had hem doen besluiten om ondernemer te worden in nachtelijke aangelegenheden. En zo had Lotte hem leren kennen.

Zonder te betalen liepen we met de sigaretten, het pakje en de fles wijn weer de regen in. Lotte vertelde dat ze in deze winkel geen geld nodig had. Ze had een rekening waar ze af en toe een klein klusje voor moest doen. Ik vroeg niet wat voor klusjes, dat waren mijn zaken niet. Alles willen weten leidt tot teleurstellingen, of er komt gedonder van, of allebei.

De trap was nog hoger en steiler dan vanmiddag. Ik voelde dat de tijdbom in mijn hoofd al was begonnen met tikken. De verrotte lucht in het portiek was minder, misschien was het kadaver afgevoerd, of ik rook het niet meer door de knoflook.

Terug op drie hoog achter deed Lotte midden in de kamer haar kleren uit. 'Jij ook,' zei ze, 'je bent doorweekt.' Mijn kleren verdwenen naast die van haar op het droogrek in het halletje. Alleen mijn onderbroek hield ik aan. Daarna stak ze kaarsen en een zelfgemaakte sigaret aan. Ik trok de kurk uit de fles en schonk de glazen vol. Rondom de armoede van waardeloze wijn en troosteloosheid hing ineens een sfeer van romantiek.

Ik schrok wakker van een zuur gevoel dat mijn mond had bereikt voordat ik het bed kon verlaten. Lotte had niks in de gaten. De kaarsen waren bijna opgebrand. In het duister vond ik iets dat voelde als een doekje. Voorzichtig veegde ik Lotte droog en ik wiste de sporen van mijn aanwezigheid uit. Daarna trok ik in het halletje mijn kleren aan, blies het laatste vlammetje uit en maakte me uit de voeten. Te haastig, want de trap begon eerder dan ik het lichtknopje had gevonden. Ik stuiterde ondersteboven naar beneden. Toen ik opkrabbelde begon het in mijn hoofd te duizelen. De laatste restjes knoflookbrood liet ik achter op de deurmat.

Buiten stond iemand bij de Bentley.

'Wat doe jij daar!'

De man draaide zich om en riep: 'Ik sta tegen die schijtbak aan te pissen.'

'Ben je al bijna klaar?' vroeg ik beleefd.

'Die schijtbak hoort hier niet, die vraagt erom.'

'Ik moet dringend naar huis, ik heb me verslapen.'

'Is dat jouw auto?'

'Nee, van de bankdirecteur.'

'Mijn vrouw is een hoer,' schreeuwde de pissende man. 'Alle vrouwen zijn hoeren.'

'Mijn vrouw is geen hoer,' zei ik, 'maar verder heb je misschien gelijk.'

'Weet je dat jij vreselijk uit je muil stinkt?'

'Dat is goed mogelijk, de bankdirecteur heeft in mijn bek zitten schijten, maar dat is nog niet het ergste, die schijtbak heeft al mijn geld door de plee gespoeld. Of het is de knoflook van de grote snor, omdat ik toch niet hoefde te zoenen. Nu moet ik echt gaan.'

'Zeg kerel, ben jij niet goed bij je hoofd, of heb je gezopen?'

'Mijn hoofd is niet goed,' zei ik en ik stapte in de Bentley.

Met mijn ingewanden ging het nog steeds niet goed. Ik reed met open ramen en mijn hoofd half naar buiten gestoken door wat er over was van de nacht. Om de lucht te verdrijven spoot ik Dolce & Gabbana op mijn wangen, in mijn nek en daarna over mijn kleren en door de auto, want die rook ook niet meer fris.

Aan het begin van de Laan van Eyckenbosch deed ik de lichten uit en ik reed stapvoets over het grindpad. Toen ik de auto uitzette, gaf de klok kwart over vier aan, dat zou wel zo zijn dan, want de klok had geen reden om te liegen.

Zachtjes opende ik de voordeur en sloop naar binnen. Geruisloos kroop ik de trap op. Het leek me beter boven te gaan slapen, toen ik ineens ergens licht zag aangaan. Met ingehouden adem liep ik terug. Het was de lamp naast de bank. Bij de ingang van de salon werd ik vastgenageld aan de vloer.

'Waar kom jij vandaan?'

Keek ik scheel van de pijn in mijn kop, of zag ik in het schemerlicht Lisa en Isabelle naast elkaar op de bank zitten?

'Ik heb je tien keer gebeld, ik heb je ge-sms't, wij zijn doodongerust. Is je telefoon soms stuk?' vroeg Lisa.

‘Ik heb mijn telefoon opgegeten.’

‘Mishka, waar ben jij in ’s hemelsnaam mee bezig?’

‘Willen jullie thee?’ vroeg ik. ‘Ik denk dat ik toe ben aan een kopje thee.’

‘Je wilde een einde aan je leven maken,’ riep Lisa.

‘Wie zegt dat?’

‘Jij, op mijn voicemail!’ antwoordde Isabelle. ‘Je riep iets van piep, piep, piep, ik moet verdwijnen uit dit leven, dit kan zo niet verder, maar het was bijna niet te verstaan. En toen zei je: dan nu het weerbericht, er is storm op komst.’

‘Wat zijn dat voor rare berichten?’ zei Lisa. ‘Je hebt ons vreselijk laten schrikken.’

‘Ik kan mij er niets van herinneren, edelachtbare.’ Waar was mijn advocaat? Die had kunnen verklaren dat ik tijdelijk ontoerekeningsvatbaar was, al is tijdelijk een rekbaar begrip.

‘Jezus, Mishka, je bent lazarus. En zo heb je gereden?’ snikte ze door haar tranen heen. ‘Die drank wordt jou nog eens noodlottig.’

Hoofdschuddend keek ze me aan en vervolgens liep ze hoestend naar de slaapkamer.

‘Je had wel dood kunnen zijn,’ zuchtte Isabelle met tranen in haar ogen. ‘Waar ben jij de hele nacht geweest? En met wie, Mishka?’

‘Alles wat ik zeg kan tegen me gebruikt worden, edelachtbare, maar gezien de verzachtende omstandigheden pleit ik mijzelf onschuldig.’

‘Hoeveel heb jij gezopen? Je bent een egoïstische klootzak. Heb jij enig idee wat Lisa en ik allemaal voor jou overhebben? Ik ben klaar met jou!’ riep Isabelle en ze liep de kamer uit.

Het rinkelen van de huistelefoon maakte me wakker. Ik lag aangekleed op de bank. Behalve de demonen van de nacht, die mij met een moker achtervolgden, was er niemand in de kamer. Ik strekte mijn arm uit naar het draadloze toestel, in de display stond *Mishka*.

'Hi, schatje. Ik heb je telefoon alvast opgehaald, ik heb het geregeld met de grote snor, kleine moeite.'

'Lotte? Hoe kom je aan dit nummer?' Verschrikt keek ik om me heen. Buiten was het licht, het deed pijn aan mijn ogen. 'Ik kom naar je toe,' zei ik. Het parket in de salon trok krom van de graflucht uit mijn bakkes, dus voordat ik ging poetste ik mijn tanden. Ik moest plassen, liet mijn broek zakken en ging zitten om te overdenken wat er vannacht allemaal gebeurd kon zijn. Mijn blik dwaalde af en ik kwam tot de ontdekking dat ik geen onderbroek aanhad.

Buiten was het opgeklaard. Ik stapte in de auto. De depressie was overgetrokken en een flauw zonnetje scheen door de restanten van een dunne sluierbewolking. Het felle licht boorde zich als stalen splinters in mijn kop.

De mannen van gisteren stonden weer op de stoep met elkaar te praten. Een van hen was de grote snor uit Youfuk. Hij keek me aan en lachte me uit. De jurk met het keppeltje wierp me een afkeurende blik toe. Ik belde aan bij 11-3 hoog. De zoemer ging, het trappenhuis stonk naar zure knoflook. Toen ik de derde verdieping had bereikt stond Lotte triomfantelijk in de deuropening, met in haar hand mijn nieuwe Nokia. Ze was naakt en nat. Waterdruppels dropen van haar lange haren op haar borsten. Het daglicht openbaarde dat Het Opperwezen deze vrouw had voorzien van een nagenoeg perfect lichaam.

Ze gaf me mijn telefoon. 'Nou, tot de volgende keer maar weer,' zuchtte ze. 'Hoor ik nog van je?'

Ik haalde mijn schouders op. 'Als er iets is, kun je me bellen.'

najaar 1998

REDDENDE ENGEL

Hoe langer ik de waarheid voor me uit kon schuiven, hoe meer die waarheid een versie werd van mijn werkelijkheid. Volgens dr. Freudi was de werkelijkheid sowieso niet meer dan een illusie van onze gedachten.

Zoals Lisa een abonnement had op dokter Rozenboom, zo ging ik met enige regelmaat op bezoek bij dr. Freudi om te praten over de zin van leven en dood en alles wat zich daartussenin bevond. Onze ontmoetingen leken op een quiz, want we stelden elkaar vragen.

'Wie zou je zijn als je vader iemand anders was geweest?' vroeg dr. Freudi.

'Kan God een vrouw zijn?'

'Als God voor jou een vrouw is, is ze een vrouw,' antwoordde hij. 'God is voor iedereen wat we er zelf van maken. Een man met een baard, de Schepper, Brahma, de Moederbron... God is God.'

Met zijn witte angorabakkebaarden en z'n guitige kop had dr. Freudi het kunnen zijn, God. Hij sprak in elk geval altijd wijze woorden en hij wist op elke vraag een antwoord.

'Kunnen we in ons leven een verkeerde afslag nemen?'

'Als we van ons levenspad dreigen af te raken worden we automatisch bijgestuurd om weer op koers te komen. Zo werkt het in de kosmos. Niet dat elk detail bepaald is, maar de grote lijnen staan vast. Zo staat het in de Akasha.'

'Akasha?'

'Het boek des levens. Daarin staat alles wat we weten moeten.'

'Waar koop ik dat boek?'

Dr. Freudi lachte en zijn bolle rode wangen kreeg extra kleur. 'Dat schrijven we zelf. Ieder heeft zijn eigen boek met blanco pagina's. Maar het is geen leeg boek. Elk verhaal is geschreven met onzichtbare inkt. Hoe wij het inkleuren is aan ons. Bekijk het zo: als we voor de komende duizend jaar met precisie kunnen berekenen op welk tijdstip de zon en de maan opkomen en weer ondergaan, en wij geloven niet in enige sturing van de Onzichtbare Hand? Is de mens dan onnozel of dwaas?'

Ik ging langs bij Isabelle. Ze was boos en blij tegelijk. Boos op mij, blij dat ze alles met Lisa had kunnen uitpraten. Hartsvriendinnen in voor- en tegenspoed. Ik bood mijn excuses aan voor de schade die ik had aangericht en maakte het daarna goed met haar.

Aan het einde van de middag kwam Lisa uit bed. Ze was doodmoe, omdat ze de halve nacht niet had geslapen. Ik lag op de bank, gesloopt en ik voelde me verrot. Op tafel stond een kristallen vaas met een grote bos witte rozen. Lisa keek me vragend aan.

'Wil je bij me komen zitten?' Ze bleef staan, keek me aan en zuchtte.

'We moeten praten,' zei ze. 'Waar was je vannacht? Ik was doodongerust.'

Ik reageerde niet.

'Sorry, Lies. Sorry voor alles wat ik gedaan heb en voor alles wat ik had moeten doen, maar niet heb gedaan.'

Een paar seconden bleef het stil. Daarna zei Lisa: 'Ik ben geen goede vrouw voor je geweest. En dan ben ik ook nog altijd ziek. Dit is niet zoals we het bedacht hadden.'

Ik wist niet hoe ik moest reageren. Haar liefde was de lankmoedigheid zelf.

'*Amor Fati*, het komt wel goed,' zei ze en ze gaf me een kus op mijn voorhoofd. 'Bel Rakhi, misschien kan hij je helpen.'

Ik belde onze Indiase Boeddha-buurman uit Ibiza en vertelde wat er gebeurd was. Hij verbleef voor zaken in New York en nodigde ons uit om de kerstdagen door te brengen in zijn suite in het Waldorf Astoria. Een zakenvriend van hem uit San Francisco zou er ook zijn. Rakhi vond het een goed idee dat ik die meneer zou ontmoeten.

Om onze financiële huishouding enigszins op orde te brengen had ik de Bentley met twee ton verlies verkocht voor 210.000 gulden. Als je verlegen zit om geld, krijgt cash een onschatbare waarde. Naar de buitenwereld was het verhaal dat ik me artistiek toch meer thuis voelde in een oude Jaguar. Een schitterende XJS coupé uit '87. Oude liefde roest niet, maar mijn 'nieuwe' oldtimer wel. Een schoonheid met gebreken.

De SL55AMG ruilde ik in voor een schoenendoos contant geld en een zo goed als nieuwe Grand Cherokee, de gouden koets van 't Gooi. Lisa was er dolblij mee en het hield de schijn op dat er met de Kamadevjes niks aan de hand was. Het was voldoende om een tijdje de boodschappen mee te doen en de twintigduizend gulden hypotheek per maand te kunnen betalen. En er was nog steeds geen uitspraak gedaan in de zaak Kamadev-Drakestein. Als onze eis zou worden ingewilligd, zou ik in ruil voor kwijtschelding van toekomstige verplichtingen nog zesenhalve ton ontvangen van Drake Records. Kortom, er begon weer licht te gloren aan het einde van de bodemloze put waarin ik was beland.

Met een stapel bankbiljetten op zak was het glamourbestaan weer betaalbaar en zolang de dagen het toelaten moet je leven. Om de zorgen tijdelijk te parkeren boekte ik voor Lisa's vijfendertigste verjaardag twee KLM WORLD BUSINESS CLASS-tickets naar JFK Airport, New York.

'Kan ik u blij maken met een glaasje champagne? Mevrouw niet? En wilt u misschien een krantje, meneer? Een watertje voor mevrouw. Kijkt u eens. Alstublieft.'

Lisa zat gespannen met haar nagels in de leuningen. Ze probeerde zo rustig mogelijk te ademen en dat ging goed tot ze het benauwd kreeg. Ik was er al bang voor geweest. De stewardess van middelbare leeftijd snelde naar ons toe en bekommerde zich om Lisa.

'Ach gut, mevrouw, u heeft het flink te pakken. Het heerst, hè. Ik heb het laatst ook gehad, zo vervelend, dagen mee gelopen. Af en toe had ik echt het gevoel dat ik geen lucht meer kreeg, maar u moet maar zo denken, uiteindelijk gaat het vanzelf over. Thee met honing doet het meestal goed. Zodra we zijn opgestegen breng ik u een kopje thee met honing.'

Ik pakte een krant van haar karretje. *The New York Times* berichtte over het onstuimige beursjaar: *Gekko is back on Wall Street*. Drie maanden na het dieptepunt in oktober waren alle koersen zo goed als hersteld. Alsof er niets was gebeurd stonden de beurzen eind 1998 weer bijna op hun hoogtepunt. Het enige verschil was dat ik drieënhalf miljoen gulden armer was.

In december ademt New York een sprookjesachtige sfeer en nu het gesneeuwd had was het helemaal *winter wonderland*. We vierden Lisa's vijfendertigste verjaardag op Fifth Avenue. Rakhi overlaadde haar met cadeaus. Een zwart jurkje van Dior en bijpassende handtas. '*You only live once, honey!*' Rakhi hield van zwart, de kleur van zijn creditcard.

'We hebben nog een verrassing voor je,' zei ik. De taxi zette ons af voor 31 West 54th Street. 'Manolo Blahnik, de beste schoenmaker van de wereld.'

De schoenenboetiek van Manolo is als een Ferrariwinkel voor mannen zonder poen. Een paar damesstappers kost er net zoveel als een modaal inkomen, waar een gezin met twee kinderen een maand van moet zien rond te komen. Kiezen is vrijwel onmogelijk. Als hebzucht nooit onderdeel van je karakter heeft uitgemaakt is deze shop de ultieme testcase. Zeker voor Assepoesters. Maar voor Lisa was het geen kwestie van kiezen. Ze wist exact wat ze wilde.

'Die zwarte met die bandjes. Kijk eens wat een mooie hakken.'

Mensen die zeggen dat geld niet gelukkig maakt, weten niet waar ze moeten shoppen. Bepakt en bezakt kwamen we aan bij het Waldorf Astoria. Voor de entree was het een gekkenhuis. Gillende jongens en meiden verdrongen zich met flitsende fototoestellen. Op dat moment merkte ik voor het eerst wat ik miste. Er stopte een limousine en onder begeleiding van vier killercommando's liep een dame met een zwarte sluier over haar hoofd het hotel binnen. Voor de lift stond ik oog in oog met Madonna. Zij ging ook naar de *top floor.* In chique hotels ontmoet je grootheden en andere interessante mensen, had papa di Angelo gezegd.

Rakhi bewoonde twee weken lang de suite op de tweeenveertigste verdieping. Zijn platenlabel Buddhisque en de Londense dansclub The Temple had hij verkocht voor een *astronomical amount of money.* Ook al begon die ouwe jurk op leeftijd te raken, nu was hij samen met zijn zakenvriend uit San Francisco weer bezig een investering te doen in een internetstart-up uit Menlo Park in Californië.

Vanuit het penthouse keek ik uit over Manhattan. *Top of the world*, zoals ze zeggen. Daarbeneden lag Wall Street. In de verte stond het Vrijheidsbeeld in de schijnwerpers. New York City, de stad waar grootheidswaan zijn oorsprong vond.

Die avond ontmoetten we Dan the Money Man. Hij vertelde hoe hij een bedrijf had opgericht met slechts achthonderdtwintig dollar en het acht jaar later naar de beurs had gebracht voor vierhonderdvijftig miljoen. Dan the Money Man had vijftig miljard dollar aan deals op zijn naam staan.

'Anything is possible. If you want succes as bad as you wanna breathe, you will find a way.'

'Alles wat je kunt bedenken, kun je bereiken, maar je moet het wel écht willen,' zei hij.

'The universe will fulfill all your dreams, but it has to know what you want! And you have to ask for it. There is no secret to success. Just do what you love, be hungry and stay foolish.'

Hij wees dwingend met zijn vinger in mijn richting. Lisa's ogen fonkelden. Ze mocht hem, deze innemende persoonlijkheid, die mij de spoedcursus Harvard-in-één-dag gaf.

'Vind je ook niet dat hij op papa lijkt?' zei Lisa. Voor het eerst sinds lange tijd straalde ze weer. Bij het diner dronk ze zelfs een glas wijn mee. Château Gruaud-Larose, een drankje voor levensgenieters. Het voelde heerlijk om haar blij te zien.

'You should be ashamed that you don't use that talent of yours. It's a gift of God,' sprak Rakhi plotseling ernstig. *'You have to get back in business, Mishy boy. Why don't you start your own label? Or figure something out on the internet, like we do.'*

Mister Dan the Money Man was investeerder. Hij investeerde in wel honderd bedrijfjes. Vijfennegentig gaan er *down the drain*, maar die vijf die overleven, gaan *all the way up to the sky*, verklaarde hij. En nu hadden de twee oudere heren geld gestopt in een of andere padvinder, iets als Yahoo, om wegwijs te kunnen worden in de chaos van het wereldwijde web.

'I've just had a meeting today with the two guys, Larry and Sergey. I think he's Russian too. You're Russian, aren't you, mister Kamadev?'

Het kerstdiner smaakte heerlijk en terwijl Rakhi en Lisa elkaars verhalen deelden, vertelde ik Dan the Money Man over mijn successen als DJ, dat ik had gedraaid in de grootste clubs in Amsterdam, Londen, Ibiza en Boedapest. En dat ik miljoenen had verdiend.

'I'm The God of House Music.'

De grijze zakenman keek Lisa met een schuin hoofd aan, fronste zijn wenkbrauwen en richtte zich toen tot mij. *'And I'm Santa Claus.'* Hij lachte en Lisa lachte met hem mee. *'So, rockstar, but if you ain't Michael Jackson or Madonna, you never gonna make real money,'* zei hij op een goedbedoelde, belerende toon. *Deals* was het magische woord. *Mergers and acquisitions.* Bedrijven kopen, samenvoegen, omzet verhogen, kosten verlagen, inpakken, strik erom en verkopen, of een IPO *(Initial Public Offering)*, het bedrijf voor veel geld naar de beurs brengen.

Zo bedacht ik FUTURE MEDIA.

januari 1999 - juni 1999

DE VOS EN DE SPIEGEL

Met een kennis die deed in vastgoed, aandelen en oude auto's, had ik afgesproken iets te gaan drinken in Luxembourg. Een van de Amsterdamse etablissementen waar de orde van het nieuwe geld, internetdudes, vastgoedlui en beursjongens, handje klapten en miljoenendeals aftikten. Nadat ik het plan voor FUTURE MEDIA aan mijn vastgoedkennis had uitgelegd, stelde hij me voor aan iemand met wie hij net een lucratieve deal had gesloten, Tijl Spiegelmans. Een joviale gozer die direct oren had naar mijn plan dat de mediawereld zou veroveren.

'Ik ken genoeg mensen die hier zo instappen,' riep hij. De volgende ochtend kwam Tijl langs op Eyckenbosch.

'Jullie wonen leuk hier. Allemaal bij elkaar gedraaid met die muziek van je? Kan wel zien dat jij je zaakjes voor elkaar hebt. Ik heb nog eens nagedacht over dat plan van jou, dat is goud. Dat ik het niet zelf bedacht heb,' zei hij met een overdreven glimlach. 'Maar het kan nog groter en als we het goed aanpakken kunnen we de boel mooi inpakken, strik erom en dan volgend jaar naar de beurs. Als jij zegt dat er zo'n driehonderd miljoen omzet te halen is, kan ik die tent wel voor anderhalf miljard naar de beurs brengen. Ik heb zitten rekenen en ik denk dat we met een startkapitaal van tien miljoen een heel eind kunnen komen.'

Lisa kwam in haar ochtendjas de salon in gelopen met

Einstein. Ze zag er allesbehalve levenslustig uit.

'Tijl, dit is Lisa.' Hij stond op om zich voor te stellen. Einstein gromde.

'En dit is Tijl Spiegelmans, mijn nieuwe compagnon,' zei ik.

Ze wierp me een vragende blik toe en keek daarna naar Tijl.

'Zo, een nieuwe compagnon, enne, wat doet de nieuwe compagnon?'

'Tijl zit in de financiële wereld.' Hij was optiehandelaar geweest op de beursvloer. Niet zo'n ventje als mijn voormalige bankadviseur Dick Leeson, Tijl had de optiehandel voor een grote Nederlandse financiële instelling opgezet, maar daar was hij twee jaar geleden mee gestopt na een beetje uit de hand gelopen transactie van één miljard. Tijl vond dat wel lachen, voor Tijl was de wereld van het grote geld kinderspel.

'Ik hou me nu bezig met deals. Investeerders zoeken, bedrijven kopen en verkopen, het gaat soms om honderden miljoenen,' vertelde hij.

'Zo, zo, honderden miljoenen, dat is nogal wat. Eet de compagnon mee?' vroeg Lisa. Tijl toverde een massief gouden polsgewicht met tijdaanwijzing onder zijn mouw vandaan.

'Nee, ik heb nog een lunchafspraak met...' en hij noemde de naam van een beruchte zakenman over wie ik wel eens had gelezen in *Quote*.

Lisa verdween weer naar de slaapkamer.

Tijl liep naar de serre. Terwijl hij naar buiten keek voerde hij een kort telefoongesprek.

'Ik heb iets wat jij leuk vindt,' hoorde ik hem zeggen. Hij knipoogde naar me en stak een duim omhoog. Mijn nieuwe compagnon Tijl had toegang tot geld, in elk geval tot mensen met geld, mensen zoals Rinus, die volgens de *Quote 500* goed was voor een kleine miljard.

'Morgenmiddag twee uur in de Dylan op de Keizersgracht,' zei Tijl. 'Jij vertelt je verhaal en binnen een dag weten we of hij meedoet. Zo is Rinus.'

In de bar van de Dylan zaten en stonden zakenmannen in pakken, omgeven door groepjes van mijn leeftijd en jonger. *Dot.com guys & dolls.* Onderuitgezakt in een grote fauteuil zat een kalend mannetje met een biertje in zijn ene hand en de borst van een geblondeerde troela in de andere. Toen hij Tijl zag, stuurde hij haar weg en stond op.

'Ga shjitten,' zei het mannetje in het te grote pak met een Amsterdams accent. Hij gaf me een stevige hand, die hij langer vasthield dan nodig was. Zijn indringende ogen leken wel zwart.

'Kaj-maj-def? Is dat Russiesj of zo?'

'Pools, maar dicht bij de grens met Rusland.'

'Nou, daar hoor je niksj meer fan.'

Rinus Vos was de eigenaar van BandIT, een beursgenoteerd IT-bedrijf dat handelde in allerlei zaken die met internet te maken hadden. Routers, kabeltjes, kastjes en andere dingen die mij niet geheel duidelijk waren. Rinus noemde het dozen schuiven. Volgens hem kon het internet in Nederland niet bestaan zonder BandIT.

'Rinus is de koning van het internet,' zei Tijl als een trotse onderdaan.

'Ik heb gehoord dat jij een plannetje hebt,' zei Rinus met een schorre stem, geasfalteerd door blauwe Gauloises en gepolijst door Jack Daniel's. 'En daar heb jij wat centjes voor nodig.' Mensen die op papier een vermogen van een paar honderd miljoen achter hun naam hebben staan, noemen tien miljoen 'centjes'.

'Je krijgt een half uur,' zei hij. Voor deze uit de kluiten gewassen dwerg met oren als bloemkolen en een neus als een augurk was tijd een kostbaar bezit, het was een van de weinige dingen die hij niet kon kopen. De gedachte kwam in me op dat het hem dwarszat dat er iets was wat hij met al zijn geld niet kon kopen.

'Internet gaat de wereld veranderen.' Die zou er bij die internetpipo wel ingaan. 'Over een paar jaar wordt alles anders. Radio, televisie, muziek, internet, adverteren, commercie in de media, het wordt allemaal anders. En wij gaan die entertainmentindustrie op z'n kop zetten. Mijn plan is om een aantal productiemaatschappijen en creatieve bedrijven op te kopen, een nieuw platenlabel en een digitale muziekwinkel te starten, alles samen te voegen tot één entertainmentsupermarkt en dat online te gaan aanbieden.'

Ik overhandigde Rinus de berekeningen die ik op papier had gemaakt. 'Als we deze bedrijven opkopen en alles samenvoegen, dan kunnen we een omzet behalen van driehonderd miljoen.'

Aandachtig bestudeerde hij het stuk papier.

'Hoe tof zou het zijn als je zelf kunt kiezen waar je naar kijkt, op het moment dat het jou uitkomt. Dat je niet meer naar de videotheek hoeft, maar dat je films kunt bestellen op je tv en dat je al je favoriete muziek kunt beluisteren via een kanaal dat je zelf samenstelt.'

Hij knikte bedachtzaam. Zijn ogen waren gefixeerd op het papier.

'Uw bedrijf legt toch al die breedbandnetwerken aan? Zodra er voldoende bandbreedte beschikbaar is, kunnen we dit groots uitrollen. En dan zijn wij de gevierde musketiers. Dit moet lukken,' zei ik.

Na een paar seconden knikte Rinus tweemaal. 'Hoe weet je dat zo zeker?'

Ik had geen idee, maar het moest lukken. Er stond nog een rekeningetje open bij de bank en ik had dringend geld nodig om mijn vrijheid terug te kopen.

'Kijk, Rinus, kan je toch zien dat jij wat ouder wordt,'

zei Tijl. 'Deze meneer is een van de bekendste DJ's in Europa. Al zijn platen komen op één en iedereen kent hem van radio en tv. En nog mooier, hij kent iedereen in die business,' voegde Tijl er tactisch aan toe.

'Ik heb nog nooit van jou gehoord,' bromde Rinus.

Het zou een onterechte constatering zijn om te zeggen dat Rinus en ik vrienden op het eerste gezicht waren, hoewel een bijdrage van vijf miljoen gulden een ander licht op onze vriendschap kon laten schijnen.

'Luister, jongen, Mikas?'

'Mishka.'

'Ja, rare naam. Kijk, Mika, ik ben een goudeerlijke sakeman uit Mokum. Natuurlijk weet jij wie ik ben, ik heb geen idee wie jij ben, maar als we sake gaan doen, dan moeten we wel weten wat we an mekaar hebben, weet je.' Zijn ogen doorboorden me. 'Maar als Tijl seg dat het goed is, geloof ik hem.' Rinus kroop iets dichter naar me toe. Van dichtbij werd zijn neus een angstaanjagend object en wat er uit zijn mond kwam was allesbehalve fris.

'Tijl is een betrouwbare kerel. En daar hou ik fan, begrijp je, dat je weet wat je aan mekaar heb.' Daarna wendde hij zich tot Tijl.

'Hoeveel hebben jullie nodig?'

'Elf. Mishka doet één, maar hij brengt zichzelf en zijn expertise in, plus zijn contacten in de media, da's minstens zoveel waard.'

'Hm,' knorde Rinus. 'Dus wij doen samen tien, fifty-fifty.'

Tijl knikte en zei: 'Zekers, laten wij daar straks nog even over bellen.'

Rinus staarde me een paar seconden aan en zei toen: 'Morgen weten jullie het.' Hij bestelde een biertje en wenkte naar de geblondeerde troela aan de bar.

'Manne, d'r is een tijd van komme en...' Tien tellen

later stonden Tijl en ik op straat. We liepen vanaf de Keizersgracht via de Huidenstraat naar het Spui. 'Even een borrel tanken om het succes te vieren,' zei Tijl. 'Hij doet het.' Er klonk geen enkele twijfel in zijn stem.

'En als 'ie het niet doet?'

'Dan bel ik iemand anders. Dat geld is het minste probleem, maak je daar vooral geen zorgen over.'

De verrassing van vandaag was dat ik als toekomstig aandeelhouder van onze entertainmentsupermarkt óók een kleine financiële bijdrage moest leveren. Ik hoefde slechts één miljoen te storten, voor eenderde van de aandelen. Een schappelijk voorstel. Er was net een half miljoen op mijn rekening bijgeschreven, nadat Drake Records het kort geding uiteindelijk had gesetteld, maar waar haalde ik zo een-twee-drie nóg een half miljoen vandaan? Het antwoord kwam onverwacht uit Ibiza. Jans van Teatro Pereyra belde dat hij een koper had voor onze *casa*. Hij kon het papierwerk en de hele transactie regelen voor een kleine vergoeding en dan bleef er voor Lisa en mij vijf ton over. Ik vond het een prima deal. In plaats van dat ik een aflossing deed op de openstaande rekening van bankpiemel Ernst de Boer, stond er één miljoen in de startblokken om te investeren in mijn toekomst. Ik was back in business.

Met een oppermachtig gevoel belde ik Branco. Hij reageerde verontrust.

'Je hebt al een schuld van vier miljoen. En wie zijn die mannen?'

'Tijl Spiegelmans en Rinus Vos zijn mijn nieuwe compagnons en die investering moet je zien als werkkapitaal. Als ik dit niet doe, kan ik die andere ellende nooit aflossen. Het plan is goud, kan niet mislukken, zeker niet met deze succesrijke zakenlui. En ik heb met Tijl afgesproken dat wij allebei een salaris krijgen van vijftienduizend gulden per maand, dus voor het eerst in mijn leven heb ik een baan met een vast inkomen.'

'Waar halen jullie zo veel geld vandaan om zulke salarissen te betalen?'

'Er staat straks elf miljoen op onze rekening...'

'Maar jij moet eerst zelf een miljoen storten,' zei Branco. 'Kent u die van die sigaar?'

De ochtend na de kennismaking met de internetkoning begon met ons driemaandelijkse medisch ritueel bij dokter Rozenboom. Onderweg terug naar huis vertelde ik Lisa dat het tij van onze woelige baren begon te keren.

Toen we binnenkwamen ging de telefoon. Lisa nam op. 'Voor jou, een bank.'

'Mishka. Ja, dat ben ik. Hm, ja, oké, ja... kunt u dat ook even op de fax zetten...? Fijn. Dank u wel.'

'Het staat erop, Lies. Vijf miljoen! Ik zei het toch, met deze mannen.'

'Mooi,' was haar reactie en ze liep naar buiten met Einstein.

Vanuit de serre belde ik Tijl. 'Het staat erop!'

'Zei ik je toch. Het feest kan beginnen.'

'Zo, jij klinkt opperbest,' riep Isabelle toen ze met een grote tas de kamer binnenkwam. 'Ik heb een dag vrij genomen, ik was even klaar met al die gemutserij.'

'Gemutserij?'

'Al die burgertrutten, die over niks anders kunnen mutsen dan dat stomme gelul over hun kinderen, hoe heerlijk zwanger ze wel niet zijn en dat zwanger zijn ook voordelen heeft, omdat ze dan verantwoord niet hoeven te neuken!'

'Er moet meer geneukt worden!' riep ik erachteraan.

'Daar moet ik dan mee werken. Het lijkt wel of ze hun ambitie met het badwater hebben weggegooid. Dus ik dacht: Isabelle gaat eens lekker shoppen. Kijk eens, mooie nieuwe laarzen. Het zijn geen Chanels, de tijden zijn veranderd. Maar wel geil, toch? En ik heb boodschappen gedaan voor vanavond. Lekker Thais, nu al zin in. Ja, je hebt gelijk. Er moet meer geneukt worden. De muziek is uit de doos. Hoe was het vanmorgen?'

'Een tikkeltje minder dan vorige keer. Ze zagen witte stipjes op de longwand. Een lichte luchtweginfectie. Volgens Rozenboom niet zorgwekkend, wel goed in de gaten houden. Ze moet deze week een extra antibioticumkuurtje doen. De dokter blijft het vreemd vinden dat ze zo wisselvallig is in hoe ze zich voelt. Vandaag is ze weer zo afwezig.'

Lisa zat voor de Heilige Eik in het gras. Einstein maakte vrolijke bokkensprongen om haar heen. Wat zit ze daar toch?

'Hoe is het met die investeerders gegaan?'

'Trek de champagne maar vast open! De bank belde net. Er staat vijf miljoen op de rekening. Van die man met wie we gisteren dat gesprek hebben gehad. Een bijzonder typje, die Rinus, maar wel een man van zijn woord. Die andere gozer stort deze week ook nog vijf en ik maak vandaag een miljoen over. Dan kunnen we van start.'

'Dat was toch om je schuld af te lossen? Je gaat dat geld toch niet in een nieuwe bodemloze put storten? Je zou weer muziek gaan maken en een beetje centjes verdienen.'

'We gaan niet een beetje centjes verdienen. Het wordt wegen, omdat het te veel is om te tellen. Je hebt zelf gezegd dat je het een goed plan vond.'

'Ja, een goed plan dat je weer aan de slag gaat, maar vind je het geen waanzin om daar al je geld in te stoppen? Een miljoen, Mishka. Denk eens na!'

'Iedereen die iets wil bereiken moet beschikken over een gezonde portie waanzin om er zelf in te geloven. Als ik niet zeker van mijn zaak was, dan zou ik natuurlijk mijn leven niet voor een tweede keer op het spel zetten. Na alles wat ik heb meegemaakt, is het geluk ditmaal aan mijn zijde. Geloof me, alles komt goed. Dit wordt de klapper van de eeuw. We zijn trouwens op zoek naar ons dreamteam en iemand met zo veel verstand van zaken als jij kunnen we goed gebruiken.'

'Mishka, ik heb een goeie baan bij de televisie...'

'Een goede baan is geen garantie voor een leuk leven. Het is weer tijd voor een beetje rock-'n-roll. En er moet meer geneukt worden,' knipoogde ik. *'Party time!'*

Het dreamteam werd uitgebreid met Isabelle en de weken daarna waren we dag en nacht in de weer. Het plan moest uitgewerkt worden. Rinus had opdracht gegeven een pand te zoeken waar tweehonderd man personeel in kon. Het was een onooglijk klein kereltje, die Rinus, maar hij dacht groot. Met ons bezielende plan overtuigden we een aantal vrienden en bekenden om bij ons te komen werken. De buzz verspreidde zich snel in *de business* en de sollicitaties werden met postzakken tegelijk aangevoerd.

Tijl en ik begonnen met formaliteiten zoals het oprichten van bv's. Mijn compagnons stelden voor dat ik werd ingeschreven als statutair directeur, omdat het plan dat de mediawereld zou veroveren immers mijn geesteskind was. De aandelen van de FUTURE MEDIA ENTERTAINMENT HOLDING bv werden verdeeld in driemaal drieëndertigeenderde procent. Als dochtermaatschappijen richtten we FUTURE MUSIC, FUTURE TV EN FUTURE UNLIMITED NETWORK (FUN) op als ons internetplatform.

Via een vriendje van een vriendje in het vastgoed regelde Tijl onze nieuwe homebase. Twee aaneengesloten panden van elk vijf verdiepingen aan de Herengracht, in totaal ruim tweeduizend vierkante meter. Vanaf het dakterras hadden we een schitterend uitzicht over Amsterdam en de rest van de wereld. Om te relaxen had Tijl er een jacuzzi en een rijtje loungebedden laten neerzetten, het was de perfecte plek om creatief te zijn. Het penthouse werd onze directiekamer. *Masters of the Universe Control Room* stond er op de deur. Onze visie op management was vernieuwend. Tijl had zichzelf de functie gegeven van *Darth Vader* en op mijn visitekaartje stond *Chief Freedom Ranger.*

De rest van de *executive floor* bestond uit de vergaderzaal annex bioscoop, de bar, twee leegstaande kamers, de kamer van Isabelle, onze Queen of Content, en het directiesecretariaat.

De vierde verdieping was FUTURE WORLD, ons *Starship Enterprise.* We hadden meer dan een miljoen gulden geïnvesteerd in de meest hightech geluidsstudio's en beeldmontageruimtes. FUTURE WORLD was de verdieping van de onbegrensde mogelijkheden, hier werd letterlijk gebouwd aan de toekomst. We produceerden televisieprogramma's voor RTL, SBS en Veronica, we maakten internetvideo's en in de *Wizard Sound Studio's* werd de ene na de andere plaat geproduceerd voor FUTURE MUSIC.

Elke maandag en woensdag begonnen Tijl en ik rond zeven uur op kantoor met een ontbijt in onze control room om de belangrijkste zaken te bespreken. Rinus kwam een enkele keer langs om te vragen hoe het ging. Dat gebeurde meestal aan het einde van de dag, aan de bar met een biertje, whisky en wodka. Soms nam hij zakenrelaties mee, die hij dan trots rondleidde. Met wat wij allemaal uitspookten bemoeide hij zich niet. Rinus was vooral druk met het veroveren van zijn eigen internetkoninkrijk.

Op basis van de elf miljoen die Tijl, Rinus en ik als aandeelhouders hadden gestort, regelde mijn compagnon een lening van nog eens twintig miljoen bij de ING. Met dat geld deden we onze eerste overnames. Het eerste bedrijf dat we kochten was Cowboy Kees, een televisieproductiebedrijf dat gespecialiseerd was in alles wat met auto's te maken had. Cowboy Kees was de grote baas. Hij droeg een zwarte veter met een witte veer om zijn nek. Na een carrière als snelheidsmaniak was hij indiaan geworden.

Ook al had ik het vermoeden dat mensen om ons heen dachten dat we maar wat deden, we deden niets zomaar. Nadat Dan the Money Man had verteld wat er met internet mogelijk was, had ik een lijst gemaakt van de meest gezochte onderwerpen op Yahoo. 'Seks' stond op één, gevolgd door 'auto' op nummer twee. Om die reden wilden we content over auto's verzamelen en zodoende kwamen we terecht bij Cowboy Kees. Die ouwe indiaan bleek duizenden videobandjes in zijn archief te hebben, met alle typen en merken auto's en dat kwam goed van pas voor ons online autokanaal. Het geluk was met ons en de omzet steeg binnen een paar maanden naar twintig miljoen.

FUTURE MEDIA groeide snel, veel te snel, vond Branco, die inmiddels zijn eigen kantoor had als registeraccountant en business evaluator. Fusies en overnames behoorden tot zijn vakgebied. En ook al had het internettijdperk alles in een stroomversnelling gebracht, dat wij drie overnames deden binnen twee maanden en binnen een half jaar honderd mensen in dienst hadden, leidde bij hem tot vraagtekens. Niet alleen bij hem, ook een journalist van *Quote* had rooksignalen opgevangen en begon erover te schrijven.

VEROVEREN AMSTERDAMSE WONDERBOYS DIGITALE WERELD?

DJ Mishka Kamadev stond lange tijd niet in de schijnwerpers, nadat hij afscheid had genomen van de draaitafels. Nu is hij bezig met een comeback als internetondernemer. Samen met zijn zakelijke compagnons Rinus Vos, de duistere kracht achter breedbandnetwerker BandIT, en de beruchte ex-optiehandelaar Tijl Spiegelmans bouwen zij aan een media-imperium. Volgens ingewijde bronnen lijden deze drie musketiers aan extreme grootheidswaan.

Op een vroege morgen, toen Tijl en ik na onze ontbijtsessie de hal inliepen, werden we verrast door de aanwezigheid van Rinus, en aan zijn reactie te zien had hij ons ook niet verwacht.

'Hé, manne!' riep hij vrolijk. 'Jullie benne d'r vroeg bij. Kijk, Loessepoes, dit benne de gabbers die hier de boel op se kop zetten.' Ik herkende de geblondeerde troela van mijn eerste afspraak met Rinus in de Dylan.

'Mag ik jullie voorstellen an Loes. Ze ben vanaf nu onze tweede receptioniste, want die andere mooie meid ken het werk niet meer alleen aan nu de sake zo goed gaan.'

Onze zelfbenoemde president and chairman of the board leek zich ineens te bemoeien met onbenullige aangelegenheden. Zo had hij, ook al zonder overleg, Moo'tje aangesteld als manager algemene zaken, hoewel niemand wist wat die algemene zaken inhielden. Moo'tje was een goede vriendin van Rinus en we mochten blij zijn dat ze voor ons wilde werken, want ze had bijzondere kwaliteiten en het was niet eenvoudig geweest om haar voor deze job te strikken, aldus onze president and chairman of the board. Dat stond daarna ook op het visitekaartje dat Moo'tje voor hem had geregeld.

Zolang Tijl en ik niet direct last hadden van de bemoeizucht van die kleine dikke dwerg en zijn harem, vonden wij het tijdverspilling om ons met dat soort aangelegenheden bezig te houden. Onze missie was immers geld vinden, want in ons strategisch plan stond nog een aantal overnames en daarvoor hadden we honderdtachtig miljoen gulden nodig. Mijn privérekening schreeuwde nog steeds om een tekort van vierenhalf miljoen, maar daarover maakte ik me geen zorgen meer. Dankzij mijn zakenvriend Tijl was ik onderdeel geworden van de grote zakenwereld en was een miljoen gedevalueerd tot slechts een eenheid. Ik had mijn leven financieel weer op de rails. Tijl had mij wat filosofie over geldzaken bijgebracht, zoals dat iets kopen iets anders is dan het kunnen betalen. En als je een miljoen aan de bank moet terugbetalen is dat jouw probleem, maar als je honderd miljoen moet terugbetalen is dat hún probleem. Toegang tot geld, daar ging het om. Je hoefde het niet te bezitten, zolang je het maar kon gebruiken. Dat waren nuttige wetenswaardigheden.

Tijl beschikte over contacten die wel in waren voor avontuurlijke deals, dus begonnen wij als profeten onze boodschap te verspreiden bij mannen met stropdassen, die geld van rijke mensen investeerden in veelbelovende internetbedrijfjes, met de bedoeling zichzelf en die rijke mensen binnen afzienbare tijd nog rijker te maken. Geld verdienen was nog nooit zo makkelijk.

Tijd voor een feestje.

Deel twee

LISA EN DONNA

zaterdag 22 mei 1999

LEVENSLANG

Escape was een dampende bende. Nadat bekend was geworden dat je alleen op uitnodiging naar binnen mocht, werden we wekenlang plat gebeld en gemaild door BN'ers, wannabe's en ander volk uit de showbizz. Iedereen had een plausibele reden om erbij te willen zijn. Goed voor ons, want een paar dozijn bekende koppen levert altijd publiciteit op, dus journalisten, fotografen en camera's verzamelden zich op de rode loper. Niemand wilde dit missen.

Het feest was bedoeld om FUTURE MEDIA onder de aandacht te brengen van bankiers, investeerders en de financiële pers, want de geruchten over wat we aan het doen waren begonnen na het artikel in *Quote* extreme vormen aan te nemen.

We wilden potentiële geldleveranciers interesseren, zodat Tijl en ik een presentatie konden geven om onze revolutionaire strategie uit de doeken te doen en te vertellen hoe succesvol we tot nu toe waren geweest. Rinus vond het een buitengewoon goed plan, als hij zelf maar mocht verkondigen dat hij de grote, drijvende kracht achter dat succes was. Daarbij ging het om geldzaken en hij was de enige die daar verstand van had, meldde hij niet geheel terloops. Zo duurde de kort bedoelde presentatie langer dan noodzakelijk was, maar uiteindelijk ging de boel los.

Een zwaar Amerikaans stemgeluid, zo'n filmtrailerstem die vanaf de wieg met whisky in zijn fles was opgegroeid, schalde door het danstheater: *'Ladies and gentlemen, welcome at the official* FUTURE MEDIA *launch party. May we have your attention for The God of House Music, Mishka Kamadev.'*

Ik stond weer in de schijnwerpers.

'Zie je, liefje,' had ik tegen Lisa gezegd. 'Het komt allemaal goed. En dit is nog maar het begin.'

'Ik ben blij voor je, manneke. Ik hoop dat je weet wat je doet.' Ze glimlachte en kuste me op mijn voorhoofd. Lisa was gekomen met de Freudi's, maar ze kreeg het benauwd in de rokerige discotheek en na de formele presentatie vertrokken ze richting villa Eyckenbosch.

Om klokslag middernacht nam ik voor het eerst na bijna anderhalf jaar zelf weer plaats achter de draaitafels. *'Paaarty-peo-peeel!'* schreeuwde ik door de microfoon. *'The LoveJunkie is back!'* Er barstte een enthousiast gejuich los. Het was heerlijk. Het applaus, de adrenaline en de spanning van de nacht in clubs waar altijd een onzichtbare zweem van sensualiteit hing.

'Feel the beat, the heartbeat of love!' klonk de zware Amerikaanse stem. *'Behind the wheels of steel, DJ Kamadev.'*

Het voelde als de wederopstanding van een legende: Magische Mishka herrezen uit het riool. Als een feniks herrezen uit mijn eigen as. Door de euforie moet ik die nacht veel te veel hebben gedronken. Ik weet nog dat ik *Return of the LoveJunkie* draaide. De eerste track op FUTURE MUSIC was direct een hit, met stip op dertien binnengekomen in de dance top 40.

Branco had van Lisa de opdracht gekregen mij nauwlettend in de gaten te houden, maar mama Marloes was thuisgebleven om op de kids te passen, dus na lange tijd stond meneer de boekhouder weer eens te stuiteren tussen schaars gekleed loslopend wild.

Isabelle had zich de moeite bespaard om niet op te vallen. Haar lange blote benen tussen het korte lederen rokje en de knielaarzen zorgden bij de helft van het publiek voor een verhoogde bloeddruk. De dansvloer was een kolkende massa en tussen de beats door walmde de geur van seks.

Op een gegeven moment voelde ik mijn mobiel trillen in mijn broek. Ik keek op het schermpje en zag drie gemiste oproepen! Het was drie over halfdrie. Met een dubbele hartslag haastte ik me via de nooduitgang naar buiten en net toen ik Lisa mob wilde kiezen, knipperde er een onbekend nummer op de display.

'Hallo!'

'Mishka, met mij. Ik moet je iets vertellen... Ik ben zwanger.'

Na het gesprek met Branco in de rozentuin stapte ik meteen in de oude Jag en reed naar Amsterdam-Oost. Onderweg las ik het bericht wel honderd keer, maar de tekst bleef hetzelfde.

> Neem contact met me op, nu!
> We moeten praten! Lotte X.

De straat zag er anders uit op zondagochtend. Er liepen geen dames met pruiken in korte rokjes op hoge hakken en er stonden geen mannen in jurken. De laatste keer dat ik hier op de stoep stond had een van die jurken me nog gewaarschuwd dat dit een gevaarlijke buurt was. Ik keek omhoog en drukte op de bel van 11-3 hoog. Met een zoemend geluid klikte de voordeur uit het slot. Onder aan de trap hing nog steeds een bedorven lucht. Ik worstelde me langs een kinderwagen door het gangetje en liep naar boven. Lotte deed open en ze drukte me tegen zich aan.

'O, wat ben ik blij dat je er bent,' hijgde ze in mijn oor. Na wat eenzijdige romantiek draaide ze zich om. Haar kont en haar heupen waren in omvang verdubbeld. Bonusbillen noemen ze dat in marketingtermen. Ik volgde haar door het halletje naar de woonkamer.

We zaten tegenover elkaar op een stapel kussens op de vloer en we keken elkaar een tijdje zwijgend aan. Lotte glunderde.

'Spannend, hè. Ik dacht eerst, ik vertel het pas als ze geboren is, maar toen dacht ik, nee, je wil er natuurlijk bij zijn. En toen wist ik niet hoe ik het moest vertellen, dus, nou ja, en vannacht dacht ik ineens, ik bel je gewoon.'

Weer was het stil.

'Weet je het zeker?'

'Hoe bedoel je?' lachte ze onzeker en ze trok haar shirt omhoog. Haar tieten hingen net boven haar navel. 'Wil je even voelen?' Ze zag eruit als een sumoworstelaar, dat was wel duidelijk.

'Ik bedoel, weet je zeker dat het van mij is?'

'Wat is dat nou voor vraag? Natuurlijk. Wat is er, Mish? Je kijkt niet blij.'

'Blij?'

'Ja, we krijgen een kindje. Alles komt weer goed.'

'Goed? Jij krijgt een kind, ik niet. Lotte, ik wil geen kind.'

'Wat is dat nou? Natuurlijk wil je een kind, ons kindje. Iedereen is blij voor me.'

'Je vriendin Valerie zeker, met haar vier kinderen van drie mannen en *your new best friend* Bianca, die tweemaal "bewust ongehuwd moeder is geworden", vaders onbekend. Lotte, dat is toch een kansloze toekomst?'

'Het is tenminste een toekomst.'

'Wat ga je zeggen dan? Ik ben bewust een alleenstaande moeder? Of iedereen had de vader wel kunnen zijn, ik heb alleen geen idee wie. Je moet het laten weghalen.'

Weer was het stil. De uitdrukking op haar gezicht veranderde.

'Over zes weken wordt ze geboren...'

'Ze? Over zes weken! Waarom vertel je me dit nu pas?'

Haar ogen begonnen te tranen. 'Verrassing,' snikte ze.

'Verrassing? Je bent niet goed bij je hoofd.'

'Ben jij niet blij voor me?'

'Lieve schat, jij kan toch niet zomaar in je eentje een kind nemen?'

Verbijsterd keek ze me aan.

'Een kind neem je niet, een kind krijg je. Het is een geschenk van God.'

'Sinds wanneer geloof jij in God! Je bent krankzinnig. Het kan niet. Hoe zie je het voor je? Jij met een kind op een paar vierkante meter in dit hok. En hoe ga jij in je ééntje voor een kind zorgen? Je hebt geen werk en geen geld.'

'Jij hebt toch geld. En hoezo, in mijn eentje?'

'Vind je niet dat een kind recht heeft op een papa en een mama, die gelukkig samen zijn?'

'Natuurlijk. Als Lisa dood is komen wij bij jou wonen en dan worden we weer net zo gelukkig als vroeger. Alles wordt weer zoals het had moeten zijn.'

'Jij bent echt volkomen gestoord! Lisa gaat niet dood.'

Ik overdacht de mogelijkheden. Het balkon van drie hoog? De trap was een beter idee, wist ik uit ervaring. Ongelukje: zwangere vrouw valt dood van trap. Twee vliegen in één klap. Er gebeurden wel vaker 'onopgeloste ongelukjes' in deze buurt in Amsterdam. Een afrekening in het emotionele circuit.

'Jij denkt toch niet dat ik nu ineens papa kan gaan

spelen? Lotte, een kind past niet in mijn leven en ik pas ook niet in het leven van een kind. Dit kan ik toch nooit aan Lisa uitleggen?'

'Mijn probleem?'

In mijn hoofd begon het te draaien.

'Mishka, ik hou van je. We krijgen een liefdesbaby!' riep ze met een smekende blik.

Op 4 juli 1999 stuurde Lotte een sms-bericht:

Haar naam is Donna.

zomer 1999 - zomer 2000

GOUDKOORTS

Nu het goed ging met de zaken, was het niet onverantwoord onze levensstijl daaraan aan te passen, was de wijsheid van Tijl. Om de daad direct bij het woord te voegen, parkeerde hij een zo goed als nieuwe Rolls-Royce Phantom voor ons pand aan de Herengracht. Met die auto reden we maandenlang van hot naar her en van deal naar deal. De rode lopers werden overal uitgerold, onze namen gonsden overal in de wereld van het grote geld: Tijl Spiegelmans en Mishka Kamadev, de godenzonen van het nieuwe wonder dat internet heette. Er was contentgeilheid losgebarsten. Content was het magische woord, alles waar maar iets van rechten op te claimen zou kunnen zijn had ineens waarde. Archieven met muziekrechten en televisiebeelden die al jaren onder het stof lagen weg te teren, werden van de ene op de andere dag gezien als brandstof om de motor van de digitale revolutie op gang te brengen. Onze overname van Cowboy Kees bleek een schot in de roos. Elke internetprovider zag ons archief met videobandjes van twintig jaar automodellen als dé must have om van elke auto een filmpje te plaatsen op websites die tweedehands auto's aanboden. Op een dag ging de telefoon en aan de andere kant van de lijn sprak een heerschap mij toe met de mededeling dat hij *head of mergers and acquisitions* was bij KPN en dat hij graag met mij wilde praten. Diezelfde week kwam hij langs en binnen een maand deed hij een voorstel: KPN wilde ons bedrijf in zijn geheel overnemen voor dertig miljoen. Tijl vond het een waardeloos bod. Gelukkig maar dat we niet op dat waardeloze bod waren ingegaan, want een week later zaten we aan tafel bij NewBiq Investments, een participatiemaatschappij die in ICT-bedrijven investeerde. Voor de eerste afspraak werden we ontvangen in de kamer met een lange glimmende tafel. Drie grijze mannen in chique streepjes zaten tegenover ons.

'Goedemorgen,' begon Tijl met een overdreven glimlach. 'Fijn dat we ons aan jullie mogen presenteren...' Met een overweldigend enthousiasme verzonnen we ter plekke een overrompelend en overtuigend verhaal.

'De wereld gaat veranderen. We staan aan het begin van de digitale revolutie,' zei ik. Zes hongerige ogen werden op mij gericht, als geweerlopen op een weerloos hert.

'Over een paar jaar kopen we geen cd's meer, maar kun je muziek downloaden vanaf het internet. Natuurlijk wordt daarvoor betaald. En we zullen steeds meer televisie kijken via internet. Het enige wat we nodig hebben is een snel breedbandnetwerk, maar dat ligt er binnen twee of drie jaar en dan is de wereld van ons!'

'Want dat breedbandnetwerk wordt aangelegd door BandIT, het bedrijf van internetkoning Rinus Vos, niet toevallig onze president and chairman of the board,' vulde Tijl aan.

'FUTURE MEDIA gaat reclamebureaus en adverteerders wakker schudden,' ging ik onverstoorbaar door. 'Allemaal *conventional wisdom*. Zij weten nog veel te weinig hoe je on- en offline marketing tot een geheel maakt. Stel je voor: op tv zie je een commercial en meteen druk je een knop in op je afstandsbediening en kom je terecht op een internetsite met palmbomen en witte stranden. Natuurlijk kun je dan direct op de aanbieding klikken, of een vakantie boeken.'

Het feit dat we een maand later een tweede presentatie gaven, bevestigde dat de grijze streepjes van NewBiq Investments onder de indruk waren van onze visionaire denkwijze. Ditmaal hadden ook de dikbuiken van de raad van bestuur plaatsgenomen aan tafel. Enthousiast reproduceerden Tijl en ik ons verhaal en we voegden er nog iets aan toe. 'Kijk wat er om ons heen gebeurt,' oreerde Tijl. 'World Online ging vorige maand voor twaalf miljard naar de beurs. Heren, de toekomst zit hier aan tafel, FUTURE MEDIA kan volgend jaar een paar miljard waard zijn.'

Eén voor één werden de elf heren besmet met de goudkoorts.

'Een formidabele presentatie,' zei de baas van de dikbuiken, die dat bij elke gelegenheid nog eens onderstreepte door zijn titel uit te kotsen: 'Als voorzitter van de raad van bestuur mag ik jullie mededelen dat wij consensus hebben bereikt om een due diligence te laten uitvoeren.'

Een paar weken later werd een bataljon accountants en controllers onze vergaderzaal binnengeschoven om de due diligence uit te voeren, een zeer uitgebreid onderzoek naar alles wat met FUTURE MEDIA te maken had: jaarcijfers, contracten, omzet, winst, kosten, en met name de behaalde resultaten uit het verleden. Wat wij in de afgelopen twaalf maanden hadden uitgespookt had ik binnen twee minuten op een A4'tje kunnen uittekenen, maar de hoogopgeleide boekhouders hadden er met zes man vijf dagen voor uitgetrokken om alles tot op de bodem uit te zoeken. Er werden ook persoonlijke gesprekken gevoerd met de directie, die we voor deze gelegenheid tijdelijk hadden uitgebreid. Een goede bekende van mij die nogal handig was met computers en programmeren werd benoemd tot Masterbrain, Isabelle kreeg visitekaartjes met Queen of Content en Cowboy Kees mocht zich Chief of Television noemen.

Twee weken na het diepgaande onderzoek werden Tijl en ik met egards ontboden in de boardroom bij NewBiq Investments. De baas van de dikbuiken stond op en lachte ons toe.

'Heren, de resultaten van de due diligence waren naar tevredenheid. Leuke mensen werken er in die tent van jullie. Creatief ook met die rebelse directietitels: Darth Vader, Chief Freedom Ranger en Queen of Content. Daar houden wij van, *creative minds,* heren, vernieuwend, *sinking out of ze box.* Zeg, maar die Cowboy Kees, waarom noemen jullie die man Cowboy Kees? Hij ziet eruit als een indiaan.'

'Uch,' antwoordde Tijl, 'daarom is 'ie ook Chief of Television en geen Marshall.'

Dat was het niveau waarop het gesprek gevoerd werd toen het ging om een investering van zeventig miljoen, want voor dat bedrag besloot NewBiq Investments een participatie van dertig procent te nemen in FUTURE MEDIA. Ons bedrijf was ineens 233 miljoen waard en ik bezat een derde van de aandelen.

'We moeten het formeel natuurlijk nog met opperhoofd Rinus bespreken, maar dat zal geen probleem zijn,' lachte Tijl erachteraan. We namen afscheid en het magische duo Tijl en Mishka verdween in de lift. De deuren schoven dicht, we keken elkaar aan en bulderden van het lachen.

'Ik vind dat we onszelf alvast mogen trakteren op een klein bonusje. Een voor jou, een voor mij, en voor Rinus ook eentje,' zei Tijl. 'Voor bewezen diensten.'

Vanuit de auto belde ik Branco en vertelde trots dat we zojuist zeventig miljoen hadden verdiend. 'Ik geloof het pas als het op je rekening staat,' zei hij nuchter. Daarna belde ik Lisa.

'Zeventig miljoen, da's mooi,' mompelde ze. 'Hoe laat ben je thuis, ik voel me niet goed.'

Lisa sleepte zich met ups en downs door de dagen. Op momenten dat het bovengemiddeld goed ging zag ze er meestal ogenschijnlijk gezond uit en ving ik steeds vaker geluiden op 'dat het wel mee zou vallen met die ernstige ziekte'. Het was nu vierenhalf jaar na die eerste keer op de intensive care en de voorspelling dat Lisa niet lang meer te leven zou hebben, leek een medische miscalculatie. Voor de buitenwereld was het ook niet altijd zichtbaar. Lisa hield zich in het bijzijn van anderen groot, waardoor mensen steeds minder geloofden dat er iets fataals speelde, maar achter de schermen van villa Eyckenbosch zat ik telkens opgescheept met een oververmoeide, zieke en depressieve vrouw. Niet dat ze altijd ziek was, er waren gelukkig ook heel wat dagen waarop ze zich goed voelde, maar die werden steeds zeldzamer.

Bij de laatste controle werd duidelijk waarom.

'Merk je dat je het vaker benauwd hebt?' vroeg dokter Hermans, bij afwezigheid van Rozenboom. Lisa knikte. 'Vooral na het paardrijden ben ik af en toe helemaal leeg. Dan moet ik echt even gaan liggen om bij te komen.'

'De zuurstofspanning in je bloed is flink lager,' zei hij, terwijl hij de resultaten bekeek. 'Dat betekent dat je een belangrijk zuurstoftekort hebt, maar dat voel je zelf al. Het wordt merkbaar dat je longfunctie achteruitgaat en op de foto's zie ik ook weer een lichte infectie. Het is beter als je vanaf nu een mondkapje voordoet als je voor controle komt. Er zweven hier toch allerlei bacillen rond en jij bent nu eenmaal erg vatbaar. Daarmee verkleinen we de kans dat je iets oploopt waar jij last van kunt krijgen. En ik schrijf een zuurstofmachine voor, die kun je gebruiken als je gaat slapen, of als je overdag even behoefte hebt aan wat extra lucht. Door de extra zuurstof zul je je direct ook minder moe voelen, want het ondersteunt tevens de werking van het hart. En paardrijden? Het lijkt mij beter dat je voorlopig rust neemt.'

Tijdens de monoloog van Hermans zag ik een groeiende afwezige blik in Lisa's ogen. Het zijn van die momenten waartegen je wilt vechten, terwijl je weet dat je geen schijn van kans maakt. Niemand heeft ooit van de tijd gewonnen.

'En ik geef je ook een saturatiemeter mee,' vervolgde Hermans. 'Dan kun je op elk moment zelf de zuurstofwaarde meten. Als die te laag wordt, moet je even langskomen.'

Thuis pakte ik de zuurstofmachine uit de doos en installeerde het ding naast ons bed. Het apparaat zag eruit als een grote stofzuiger en klonk als een aquarium. 'Misschien kan er ook lachgas in,' zei Lisa. Maar er viel niets te lachen. Vanaf die nacht lag Lisa elke nacht met een slangetje in haar neus te borrelen.

Tijl en ik zaten niet stil. Er lagen getekende contracten met – na Endemol – de drie grootste tv-productiemaatschappijen, een internetprovider, een muziekuitgeverij en een platenlabel. De overnames konden we financieren met de zeventig miljoen van NewBiq Investments, dat contract was inmiddels bezegeld met drie handtekeningen van de raad van bestuur en op basis daarvan had Tijl nog eens honderdtien miljoen geregeld bij twee financiële instellingen: de Bank of Cyprus en, in het al bijna even tropische Reykjavik, Landsbanki Islands. In het buitenland was het eenvoudiger om de financiering voor dit soort *fast moving business* rond te krijgen, zei Tijl. Nederlandse bankiers waren sukkels. Ik kon hem geen ongelijk geven.

FUTURE MEDIA bestond anderhalf jaar en de omzet zou binnen enkele weken de driehonderd miljoen gulden overstijgen. Tijl en Mishka, *Masters of the Universe*. Vanuit ons penthouse op de vijfde aan de Herengracht zaten we boven op het succes, met de wereld aan onze voeten.

Rinus zagen we niet veel. Hij was druk met andere zaken: het uitbreiden van zijn eigen internetkoninkrijk en het vermorzelen van elke opponent die hem maar een strobreed in de weg legde. Maar als zijn kostbare tijd het toeliet, aten we wel eens patat met mayo in een – voor dit gastronomische recept – veel te chic restaurant, om zaken te bespreken.

'Seg manne, Moo'tje en ik hebben eens nagedacht over de toekomst van ons bedrijf.'

'Moo'tje en jij?' riep Tijl. 'Moo'tje heeft geen idee waar wij mee bezig zijn.'

'Ja, dat sei se me al. Se heb een beetje het gevoel dat jullie haar niet overal in betrekken. Manne, Moo'tje beschikt over uitzonderlijke talenten, daar heb se voor naar de universiteit gegaan. Ik ken Moo'tje al langer dan vandaag. Ik denk dat sij bestuurlijke kwaliteit heb, die, ik bedoel, jullie zijn druk met waar jullie druk mee sijn en dat doen jullie best, maar het lijkt mij goed als Moo'tje operationeel directeur wordt.'

'Mishka en ik hebben alles prima onder controle en het lijkt me beter dat we dat zo houden,' zei Tijl.

'Denk er maar eens over na. Nu ons bedrijfje sigficant begint te groeien, kenne we best een extra stel knappe hersens gebruiken. Ober! Heb u een colaatje voor in die Pétrus, dan smaakt 'ie beter. En nog wat mayo. Hoe gaan de sake, manne?'

We vertelden dat Tijl en ik bezig waren met de overname van een beursgenoteerd bedrijf in Miami. Via via was Tijl in contact gekomen met Fifth Avenue Broadcasting, dat een notering had aan de Amerikaanse technologiebeurs. De koers van het aandeel stelde niet veel voor, het schommelde rond de twee dollar, maar het ging ons om de beursnotering op de Nasdaq. De eigenaren en tevens grootaandeelhouders hadden cash nodig, zo kon Tijl een onderhandse deal maken met meneer

Lefkowitz, de CEO van Fifth Avenu Broadcasting. Als wij binnen twee weken tien miljoen dollar konden overmaken, regelde hij dat wij negentig procent van de aandelen in handen zouden krijgen.

Rinus keek bedenkelijk en vroeg: ‘Wij gaan onderhands tien miljoen betalen, aan wie? En van welk geld, Tijl?’

‘Wacht nou,’ zei Tijl. ‘Vervolgens brengen wij FUTURE MEDIA in, met een omzet van driehonderd miljoen, waarmee de koers van het aandeel naar zo’n honderd dollar zal stijgen.’

Oftewel, we investeerden tien miljoen met geleend geld van de bank en binnen een paar maanden zouden we eigenaar zijn van een bedrijf met een beurswaarde van een miljard dollar. Er zou vijfhonderdzestig miljoen dollar ten goede komen aan Rinus, Tijl en mijzelf. Honderdzesentachtig miljoen dollar de man. Slimme deal, had Tijl bedacht. Het was nog slechts een kwestie van tijd.

In de andere werkelijkheid werd ik gebeld door Lotte. Dat die dag ooit zou komen was onvermijdelijk. Ze vond het tijd dat papa kennismaakte met Donna. Over een week zou ze haar eerste verjaardag vieren en dat leek Lotte een uitstekende gelegenheid.

Ruim een jaar had het contact zich beperkt tot sms’en, maar het feit dat ze nu belde én de toon in haar stem maakten duidelijk dat er ditmaal geen ontkomen aan was.

Ik sprak af met Branco om onder vier ogen wat zaken te bespreken.

‘Toch knap dat je het al een jaar stil weet te houden. Heb je het ook niet aan Isabelle verteld? Neuk je nog met ’r? Met Isabelle, bedoel ik.’

‘Mwa.’

'Dus Lotte heeft je gebeld. En nu wil ze dat je daarnaartoe gaat om Donna te zien.'

Ik knikte met tegenzin.

'Vraag je je dan nooit af hoe ze eruitziet?'

'Een enkele keer. Ik kan er beter niet aan denken. Ik heb al genoeg aan m'n hoofd.'

'Is er nooit eens een moment dat het in jou opkomt verantwoordelijkheid te nemen voor alles wat je hebt uitgespookt? Ik kan wel een lijstje opnoemen.'

'Vroeger, weet je nog. Wat gebeurt er met mensen dat ze worden zoals ze zijn?'

'Mish, als een van de weinige mensen om je heen weet ik hoe moeilijk het voor je is. Iedereen ziet jou nog steeds als de gevierde DJ met een overdosis arrogantie. En nu jullie de mediawereld op niet al te geruisloze manier bestormen, wordt dat vooroordeel alleen maar bevestigd. Niemand heeft enig idee hoe zwaar het voor jou is met Lisa. Noem het de prijs van de roem. Ik weet wel dat je het allemaal voor haar doet. Het is moedig om je ziel en zaligheid in de strijd te werpen voor je grote liefde, maar pas op dat je door die meedogenloze zakenlui niet opnieuw ten onder gaat. Hoe loopt die deal met NewBiq Investments trouwens?'

'Da's allemaal rond. Zij hebben alle handtekeningen gezet. Alleen Tijl, Rinus en ik moeten deze week nog krabbelen, dan kan die zeventig miljoen worden overgemaakt en kunnen wij die drie overnames afronden. Het hoeft alleen nog langs de notaris.'

'Ik geloof het pas als het geld op de rekening staat, maar voor nu, proost!' Branco bleef onuitstaanbaar nuchter.

Het was de dag der dagen. In mijn agenda stond maar één afspraak, om elf uur in de Skybox van Rinus in de Amsterdam ArenA. De kleine grote baas was al druk in gesprek met Tijl toen ik om kwart voor elf arriveerde.

'Mogge, jongen,' begroette Rinus mij met roodgekleurde wangen. 'Gaat shjitten.'

Toen ik plaats nam naast de beide heren vulde een spontane stilte de lege ArenA.

Rinus keek ons met zijn duistere ogen een voor een aan en vroeg zoals gebruikelijk: 'Manne, hoe gaan de sake?'

'Volgens plan,' antwoordde Tijl. 'Alle contracten liggen klaar bij de notaris en ik heb alvast een miljoen naar die Lefkowitz van Fifth Avenue in Miami overgemaakt. Dat geeft ze zekerheid dat wij te vertrouwen zijn en dat die deal wel goed komt, dus ik verwacht dat we binnen zes maanden kunnen cashen.'

Rinus trok zijn geborstelde wenkbrauwen op en daarna deed de uitdrukking op zijn gezicht vermoeden dat hij iets wist wat ik nog niet wist. Hij keek eerst Tijl een paar seconden aan en draaide daarna zijn hoofd naar mij. Secondelang bleef het stil.

'Hoeveel omzet doen we nu, beste Tijl?'

'Eh, rond de dertig miljoen.'

Rinus draaide zich naar hem toe en fronste een groot vraagteken in zijn voorhoofd.

'Waarom souwe we dese deal doen?'

'Wat bedoel je?'

'Doen je oren het niet, Tijl? Waarom souwe wij dit doen?'

Na de lange stilte die volgde, zei hij: 'Ik doen het niet.'

'Wat niet?'

'Luister, manne. Wij doen onze tent niet voor die paar centen in de uitverkoop. Als se nu al zeventig miljoen betalen voor dertig procent, dan betalen se volgend jaar tien keer soveel, dat begrijp 'ie toch wel, of niet soms?'

Ik begreep het niet.

'Dus, ik-doen-het-niet!'

Tijl en ik keken elkaar verbijsterd aan. Ik keek naar Tijl, Tijl keek naar Rinus, Rinus keek naar Tijl. Er heerste ineens een ongrijpbare spanning.

'Rinus, ik weet niet wat er aan de hand is, maar als we nu deze zeventig miljoen niet krijgen, gaan die buitenlandse banken ons niet die honderdtien miljoen lenen en dan kunnen we de overnames niet betalen. Dan hebben we volgende maand geen driehonderd miljoen omzet, maar blijft het dertig. Dus, als wij dit contract nu niet tekenen, dan gebeurt er voorlopig helemaal niks. En dan zijn we volgend jaar ook niet tien keer zoveel waard!'

Ik probeerde de situatie eenvoudig uit te leggen en volgens mij was er geen enkele andere uitleg mogelijk. Rinus beet op z'n lip en zei niks. Hij haalde diep adem en blies de lucht door zijn neus naar buiten.

'We hebben drie handtekeningen van NewBiq Investments,' zei Tijl. 'De hele board heeft getekend en als wij nu dit contract tekenen, storten zij deze week die zeventig miljoen. Zeventig miljoen, Rinus!'

Minutenlang bleef het stil.

Die kabouter met grootheidswaan zou hier toch zeker niet onze deal gaan versjteren? Mijn hele bestaan stond op het spel.

'Het lijkt me simpel,' zei ik. 'We stemmen. Ik heb 33 procent, Tijl heeft 33 procent en jij hebt 33 procent, Rinus, dus het is twee derde voor en één derde tegen. Twee tegen één. Aangenomen, we tekenen.'

Rinus reageerde niet. Hij keek me aan, secondelang. Ik zag een duivelse diepte in zijn ogen. De kabouter veranderde in een misvormd monster, dat met zijn geasfalteerde stemgeluid satanische klanken uitbraakte.

'Dus jij, Mishka, jij hebt een derde en jij, Tijl, jij hebt ook een derde.' Hij stak zijn hand uit. 'Mag ik dan nu die vijf miljoen van jou terug? Tijl, jij hebt onze compagnon toch zeker wel verteld dat jij die vijf miljoen voor de aankoop van jouw aandelen hebt geleend? Van mij. En ik weet dat jij dat nu niet aan mij kan terugbetalen... Dat betekent dat jouw 33 procent van mij is. Dan ik heb twee derde. Mishka, jij hebt één derde. Je hebt gelijk, jongen. Het is twee tegen één, we doen het *niet*. Vanaf nu ben ik de baas. Manne, ik ben klaar.'

juli 2000

DONNA

Geluk is een vreemde zaak. Het komt en het gaat zonder dat je er invloed op lijkt te kunnen uitoefenen. Hoezeer je ook je best doet. Voor de tweede keer was ik alles kwijt. En door het financiële doolhof van Tijl en Rinus was ik zelfs nog een miljoen armer. Ik verliet de lege ArenA en stapte in de oude Jag. Onderweg naar huis belde ik Tijl. In gesprek. Ik belde Branco.

'Dit geloof je niet.'

Maar hij geloofde het wel.

Tijl bleef in gesprek. Ik belde Isabelle, zij was sprakeloos.

'... En nu?'

'Geen idee. Ik kom vanmiddag naar kantoor. Dan ga ik rustig met die bolle praten en dan leg ik het nog eens uit.'

Het leek me verstandig om thuis de schade niet direct te melden. Misschien kon ik Rinus nog op andere gedachten brengen. Tijl bleef onbereikbaar.

Thuis plofte ik in mijn bureaustoel en staarde over het landgoed naar de Heilige Eik. Vlinders dansten door de rozentuin en drie reeën huppelden dartel over het gras. De natuur was onverstoorbaar. Zonnestralen schenen vriendelijk de serre binnen, het was een schitterende dag.

Einstein kwam op me afgerend en begroette me net zo blij als altijd, Lisa kwam er buiten adem achteraan. 'O, fijn. Ik dacht al, waar ben je nou. Ben je klaar?'

'Klaar?'

'We moeten naar het ziekenhuis, voor dat onderzoek.'

Ziekenhuis? Ai! Lisa stond gestrest in de hal en bladerde ongeduldig door een stapel papieren. Ik liep via de keuken, pakte een oxazepam en een valium uit de medicijnkast en slikte de boel door met een paar slokken water.

'Zouden jullie die deal vanochtend niet tekenen?' vroeg Lisa onderweg naar het AZU.

'Deal? Ja, ach, we zijn met zo veel dingen tegelijk bezig, dat kan wel een dagje wachten. En ik had wel iets belangrijkers te doen vandaag, met jou.' Ik pakte haar hand vast, die net zo klam was als die van mij.

Vanuit de parkeergarage liepen we naar de ingang van het ziekenhuis. Een rokende man passeerde ons, met als gevolg dat Lisa zo hard hoestte dat iedereen naar ons keek.

'Nou, nou, moet dat zo hard?' riep de rokende man terwijl hij al voorbij was.

'Niet zo snel,' hijgde ze paniekerig, toen ik te haastig vooruitliep. Het was ditmaal geen regulier onderzoek maar een uitgebreid academisch onderzoek waarbij cellen uit haar neus, longen en darmen zouden worden gehaald, voor proeven met nieuwe medicijnen.

We stapten de draaideur in, Lisa zette haar mondkapje op. Haar witte gelaat werd gloeiend rood van de stress. Als een speciale attractie trokken we de aandacht. Lisa schuifelde richting de lift. Ze bladerde nogmaals zenuwachtig door de stapel papieren die ze bij zich had.

'Heb *jíj* die brief bij je?'

'Welke?'

'Die brief waarin staat waar ik naartoe moet.'

Wanhopig keek ze de stapel papieren nog een keer door en kwam tot de conclusie dat ze wel alle formulieren en begeleidende brieven met uitleg over het onderzoek bij zich had, maar niet de brief met het schema waarin stond hoe laat we bij welke afdeling moesten zijn.

'Rustig, liefie. We vragen het wel even.'

'Waarom controleer jij dan ook niet of ik alles bij me heb?'

We meldden ons bij balie vier, MDL (maag, darm, lever, endoscopie). Lisa overhandigde de stapel papier aan de dame achter de balie.

'Uw naam?'

'Kamadev.'

'Hm, nee. Ik denk dat u bij longfunctie moet zijn, balie zeven en acht.'

Het ritueel herhaalde zich. Een geblondeerde dame met felrode lippenstift vertelde dat we plaats mochten nemen in de wachtruimte. Even later stond de vriendelijke mevrouw naast ons.

'U moet toch bij balie vier zijn.'

Waarom staarde iedereen ons aan? Was een lekker wijf met een mondkapje zo bijzonder? Of was het omdat ze de longen uit haar lijf hoestte dat de tegels bijna van de muur donderden? Onder toeziend oog van alles en iedereen stonden we op en liepen terug naar balie vier. Daar werden we opgewacht door een zuster, of dokter, ik wist het niet, een meid in een witte jas.

'Mevrouw Kamadev? Ik ben Jolande.' Jolande zag eruit als een student die in het weekend de bloemetjes flink buitenzette maar doordeweeks de serieuze dokter speelde. En dat deed ze goed. Ze merkte dat Lisa strak stond van de spanning. We liepen met haar mee naar een behandelkamer. Daar legde ze uit welke onderzoeken er gingen plaatsvinden en hoe het in zijn werk zou gaan. Vervolgens moest Lisa een formulier ondertekenen waarmee ze bevestigde dat ze alles had begrepen en vrijwillig toestemming gaf voor het academisch onderzoek.

'De cellen die we uit het lichaam verwijderen zetten

we op kweek en dan kunnen we testen welke nieuwe medicijnen het beste resultaat hebben op uw lichaam,' zei Jolande. 'Op die manier hopen we binnen een paar jaar iets te vinden waarmee we CF kunnen genezen, of in elk geval de levensduur van patiënten op een aangename manier kunnen verlengen.'

Hoewel uit de resultaten van de laatste controles bleek dat Lisa's longfunctie wel langzaamaan minder was geworden maar niet noemenswaardig was verslechterd, voelde ze zich steeds vaker moe en lag ze meer en meer op bed aan de zuurstofmachine. Naast de benauwdheid en het hoesten was het vooral de obstipatie in haar darmen die zorgde voor ondraaglijke pijn. Lisa's gezondheid bewoog zich met golfbewegingen door de tijd. Gelukkig was mevrouw Freudi nu bijna dagelijks bij ons in huis, voor de gezelligheid, maar vooral om voor Lisa te zorgen. Aan het einde van elke middag kwam dr. Freudi zijn vrouw ophalen en eens in de week bleef hij een uurtje langer om met mij te praten. Isabelle bleef weer geregeld logeren en zo was er elke week wel een avond dat we met z'n vijven aan tafel zaten, maar die bewuste middag was er niemand op Eyckenbosch.

Toen we na het onderzoek terugreden, zei Lisa geen woord. Haar hoofd was rood en haar handen trilden. Ik maakte een tussenstop bij de apotheek om een plastic tas met de maandelijkse dosis medicijnen op te halen en parkeerde de oude Jag thuis voor de voordeur.

'Ik moet nog even weg,' zei ik met een lichte aarzeling in mijn stem.

'Hoezo? Waarheen?'

'Eh, kantoor. Ik moet nog iets met Rinus bepreken.'

'Kan dat niet morgen? Mish, ik voel me ellendig. Ik heb paniekaanvallen, het zweet breekt me uit. Alsjeblieft, blijf bij me. Laat me voor één keer niet alleen...'

Voordat ik naar kantoor reed, moest ik nog iets anders regelen. In de souvenirwinkel bij Artis kocht ik een levensechte knuffel, voor een bedrag waarmee het Wereld Natuur Fonds een uitstervende diersoort zou moeten kunnen redden. Daddybear stond er op zijn buik.

Ik keek naar het naamplaatje op de gevel. Lotte & Donna stond er naast 11-3 hoog. Ik belde aan, de deur zoemde en opende zich. Een muffe lucht walmde me tegemoet. Als een berg keek ik op tegen de trap, die net zo steil en gevaarlijk was als de beklimming van de Alpe d'Huez. Op de derde verdieping stond Lotte in de deuropening. Ze draaide zich om en ging me voor door het halletje, dat vrijwel onbegaanbaar was door een barricade van opgestapelde dozen en andere troep. Opnieuw constateerde ik dat de ooit zo welgevormde billen waren verdwenen in een kolossale reet en Lotte's prachtige lange haar was gekortwiekt als een punkie. Zwart met rode plukken. De kamer was versierd met slingers en ballonnen. In het plafond zaten scheuren en de muren waren smoezelig geel. Op de tafel stond een taart met één kaarsje, naast een leeg glas met een opgedroogd restje rode wijn en een volle asbak. In de hoek lag de matras nog op dezelfde plek op de vloer. Voor de box draaide Lotte zich om.

'Gefeliciteerd met je dochter van één.'

Ze stapte met haar zon verduisterende postuur opzij en daar stond ze, kleine Donna. Twee kabouterhandjes hielden zich vast aan de rand van de box en ze brabbelde vrolijke geluidjes. Het kleinste mensenmensje dat ik ooit had gezien. Zij had er niet om gevraagd, ik ook niet. Je hebt gelijk, jij kunt er niks aan doen. Het is mijn schuld en die van je moeder. Uit haar helderblauwe oogjes straalde een onschuldige blijdschap, waarmee ze me recht in mijn hart raakte.

'Kijk eens wie we hier hebben, Donneponnetje. Dit is

je papa. Papa was een tijdje de weg kwijt, maar hij heeft ons weer ge-von-den. Zwaai eens naar je papa, lief poppedonsje.'

Verbouwereerd aanschouwde ik een klein meisje met oranje haar. Zie je wel, het was een grap, mijn dochter was een clown. Het was een straf van God. Waarom moest er zo nodig een nieuw kindeke geboren worden, terwijl Lisa niet mocht doorleven? Ik zette Daddybear naast haar in de box, hij was twee koppen groter dan Donna. Met verbazing aanschouwde ze haar nieuwe roomie.

'Ze lijkt op jou. Als ze iets wil, blèrt ze net zo lang tot ze haar zin krijgt. Je mag haar wel even vasthouden, kan je vast wennen.' Lotte tilde Donna uit de box en duwde haar in mijn armen. 'Niet laten vallen hè, dan gaat ze stuk,' knipoogde ze.

Niet gek gaan doen, het is gewoon een kind, een heel normaal kind. Niks bijzonders. Vooral rustig blijven. Wat moet ik met een kind? Voor het eerst in mijn leven stond ik met een baby in mijn armen, een grote baby, een klein kind. Mijn kind?

Donna bleef naar me lachen. Ik trap er niet in, doe nou maar niet alsof je blij bent mij te zien. Haar poezelige vingertjes grepen mijn hand vast. Laat me los en kijk me niet zo aan met dat roze koppie van je. Wat wil je zeggen dan? Nee! Dat kan niet. Je bent een schattig dametje, maar dat kan niet, klein vriendinnetje. Wil je dat zijn? Mijn kleine vriendinnetje?

De zenuwen gierden door mijn lichaam. Wat deed ik hier?

Ze was een heel klein lachend clowntje in een blauw jurkje met twee kromme pootjes en een dikke luier. Een jaar geleden was ze natuurlijk nog veel kleiner, maar blijkbaar niet klein genoeg. Ik was er niet bij geweest, bij de bevalling, een zware bevalling volgens Lotte. Het ging niet vanzelf, laat ik het zo zeggen.

'Nee, dat was niet leuk. Donna heeft mama stukgemaakt. Volgens de dokter zou alles na een paar weken herstellen naar de oorspronkelijke vorm, nou, ik heb een half jaar met een blauwe doos rondgelopen. En moet je m'n tieten zien.' Ze trok haar shirt omhoog. Je hoefde geen specialist te zijn om te zien dat haar borsten het afgelopen jaar veel hadden doorstaan. 'Die gaan we dus wél laten repareren.' Donna reageerde met een grappig gezichtje en lachte met haar tandeloze mondje. Ik zette haar voorzichtig terug in de box. Lotte ging op de bank zitten en hield een mes omhoog. Ik zette een feesthoedje op en zei: 'Het is wel feest.'

'Taart?' vroeg Lotte met een slecht geacteerde grijns. Ze sneed de overdosis calorieën in vier stukken en nam zelf de grootste punt.

'Nee, dank je. Heb je koffie?'

'Denk het niet.'

'Wat anders?'

'Ook niet, denk ik.'

'Dan is het goed zo,' zei ik.

'Dus voor jou is het goed zo. Nou, ik heb er genoeg van om alles alleen te doen. En ik kan het niet betalen, dus...'

Het was een te vanzelfsprekende dus. Een dus die betekende dat ik meer moest gaan dokken dan de zeshonderd gulden per maand. Naast dat ik al een nieuw bed, een wieg, een Maxi-Cosi, een nieuwe bank, een box en een autootje had betaald.

'En ik heb recht op vrije dagen.'

'Zie ik eruit als de vakbond voor alleenstaande moeders? Ik ben ontslagen.'

Lotte keek me verbaasd aan. 'Hoezo, ontslagen, het is toch jouw bedrijf?'

'Het wás mijn bedrijf.'

Onderweg naar Lotte had Rinus me gebeld. Hij had met neukgleuf Moo een nieuwe directie samengesteld. Moo'tje was gepromoveerd tot general manager content, een vriend van Rinus werd chief financial officer en de sluwe vos had zichzelf benoemd tot CEO, dus of ik voor het eind van de middag mijn spullen uit *zijn* kamer kon weghalen?

'Dat kan toch niet zomaar?' vroeg Lotte.

'Sommige dingen kunnen niet, maar gebeuren toch.'

'Dan heb je voldoende tijd om op Donna te passen.'

'... Lotte.'

'Mi-sh-ka.' Ze sprak mijn naam overdreven langzaam uit en deed haar armen demonstratief over elkaar. 'Het gaat zo niet langer!' krijste ze. 'Elke nacht moet ik er een paar keer uit, of zij ligt de halve nacht te janken. Kijk hoe ik eruitzie! Ik word gek van dat kind!'

Donna begon te huilen, Lotte stak een sigaret op. Ik liep naar de box en nam Donna weer in mijn armen. Gadverdamme, nee hè. Waarom worden baby's tweeduizend jaar na die eerste heilige broekpoeper niet zindelijk geboren? Was die kleine aanpassing in een paar miljoen jaar evolutie te veel gevraagd?

'Normale vrouwen hebben tenminste een man die af en toe ook midden in de nacht uit zijn nest komt!' Ja, normale vrouwen wel, dacht ik. Hyperventilerend nam ze een paar lange hijsen van haar sigaret en blies de rook rond in de kamer.

'Dat roken lijkt mij niet echt gezond voor Donna.'

'Nee! En dat jankende kind lijkt me niet echt gezond voor mij! Jij neemt haar een paar dagen mee, of je komt hier slapen. Zeg je thuis maar dat je andere verplichtingen hebt.'

Ik kon stom lullen als ik te veel had gezopen, maar dit was ontoerekeningsvatbaar gezwets. Wanneer kun je iemand laten opsluiten?

Is het normaal dat elke man en vrouw bevoegd zijn samen een kind op deze wereld te zetten zonder daar vooraf enige vorm van bekwaamheid voor aan te tonen, zoals bij het behalen van je rijbewijs? Als je een kindje wilt adopteren, word je ook oneindig door een commissie beoordeeld op competentie. Waarom niet eerst een vragenlijst invullen om te beoordelen of aspirant-mama's en -papa's in staat zijn een kind een toekomst te bieden? Net zoals je een test moet ondergaan voor een beroep als commando, chirurg of rechter, waarbij je soms moet beslissen over het leven van een ander. Alleen om er volkomen zeker van te zijn dat het idee van een kind hebben niet een tijdelijk romantisch droombeeld is?

Na zo'n confronterende vragenlijst haken de meeste mensen waarschijnlijk af, omdat het nog niet het juiste moment is, omdat er nog geen basis is voor een gezinsleven, of – waar de meeste mensen te laat achter komen – omdat dit niet de juiste partner is om een kind mee te fabriceren. Lotte en ik waren glansrijk gezakt.

zomer 2000 - zomer 2003

DE WEDERGEBOORTE

Op het bankje in de rozentuin begon ik aan de overdenking van mijn zonden, maar al snel bedacht ik dat de rest van mijn leven daarvoor te kort was. Het is zinloos om te denken aan dingen die je toch niet kunt veranderen.

Met een noodgang kwam Isabelle in haar sportwagen het grindpad oprijden.

'Rinus heeft mij ontslagen. Hij heeft iedereen die iets met jou te maken heeft op staande voet ontslagen, zomaar op straat gezet. En weet je wie de nieuwe directeur is? Die domme wipkip van hem.'

's Avonds aan tafel vertelde ik Lisa en Isabelle over mijn plan.

'We beginnen opnieuw. Branco, jij en ik. Branco doet de financiën, jij doet de organisatie en ik neem het creatieve gedeelte voor mijn rekening. Iedereen die ontslagen is kan direct aan de bak en ik heb al wat DJ's gepolst of ze mee willen doen. Sebastien Bruce en DJ Dubrowski hebben al toegezegd. En ik ga zelf weer produceren. Ik garandeer je, in no time zijn wij weer de *talk of the town*.'

Isabelles mimiek zei genoeg. Lisa vond het een strak plan, vooral omdat Branco alles onder controle zou houden. Mijn vriend stelde wel een aantal voorwaarden. 'We houden het overzichtelijk. Er worden geen cowboys en indianen bij betrokken. En Isabelle en ik krijgen allebei twintig procent van de aandelen.'

'Deal.' KAMADEV MUSIC was geboren.

Via Branco kwamen we in contact met de directeur van ING Midden-Nederland. Een aardige vent, iets ouder dan ik en een fan. Het startkrediet van twee ton was binnen een ochtend geregeld. Vergane glorie heeft soms z'n voordelen.

Van Tijl Spiegelmans heb ik nooit meer iets vernomen. Rinus Vos zocht nog wel een paar maal contact, via een deurwaarder. Lisa belde me op, net toen ik met Donna in Artis liep.

'Mish, er staat hier een man voor de deur die beslag komt leggen op het huis, de auto's en alle bankrekeningen. Wat een herrie, sta je naast een kudde olifanten? Waar ben je?'

De deurwaarder liet een dagvaarding achter en vertrok.

Twee weken later kwam ik Rinus tegen in de rechtszaal. Hij was er niet van gecharmeerd dat ik vrolijk verder was gegaan met een nieuw bedrijf. Daarbij vond hij het onfatsoenlijk dat een deel van het personeel ontslag had genomen om voor mij te gaan werken. Hij was van mening dat ik met voorbedachten rade zijn handel had gestolen en eiste een schadevergoeding van tien miljoen gulden. In de maanden nadat Rinus mij op straat had gezet, was FUTURE MEDIA verzand in een miljoenenschuld. Hij stelde mij aansprakelijk, op papier was ik namelijk nog steeds de enige statutair directeur van het moederbedrijf.

Als blikken konden doden had ik aan drie levens niet genoeg om deze afslachting te overleven. De goudeerlijke Amsterdamse zakenkabouter was uit op wraak en wilde bloed zien vloeien. Zijn advocaat was de *butcher from hell.* Die man leek meer op een uitsmijter dan op een advocaat, en zo barbaars was ook zijn betoog.

'Meneer Kamadev,' begon de rechter. Een vrouw bij

wie de lachspieren niet ontwikkeld waren. 'Is het duidelijk wat u ten laste wordt gelegd?' Ze keek me streng aan en wendde zich vervolgens tot Tjebbe. 'Meneer Dubois, ik heb niet de indruk dat het uw cliënt duidelijk is wat hem ten laste wordt gelegd.' Ze zuchtte en keek weer naar mij.

'Meneer Kamadev, volgens de heer Reinardus Vos heeft door uw toedoen de FUTURE MEDIA ENTERTAINMENT HOLDING bv een grote schuldenlast opgebouwd, nadat u zonder aankondiging het bedrijf stuurloos heeft achtergelaten en vervolgens met de door u opgedane kennis een concurrerende onderneming onder de naam KAMADEV MUSIC bent begonnen. Aangezien de heer Vos middels zijn vennootschap BandIT een bedrag van tien miljoen gulden heeft geïnvesteerd in de FUTURE MEDIA ENTERTAINMENT HOLDING bv, die door uw handelen en uw nalatigheid volgens de eisende partij een huidige waarde vertegenwoordigt van nihil, is het niet meer dan redelijk dat u deze schade volledig vergoedt, vermeerderd met de ontstane schuldpositie. Een totaalbedrag van 11,2 miljoen.'

11,2 miljoen? Waar was Tijl? Hij ging over het geld, hij zou opheldering kunnen geven waar al dat geld gebleven was. Ik had het niet en ik had geen idee waar het wel was. Rinus? Mijn gedachten schoten als een bal in een flipperkast alle kanten op.

'Bent u zich ervan bewust dat u in gebreke bent gebleven? Volgens uw zakenpartner heeft u de onderneming, waar u beiden aandeelhouder van bent, zonder overleg zomaar in de steek gelaten. U weet toch dat u als enig statutair directeur van de vennootschap bestuurlijk aansprakelijk bent?'

'Mag ik wat zeggen, mevrouw?' vroeg ik beleefd. Ik vond de rechter iets te voorbarig.

Aan de blikken om me heen te zien was dit geen gebruikelijke opmerking. Tjebbe keek me verontrust aan, alsof ik iets verkeerds zou kunnen roepen.

'U wilt iets zeggen?' vroeg de rechter. 'Lijkt het u niet zinvoller dat u dat overlaat aan uw raadsheer?'

'Edelachtbare, mijn ziel en zaligheid zitten in dat bedrijf. Alles wat ik ben en alles wat ik had zit in dat bedrijf. Mijn laatste geld, alles. Denkt u nu echt dat ik daar zomaar van zou weglopen?' Op dat moment begonnen tranen over mijn wangen te stromen. 'Dat bedrijf was mijn alles, en ja, u heeft gelijk, FUTURE MEDIA had zonder mij geen bestaansrecht. Ik was de ziel van dat bedrijf, dat heb ik meneer Vos heel duidelijk verteld voordat hij mij ontsloeg. Hij heeft mij wéggestuurd, daarna zijn alle problemen begonnen. En onze compagnon Tijl Spiegelmans is als een Houdini van het toneel verdwenen.'

Nadat ik mijn versie van de werkelijkheid had verteld, zag het hoofd van Rinus eruit alsof het elk moment zou kunnen ontploffen en die kleerkast van een advocaat stond klaar om mij tot moes te slaan.

Op basis van mijn aangrijpende betoog gaf de rechter ons twee weken de tijd om mijn stellingen met feiten te onderbouwen. Er werd een opsporingsbevel uitgevaardigd om Tijl Spiegelmans voor de rechtbank te laten verschijnen, maar daar kwam nooit een reactie op. Van de aardbodem verdwenen. Rinus en ik stonden in de maanden daarna nog driemaal tegenover elkaar voor de rechtbank en dat bleef niet onopgemerkt. Het nieuws haalde alle landelijke dagbladen. De *Financiële Telegraaf* plaatste zelfs een paginagroot artikel en voor *Quote* was het mediacircus aanleiding nader onderzoek te doen naar mijn ex-compagnons en het reilen en zeilen bij FUTURE MEDIA. De kop luidde: *Last dance voor DJ Kamadev.*

Tijl Spiegelmans bleek een van de wonderboys te zijn geweest op de beurs. Intelligent, onbezonnen en al op jonge leeftijd puissant rijk. Hij maakte zich onsterfelijk door een weddenschap met een inzet van een miljard gulden. Meteen na die onverantwoorde actie gingen op de beursvloer alle alarmbellen af. Voor het eerst in de geschiedenis van de Amsterdamse beurs werd een transactie teruggedraaid en Tijl verdween van het speelveld.

De ooit zo gevierde internetkoning Rinus Vos kwam niet meer voor in de *Quote 500*, wel werd zijn naam vermeld in andere lijsten. Fraude, voorkennis, valsheid in geschrifte en meer beschuldigingen werden hem ten laste gelegd, nadat een en ander aan het licht was gekomen bij BandIT. Ook werd duidelijk dat onze zelfbenoemde president and chairman of the board onrechtmatig gelden had onttrokken aan meerdere bv's van FUTURE MEDIA, en er waren schulden ondergebracht in bv's die hij daarna liet ploffen. Uiteindelijk werd het faillissement van FUTURE MEDIA uitgesproken door de rechtbank. Rinus V. werd verantwoordelijk gesteld voor de totale schuld en hij kreeg zes maanden gratis kost en inwoning.

Vanaf het moment dat niet geld, maar onze passie voor muziek de drijfveer was, groeide KAMADEV MUSIC uit tot een florerend bedrijf. De muziekfabriek perste de hits er aan de lopende band uit en vulde wereldwijd alle dance-lijsten. De omzet groeide met meer dan een miljoen per jaar, waardoor mijn zakelijke en financiële leven langzaamaan in een rustiger vaarwater terechtkwam.

De mens heeft zijn verstand gekregen om zich te bevrijden van wat zijn zielenrust verstoort, had dr. Freudi in een van onze gesprekken verteld. Zo werd elke woensdag geheime papadag. Hoewel het telkens ingewikkelder werd om in mijn agenda alle woensdagen leeg te houden, lukte het me aardig om onder de radar te blijven.

De dagjes met Donna waren hartverwarmend, en ik merkte dat niets zo'n aantrekkingskracht heeft op vrouwen als een charmante vader met een blije dochter.

Lotte werd met de maand gekker, daarover begon ik me grote zorgen te maken. Voor een rol in *One Flew Over the Cuckoo's Nest* had ze geen auditie hoeven doen. Lisa's gezondheid was lange tijd stabiel, en Lisa en Isabelle waren weer dikke vriendinnen.

'Liefje, nu bijna alles weer is zoals het had moeten zijn, wil ik dat met je vieren. We gaan uit eten bij Mes Amis. Tafeltje aan het water, zoals het ooit begon. Een nieuw begin.'

Monsieur Chez had een romantisch diner voor ons georganiseerd, met kaarslicht en champagne, maar op het moment dat het voorgerecht werd geserveerd begon Lisa te hoesten. En toen ze niet meer hoestte moest ze naar de wc. Ik schoof mijn manchet iets omhoog en keek op mijn horloge. Ze zat er al een kwartier. Net toen ik wilde gaan kijken, kwam ze aanlopen.

'Als je liever naar huis wilt, dan gaan we,' zei ik. Ze schudde van nee en glimlachte, maar twee tellen later beet ze op haar lip en de tranen rolden over haar wangen. Ze kreeg het benauwd en begon weer te hoesten.

'Ik wil toch naar huis, Mish. Het gaat niet.'

Lisa hoestte oorverdovend. We stonden op, iedereen keek ons aan. De twee volle borden lieten we staan, ik glimlachte verontschuldigend. Ik legde aan monsieur Chez uit dat Lisa zich niet goed voelde en ik rekende driehonderd euro af met mijn Platinum Card. De fles Laurent & Perrier nam ik mee om thuis op te drinken.

In de auto hield het hoesten niet op en thuis ook niet, het huilen ook niet.

'Dit kán zo toch niet, zo kun je toch niet met mij leven? Sorry, Mish, sorry, ik vind het zo erg voor jou.'

Ik sloeg een arm om haar heen en drukte haar tegen me aan. Ze hapte naar lucht en hijgde, maar ze hoestte niet meer. Ik voelde haar ademhaling langzaamaan rustiger worden.

‘Alles... doet... zo’n pijn,’ snikte ze. ‘Kon ik... maar eens één dag... géén pijn voelen.’

Soms weet je hoe laat het is. Met tegenzin zette ik haar weer in de auto en zette koers naar het AZU. Bij binnenkomst op de EHBO werd ze voor alle zekerheid direct naar de intensive care gebracht. Daar werd ze vastgesnoerd aan de hartmonitor, een infuus en de beademing. Binnen een paar tellen was ze weg. Twee zusters en een broeder hielden de wacht en vertelden me dat ik beter naar huis kon gaan. De morfine zou haar de komende vierentwintig uur in slaap houden, zodat haar lichaam tot rust kon komen.

Op de gang belde ik eerst Branco, toen dr. Freudi en daarna Isabelle.

‘Laat ik jullie één avond alleen, en dan dit. Ik kom naar je toe,’ zei ze.

‘Graag,’ antwoordde ik. ‘Maar Lisa slaapt voorlopig, ik ga naar huis. Zie je zo.’

Om tien over een was ik thuis. Isabelle stond me op te wachten in haar nachtjapon. Ik zette de halfvolle fles lauwe champagne op de keukentafel en nam haar in mijn armen.

‘Dank je wel dat je er bent.’

‘Hoe is het met ’r?’

‘Ontsteking in beide longen. En tijdens het eten kreeg ze een darmaanval. Van het ene op het andere moment zag ze lijkbleek. We zijn naar huis gegaan en daarna direct naar de EHBO. Nu ligt ze een nacht op de IC en zodra er morgen een eenpersoonskamer vrij is, mag ze misschien naar zaal.’

Isabelle zette twee glazen op tafel en pakte de fles champagne.

‘Ik niet.’

‘Niet?’

'Nee, mijn hersenen beginnen af te brokkelen door al die alcohol. Er ontstaan steeds meer zwarte gaten in mijn geheugen.'

Stomverbaasd keek ze mij aan. We zaten tegenover elkaar aan de keukentafel.

'Ik ben blij dat het weer goed is tussen jullie. En ik vind het fijn dat je weer hier in huis bent.'

'Natuurlijk, Mish. Ik vind het ook fijn hier en ik wil er zijn voor Lisa wanneer ze me nodig heeft. Wat er verder tussen ons gebeurt, blijft tussen ons. Het is goed zo. Ik hou van je.'

Er viel een stilte en even aarzelde ik.

'Ik moet je toch nog iets vertellen.'

'Wat dan?'

'Ik heb een kind.'

'Wat! Néé. Dat méén je niet? Néé, geen kind. Bij wie?'

'Lotte.'

Even dacht ze na. 'Dat meisje van vroeger? Díe Lotte?'

Ik knikte en vertelde de hele geschiedenis.

'Hoe reageerde Lisa?'

'Die weet het niet. Ik heb geen idee hoe ik het haar moet vertellen.'

'Jongen of meisje?'

'Donna. Ze is bijna vier.'

'Vier? Mijn god! Dus... al die tijd dat wij samen... neukte je ook met die andere kut?'

'Nee, ik heb het één keer met haar gedaan. Weet je nog die nacht dat ik zo bezopen thuiskwam? Toen jullie boos op me waren. Jij en ik waren dat weekend op Ibiza geweest, na dat gedoe met de beurscrash. En die middag vertelde Lisa dat zij had bedacht dat jij en ik samen, nou ja, dat verhaal.'

Isabelle staarde me secondelang aan en barstte toen in snikken uit: 'Ik hield echt van je.'

'Niet meer?'

‘Ik weet het niet. Wanneer houdt het eens op met jou? Ja, ik hou van je. Ach, wat is dat eigenlijk, houden van? Wat doe ik mezelf aan? Ik moet aan mezelf denken, Mishka. Dit kan zo toch nooit iets worden. Jij bent getrouwd met Lisa, nu heb je een kind bij dat wicht en het enige wat wij samen hebben is seks. Meer lust dan liefde, toch? Ik moet voor mezelf kiezen en jij voor Lisa. Ik had gewild dat het anders was gelopen. Hoe zou het zijn geweest als ik Lisa niet had meegenomen, die dag van het tuinfeest bij Drakestein? Je zag er nog een beetje sukkelig uit, toen, maar er was iets wat je anders maakte dan al die anderen. Alleen leek jij betoverd toen je Lisa had gezien, je had geen oog meer voor mij. En het was de eerste keer dat zij werkelijk verliefd was. Jij was de eerste aan wie ze zich durfde bloot te geven. Zo gelukkig als ze was nadat ze jou had ontmoet, dat kon ik haar niet afnemen, dus probeerde ik mijn gevoelens voor jou... Toen ze mij die gunst vroeg... ik wist me geen raad. Seks met jou, met haar instemming, op haar verzoek? Zolang er maar seks was zonder enkele vorm van emotie, zei ze. Ik moest beloven dat ik niet verliefd op je zou worden. Het was bij voorbaat al een kansloze missie. En nu heb je een kínd, van een ánder.’

Na vijf dagen ziekenhuis was Lisa er klaar mee. Ze wilde naar huis, naar Einstein en naar mij. Terug naar het leven op Eyckenbosch.

‘Hoe voel je je?’ vroeg dokter Rozenboom.

Lisa keek blij en lachte. ‘Uitstekend, ik ben weer helemaal nieuw!’ riep ze opgetogen. De doktersromandokter probeerde ernstig te kijken.

‘Je bent aardig opgeknapt, maar het zou beter zijn als je nog twee daagjes blijft.’

Lisa toverde een kinderlijke uitdrukking van treurnis op haar gezicht.

‘Jij wil zeker liever naar huis?’ zei Rozenboom. Lisa knikte.

‘Als je belooft dat je thuis nog een paar dagen in bed blijft en rust houdt.’

Lisa knikte infantiel blij.

‘Meneer Kamadev, houdt u goed in de gaten dat ze in bed blijft. Ik laat haar gaan op twee voorwaarden. Er gaat een mobiel infuus mee naar huis en ik regel een rolstoel. Voor als je moe bent, of energie tekortkomt. De eerste dagen dat je straks weer uit bed mag, is het beter om je niet direct te veel in te spannen.’

Lisa keek geschrokken, haar blijheid was in een zucht verdwenen. ‘Een rolstoel?’

juli 2003

GESCHENK UIT DE HEMEL

'Je bent krankzinnig. Dit gaat zo niet langer. Ik ken een verdomd goede psychiater, ga daar eens mee praten. Dr. Freudi, ik ga al jaren naar hem toe. Praten kan geen kwaad.'

'Met mij is niks mis!' schreeuwde Lotte. 'Ik heb geen hulp nodig en zeker niet van zo'n zielenknijper die gaat vertellen dat het allemaal aan mij ligt. De verpleegkundige bij het consultatiebureau vindt dat ik een langdurige postnatale depressie heb en de huisarts vroeg of ik misschien een pakje per dag rook omdat ik de druk niet aankan. Zelfs mijn vriendinnen vertellen me voortdurend wat ik allemaal wél en níet moet doen! En natuurlijk is het mij opgevallen dat ik iets ben aangekomen. Er waggelt vijftien kilo te veel reet achter me aan, maar dat komt niet door míj. Het komt allemaal door háár. Door dat kind heb ik geen leven meer.'

Even maakte de storm een schijnbeweging om te gaan liggen, tot die opnieuw oplaaide.

'En door jou, meneer de afwezige huisvader! Omdat jij de grote onschuldige speelt die mij alles in m'n eentje laat opknappen! Je bent er nooit voor me!'

Donna klampte zich vast aan mijn been en begon zachtjes te huilen.

'Wat hebben wij nou voor een relatie?'

'Lotte, wij hebben geen relatie. Ik doe wat ik kan, voor jou en voor Donna, maar dit is niet mijn echte leven.' Dat was de afspraak en daar hield ik me aan, al doorkruisten die twee levens elkaar steeds vaker en was het bijna onmogelijk om Donna uit mijn andere leven weg te houden, weg van Lisa, weg van de werkelijkheid. Welke werkelijkheid trouwens?

Natuurlijk had ik moeten weten dat dit verkeerd zou aflopen, dat Lotte zich niet aan onze afspraak kon of wilde houden. De vraag was alleen: wanneer?

Dat antwoord kwam een week voordat Donna vier werd. Ik stond in de keuken van de villa om een zondagochtendontbijtje te maken voor Lisa en mezelf, toen Lotte belde.

'Ik hoef dat kind niet meer!' gilde ze. 'Kom haar maar halen!'

'Lotte, rustig, wat is er aan de hand?'

'Niks, Lotte rustig. Ik word stapelgek, ik kan geen kant op, ik heb geen tijd voor mezelf, en ik moet het al-le-maal alleen doen! Jij-komt-nu-hier!'

'Vanmiddag kan ik komen. Nu kan ik hier niet weg, Lisa...'

'Dat zet ik haar nu op straat.' Tuut, tuut, tuut...

Ik voelde twee handen op mijn schouders. 'Waar blijf je nou?'

'O, uh, de eitjes zijn iets te lang doorgekookt.'

'Wie was dat?'

'Ik kook wel even nieuwe, dan maak ik ze precies halfzacht, zoals jij het graag wil.'

'Wat is er, Mish? Je gedraagt je weer vreemd.'

'Niks, nou, weet je, soms denk ik wel eens dat ik alles verkeerd doe.'

'Maak je niet druk om die eitjes,' zei ze lachend. 'Kom, we gaan nog even liggen.'

Vanuit bed keek ik naar de Heilige Eik. Ik had altijd gedroomd van een slaapkamer met openslaande deuren, zodat je, als je wakker wordt, kunt genieten van de bomen en de bloemen, de zingende vogels en de zonnestralen die zich door de kamer verspreiden.

'Wie belde jou nou net?'

'Dat was, eh... Lotte.'

'Lotte?'

'De moeder van Donna.'

'Wie is Donna?'

Verstijfd zat Lisa in bed. Minutenlang staarde ze voor zich uit. Ze kneep haar ogen samen en fluisterde: 'Ik wist het, ik wist het. Waarom doe je mij dit aan, Mish?' Ze stapte uit bed en begon te ijsberen door de kamer. Haar ademhaling werd luider. 'Moeder Maria,' hijgde ze, terwijl ze in de richting van de hemel keek. Moeizaam zuchtte ze alle lucht uit haar lijf.

Mea culpa, lieve God. God gaf geen antwoord. Ik begrijp dat u me in de steek laat, het is mijn eigen schuld. Maar vanaf nu...

'Van Lotte? Dat ex-vriendinnetje van je? Hoe lang al?'

'Volgende week wordt ze vier.'

'Vier? Ik... ik heb het altijd al geweten,' zei ze zachtjes in de richting van de hemel.

'Waarom heb je me dit niet eerder verteld?'

Ik haalde mijn schouders op.

'Mishka Kamadev.' Het blauw in haar ogen kleurde zwart en het wit werd rood. 'Ik kan hier niet meer tegen, ik kan het gewoon niet meer! Het is je misschien ontgaan, maar ik ben ziek, heel ziek, doodziek. Dit kan ik er niet bij hebben. Elke keer weer iets nieuws met jou. Eerst vergok je al ons geld, daarna word je verliefd op Isabelle, dan raak je je bedrijf kwijt, vervolgens zitten we diep in de schulden, ik zit ziek thuis en jij maakt doodleuk je ex-vriendinnetje zwanger. Nee! Meneer hééft al vier jaar een kind!'

Ze hoestte, met water en vuur in haar ogen, en ik

zag dat tranen tonen wat woorden niet kunnen zeggen. Benauwd van woede bleef ze voor het bed stilstaan. 'Waarom ga je niet bij me weg?'

Waarom kon ik niet van de aardbodem verdwijnen? Het was inderdaad beter als ik weg zou gaan. Naar een andere planeet, of beter nog, naar een ander melkwegstelsel. Haar droevige blik smeekte om een verklaring. Er hing een traan vastgeketend in haar rechterooghoek, die weigerde over haar wang te biggelen.

Er vloeide gif door mijn aderen, zoutzuur dat mijn lichaam van binnenuit wegbrandde. Erger dan dit kon het niet worden. En omdat het toch niet erger kon, vertelde ik hoe en wanneer het gebeurd was. Over Lotte en onze afspraak die zij niet meer nakwam. Dat ik alles voor Donna betaalde en dat ik elke week op haar paste en een enkele keer bij haar bleef slapen.

'Bij die Lotte?' onderbrak ze me.

'Nee, bij Donna.'

'Bij Donna?'

Ik probeerde niet rood te worden.

'Ja, bij Donna, als Lotte een avond weg was. Een paar keer, niet vaak. Lisa, je moet me geloven.' Was dit niet het moment dat ik mezelf niet meer geloofde? Dat de waarheid niet meer bestond?

'Waar was jij al die nachten dat je aan het draaien was, dat je in studio's zat, in hotels overal en nergens?' De woorden bleven in de lucht hangen. 'Ik vertrouwde je, Mishka.'

Lisa zat weer met haar rug tegen de stapel kussens in bed met Einstein tegen haar aan. Ze deed het slangetje van de zuurstofmachine in haar neus om op adem te komen. Ik ging aan het voeteneind tegenover haar zitten. 'Lies, misschien is het onmogelijk, maar als ik zeg dat ik vanaf nu mijn leven ga beteren, kun je me dan... een heel klein beetje vergeven? Ik heb een paar dingen niet helemaal juist gedaan...'

'Een paar dingen?' Ze zuchtte en schudde haar hoofd. 'Je moet eerlijk zijn tegen me. Ik sta altijd achter je, ik ben er altijd voor je geweest, maar ik kan je niet meer vertrouwen. Je leidt naast mij nog een heel ander leven. Hoe weet ik of er niet nog veel meer is? De stress maakt me nog zieker dan ik al ben, ik kan er niet meer tegen. Dan ben ik liever alleen.'

Liever alleen?

'Echte liefde is onsterfelijk, heb jij me verteld.'

'Mijn liefde voor jou gaat nooit over, mooie man. Jij bent alles, Mish, jij bent alles wat ik heb. Jij bent de reden dat ik nog leef.'

Uitgeput bleef Lisa op bed liggen. Einstein ging met mij wandelen over het landgoed. Ik overdacht mijn vervroegde midlifecrisis. Ik belde Lotte en kalmeerde haar door te zeggen dat ik morgen en komend weekend op Donna zou passen.

Bij de Heilige Eik bleef ik even stilstaan en deed een belofte. Zolang ik met Lisa samen was, zou ik nooit meer seks hebben met andere vrouwen en met Lisa deed ik het niet, dus voor onbepaalde tijd zou ik op de strafbank zitten, onthouding als boetedoening. Daarna bracht ik twee uur in de keuken door met een kookboek, Elvis Presley en een fles rode wijn. Het was mijn allerlaatste herkansing. Ik dekte de tafel met het Villeroy & Boch-servies dat we hadden gekregen voor ons huwelijk en ik zette een champagnekoeler met ijs en een fles Laurent & Perrier rosé klaar. Nadat alles juist was gearrangeerd, maakte ik Lisa wakker.

In zwart negligé schreed ze de door kaarslicht gekleurde woonkamer binnen. Ik leidde Lisa naar de fauteuil van haar vader en nam zelf plaats aan de Bösendorfer. Mijn vingers dansten over het klavier en

Tinkerbell zwaaide als een dirigent met haar toverstafje sterretjes over ons uit.

'Maybe I didn't treat you quite as good as I should have. Tell me that your sweet love hasn't died, give me one more chance, to keep you satisfied. You were always on my mind.'

Ik serveerde de pasta romantica à la Mishka en met het einde in zicht kwam ons sprookje die avond opnieuw tot leven. Tien jaar geleden hadden we elkaar beloofd samen te blijven 'tot de dood ons scheidt'. Er was toen geen enkele reden daaraan te twijfelen. We beloofden voor elkaar te zorgen, in goede en slechte tijden.

'Verrukkelijk, lief,' glimlachte ze. 'Wat ben je toch een oneindig rare man, meneer de romanticus.'

Aan tafel bespraken we de voorwaarden. Ik moest beloven dat ik aanzienlijk minder zou gaan drinken. Ze stelde het op prijs dat ik vanaf nu geen nieuwe vrouwen, kinderen en konijnen meer uit mijn hoge hoed zou toveren, en bovenal moest ik oprecht zijn.

'En wil je beter naar je hart luisteren?'

'Da's alles?'

'Ja, dat is alles.'

Voorzichtig ging ik verder waar ik die ochtend was blijven steken. Ik vertelde dat ik het tragisch vond dat Donna opgroeide in een stinkende bende, met een moeder die niks anders deed dan klagen, roken, op d'r luie reet zitten en zich afvragen waarom die niet dunner werd.

'Wil je dat ze hier komt wonen?'

Het gesprek met Lotte was verbazingwekkend.

'Als ze bij jou gaat wonen, krijg ik zeker geen geld meer?'

Ik vertelde dat ik haar best nog een tijdje financieel wilde steunen, maar dat ze nu de vrijheid terugkreeg waar ze ruim drie jaar lang om had gezeurd, zodat ze weer kon gaan werken en een sociaal leven kon opbouwen met een nieuw vriendje.

'Ik hou van jou, Mish, ik wil geen nieuw vriendje.'

Ze wilde 'een normaal leven met een gelukkig gezinnetje'. Dat was haar enige droom geweest en toen duidelijk werd dat ik die nooit zou laten uitkomen, zei ze: 'Dan heeft het geen zin meer.'

Somber gestemd reed ik terug naar Eyckenbosch. Twee uur later ging mijn mobiel. Lotte was nog net levend genoeg om te kunnen zeggen dat ze er een einde aan had gemaakt. Ik scheurde terug naar Amsterdam-Oost en vond haar op de vloer, tussen lege pillendoosjes en twee broeders in gele overalls.

'Allemaal jouw schuld,' brabbelde ze vanaf de brancard. Ik kon me niet voorstellen dat ze het zo bedoelde, ze was in de war. Haar aanhoudende postnatale depressie was een eeuwig uitdijende inktvlek in haar hart en hoofd geworden. Mijn schuld? Ze kwam terecht in *Zon en Schild*, waar dr. Freudi haar onder zijn hoede nam. Ze werd ontoerekeningsvatbaar verklaard en twee weken onder medisch toezicht gesteld. Haar gedrag gaf meer dan voldoende aanleiding om de opnameperiode met twee maanden te verlengen en vervolgens kreeg ze een eigen kamer op de afdeling psychiatrie.

Donna fladderde vrolijk rond in en om Eyckenbosch. Ik had gezegd dat ze een tijdje bij papa en Lisa mocht logeren. Op de vraag waarom mama ook niet bleef had ik niet direct een deugdelijk antwoord: 'Je hebt vier jaar bij mama gewoond, dus nu mag je bij papa wonen.' Maar toen dr. Freudi zei dat Lotte voor onbepaalde tijd in de gesloten inrichting zou blijven, vond ik dat ik Donna de waarheid moest vertellen.

'Donna... mama is een beetje ziekjes in haar hoofd en daarom woont ze een tijdje in een speciaal huis, met andere mensen die ook een beetje ziekjes in hun hoofd zijn.' Donna knikte. Daarna begon ze te huilen. Ze wilde naar mama.

Na vier jaar pas wereldkundig maken dat je een kind hebt, kan bij mensen aankomen als een blikseminslag bij heldere hemel.

We hadden Branco en Marloes met hun dochters uitgenodigd onder het mom van een bijzondere verrassing. Toen de familie Van der Zee op de chesterfield zat en in spanning afwachtte, kwam ik met Donna de salon binnenlopen en zei: 'Dit is Donna. En Donna, dit zijn je nieuwe vriendinnetjes: Fleur en Merlot.' De drie meiden verdwenen al snel de tuin in met Einstein. Marloes' mond stond wagenwijd open en pas na een stilteretraite van een half uur landde ze weer op aarde. Branco gedroeg zich als een dappere bloedbroeder en acteerde minstens zo verbaasd, wat voor het behoud van zijn voorbeeldige huwelijk verstandig was.

'De Babbelaar,' antwoordde Marloes op mijn vraag naar welke school Fleur en Merlot gingen. 'Ik zit in het oudercomité, dus ik kan regelen dat Donna bij Merlot in de klas komt.' De jongste van Branco en Marloes stond ook in de startblokken om naar groep één te gaan. 'O, wat enig! Mishka heeft een dochter!'

Mevrouw Freudi was dolblij met onze kleine prinses en gedroeg zich als een echte oma. Het huis had een kind gemist, zei ze. Alleen Isabelle kon het geluk niet delen. Dat Donna bij ons op Eyckenbosch kwam wonen, zag ze als het definitieve einde van onze toekomst.

Vanaf de eerste dag dat Donna bij ons woonde voelde het alsof het nog nooit anders was geweest. Ze had een gezonde uitwerking op ons leven. Ik werd automatisch gewekt op een tijdstip dat ik niet gewend was en daardoor ging ik vanzelf vroeger slapen. Zo zorgde mijn kleine meid ervoor dat ik een regelmatiger leven ging leiden en veel minder dronk. Dat mindere drinken vond dr. Freudi een goede zaak, want uit een EEG-scan bleek dat mijn hersenactiviteit was gedaald tot net boven een comateus niveau, het resultaat van jarenlang bovenmatig alcoholgebruik in combinatie met te weinig slaap en te veel pillen en stress. Waar kon ik nou stress van hebben?

Er was wat extra dopamine, serotonine en nog wat -ine nodig om weer leven in de brouwerij te brengen. Met Lotte was het ernstiger gesteld. Dr. Freudi vond het voorlopig geen goed idee dat ik haar met Donna zou bezoeken.

Hij schreef wat receptjes uit en zo werd onze huisapotheek aangevuld met potjes pillen die mijn hersenfunctie moesten stabiliseren tot een aanvaardbaar niveau. Misschien werd het tijd dat ik een normaal burgerlijk bestaan ging leiden. Ik had een vrouw het gekkenhuis in gejaagd, ik had de vriendschap tussen twee hartsvrienden bijna naar de gallemiezen geholpen, ik was verliefd geworden op een meisje van lichte zeden in Boedapest, ik had er miljoenen doorheen gejaagd en ik had onherstelbare littekens gekrast in de ziel van mijn grootste liefde.

Donna leek ook een genezende werking te hebben op Lisa. Ze kwam nog wel laat uit bed, omdat de nachten vrijwel nooit voorbijgingen zonder dat ze wakker lag van het hoesten, of uren op de plee bivakkeerde omdat de boel verstopt zat, maar elke middag na schooltijd ging ze samen met Donna spelletjes spelen en wandelen met Einstein.

Ze werd de moeder die ze zelf nooit heeft gehad.

Toen bleek dat het er niet naar uitzag dat Lotte weer Donna's mama zou worden, waren er tranen te weinig om het verdriet recht te doen. Ze vloog Lisa huilend in haar armen en vroeg: 'Wil jij mijn nieuwe mama zijn?'

september 2003 - 2007

ZOALS HET HAD MOETEN ZIJN

Nu Donna vier was mocht ze naar school. Het mocht ook een jaar later, maar het leek mij zinvol om haar zo snel mogelijk in een omgeving met andere kinderen te plaatsen.

De Babbelaar was een gewone school, voor gewone kinderen uit de buurt. Wij woonden aan de andere kant van het dorp, iets uit die buurt, waardoor ik Donna elke dag met de oude Jag naar school bracht. De dames met de Grand Cherokees en de Cayennes woonden vermoedelijk ook niet in de naaste omgeving om te kunnen lopen, of hun kroost met de fiets naar school te brengen. De meeste gewone ouders namen de benenwagen of de tweewieler.

Het was voor ons allebei de eerste schooldag en ik was net zo zenuwachtig als Donna. Wat deed ik hier tussen die gillende kinderen en een leger huis-tuin-en-keukendozen?

'Leuk hè! Allemaal nieuwe vriendjes en vriendinnetjes.' Donna keek me aan alsof ik niet goed snik was. Gelijk had ze.

In de chaos zochten we naar Donna's vriendinnetjes Fleur en Merlot en mama Marloes, maar waar ik keek zag ik alleen kandidaten voor dat tv-programma waar ze tegen beter weten in van kansloze modeflaters nog iets fatsoenlijks probeerden te maken. Aan Donna's gezicht te zien deelde ze mijn mening. Zachtjes kneep ze in mijn hand. Tussen al die normale moeders met een normaal leven, een normaal gezin en met een man die van negen tot vijf normaal naar zijn werk gaat, voelde ik me ongemakkelijk. Als redster in nood kwam Marloes met Fleur en Merlot aangelopen. Donna liet mij los en rende naar haar vriendinnetjes. Ik haastte me erachteraan, naar de overkant van het plein, waar Marloes zich voegde bij drie goed geconserveerde dames van begin, of midden dertig. Dat zij daar stonden, betekende dat zij ook de moederstatus hadden verkregen, al was hun verschijning tegenstrijdig met de klaagzang van de gemiddelde kleutermama dat je na een bevalling nooit meer slank en strak kon zijn, en dat tieten en kont het niet meer van de zwaartekracht konden winnen.

Marloes stelde mij voor aan haar vriendinnen Marjolein, Judith en Wendy, de moeders van...? Mijn aandacht was even ergens anders.

'En dit is Mishka, de vader van Donna.'

De zoemer maakte een einde aan de massahysterie en alle kinderen renden richting de ingang van de school. Donna en Fleur liepen hand in hand. Ik hield de andere hand van Donna vast en liep naast Marloes mee naar binnen.

Daarna stapte ik in de oude Jag en reed naar kantoor.

KAMADEV MUSIC was een hitmachine. We hadden drie top-DJ's en nog een paar nieuwe talenten onder contract. DJ Dubrowksi, Sebastien Bruce en House Master Jack schreven de ene na de andere hit op hun naam en als DJ Kamadev stond ik zelf ook weer geregeld in de hitlijsten én op het podium. De wederopstanding van *The God of House Music*. Ik was het creatieve brein achter KAMADEV MUSIC. Om het bedrijf in goede banen te leiden had Isabelle de dagelijkse leiding én ze regelde de internationale licenties. Branco hield als mede-aandeelhouder alle financiële zaken in de gaten, maar dat deed hij parttime, want zijn accountantskantoor was een daverend succes. Net als KAMADEV MUSIC. Wereldwijd deden we goede zaken en in drie jaar tijd steeg de omzet naar vier miljoen euro.

Om vijf voor drie parkeerde ik naast de Cherokees en de Cayennes. Marjolein, Judith, Wendy en Marloes stonden er al. Het schoolplein had zich op een natuurlijke manier geordend. De lelijke-dikke-hokkenbrigade stond achter de vijandelijke linies aan de andere kant. Er liep een kale man met een hond en twee omatypes stonden weer op een afstandje van die kale man gezellig met elkaar te kletsen. Mijn blik bleef steken bij een opa en oma die gearmd op een bankje zaten. Vermoedelijk wachtten ze op een kleinkind dat hun leven een nieuw doel had gegeven. Vredig keken ze naar elkaar en naar mij, toen ze zagen dat ik naar hen keek. Ze lachten vriendelijk, de opa stak zelfs even zijn hand op. Een gewone opa en een gewone oma, die samen heel bijzonder waren, omdat sommige gewone dingen bijzonder zijn.

De zoemer was het signaal dat de eerste schooldag voorbij was. De deuren werden nagenoeg uit hun sponningen gesmeten en vervolgens werd er honderddertig decibel aan kinderplezier op de wachtende menigte afgevuurd. Merlot, Fleur en Donna kwamen op ons afgerend met tekeningen in hun handjes.

'Voor jou!' riep Donna trots. Artistieke aanleg voor moderne multi-interpretabele kunst, zag ik bij de eerste aanblik. De opdracht was om een tekening te maken over thuis. Donna had een huis van het formaat kasteel getekend, met koning papa en een prinses op een paard.

'Is dat Lisa?' vroeg ik.

'Nééheee, ík ben de prinses.'

'En waar is Lisa dan?' Ze wees naar een poppetje in

de hoek van de tekening.

'Bij de sprookjesboom.' Toen haalde ze nog een tweede tekening tevoorschijn, met een rood kruis op een huis en daarin een poppetje met een verband om haar hoofd.

Er was regelmaat in ons leven gekomen. Op tijd opstaan, Donna naar school brengen, door naar kantoor, Donna uit school halen. Alles had er de schijn van dat we een normaal leven leidden.

In die regelmaat kwamen we ook elke drie maanden bij dokter Rozenboom. Met een onvoorspelbare golfbeweging gingen de resultaten van iedere controle op en neer. Medisch was het onverklaarbaar, maar Lisa voelde zich beter dan de cijfers in het rapport van haar onderzoeken. Met Einstein ging het minder goed. Hij had steeds meer last van zijn achterpoten, nadat hij met wat onverantwoord jongehondengedrag zijn beide kruisbanden had gescheurd. Die middag bleef hij op de vloer liggen en kermde van de pijn. We tilden hem voorzichtig op de bank en Lisa nam hem in haar armen. Ze begon te huilen.

'Bel de dierenarts maar. Het gaat niet meer.'

Ik liep naar de keuken en slikte een valium. Met de telefoon trillend in mijn hand voerde ik snotterend een kort gesprek, om daarna tegen Einstein aan op de bank te gaan liggen. Zijn blauwe kijkers keken me aan met een uitdrukking die zei: ik wil niet weg, maar hij voelde dat onze vriendschap ten einde was. Een half uur later stapte dierenarts Herriot met een lederen tas de salon binnen. Op het moment dat de naald in Einsteins borst verdween, voelde ik een steek in mijn hart. Een ogenblik trokken zijn spieren samen en piepte hij zachtjes. Ik hield mijn hand onder zijn kop en keek Lisa aan in haar rood doorlopen ogen.

Dit onverwachte bezoek van de dood maakte zijn aanwezigheid levendiger dan ooit. Een misselijkmakende angst overviel me. Lisa pakte mijn hand vast, terwijl Herriot de serre inliep en ons alleen liet met ons verdriet.

Mevrouw Freudi was met Donna een blokje om gegaan, zodat de voltrekking van het vonnis geen krassen op haar tere ziel zou kunnen achterlaten. Maar toen ik de levenloze Einstein in een kuil naast de Heilige Eik legde, leidde dat alsnog tot een tranendal.

Lisa en Donna plukten rozenblaadjes die ze op het graf lieten neerdwarrelen. Vervolgens vroegen we God om van Einstein een engeltje te maken in de hondenhemel.

Donna en ik waren een week lang diepbedroefd, Lisa was ontroostbaar.

Ik besloot twee Staffordshire terriër-pups in huis te nemen om ons gezin weer compleet te maken. Niet dat deze twee slopertjes het gemis van Einstein konden opvullen, maar ze zorgden in elk geval wel voor afleiding. Donna noemde de witte met het bruine lapje rond haar oog Bonnie, waarop Lisa de zwarte met de witte vlek op zijn kop de naam Clyde gaf.

Het schoolplein van de Babbelaar was de verzamelplek van een vrouwelijke terreurorganisatie. Wachtend totdat het kleutergeweld naar buiten kwam stormen, spraken de troepen hier altijd vroeger af dan nodig was om de toestand in de wereld door te nemen, de toestand in hún wereld. Goeie god, wat werd daar een hoop afgeouwehoerd. En om zichzelf ervan te overtuigen dat het allemaal wel meeviel dat ze na de bevalling een lichamelijke metamorfose hadden ondergaan, stonden ze tweemaal per dag op het schoolplein tegen elkaar te zeiken dat hun vent alleen nog naar lekkere wijven keek, zoals Marjolein, Judith, Wendy en Marloes. Van die exemplaren die nog wel lang haar hadden, zonder paarsrode en zwarte plukken. Vrouwen met wie je gesprekken kon voeren die ook nog eens over andere onderwerpen gingen dan alleen de kinderen. Seks, om maar iets te noemen. Hoe ze het deden en hoe vaak, thuis en buiten de deur. Er was bij deze school een hoop te leren. De gesprekken duurden nooit langer dan een kwartier, dan ging de zoemer en kwamen de prinsesjes naar buiten gestormd. Elke keer als Donna stralend op me afrende, voelde ik vlinders in mijn buik.

Samen met Donna waren we het gelukkigste gezinnetje op aarde. We vlogen door de dagen en met Lisa ging het lange tijd boven verwachting. Misschien door de nieuwe medicijnen, misschien door Donna, of omdat we weer gelukkig waren. Misschien was ik daar bang voor geweest, om weer samen gelukkig te zijn, wetend dat ons geluk in een onbewaakt ogenblik afgenomen zou worden. Nooit meer samen kijken naar de schittering van de zon in de zee, nooit meer met de honden over het landgoed wandelen, al deden we niets, zolang we het maar samen deden. Genieten van eenvoudige dingen, die ineens zo bijzonder zijn als je bij elkaar bent. Ons leven was volmaakt.

Tot die middag dat dr. Freudi onder vier ogen met mij wilde praten. Zoals gebruikelijk namen we voor ons wekelijkse gesprek plaats in de serre. Buiten was het wit. De eiken waren kaal. Hoewel het al half maart was, toonde de winter nog geen tekenen zich terug te trekken. Donna speelde met Bonnie en Clyde in een dik pak sneeuw.

Dr. Freudi sloot de suitedeuren naar de salon en ging op de sofa zitten.

'Ik heb met Lisa gesproken,' zei hij. 'Ze is zieker dan je denkt. Nu gaat het nog, maar ik ben bang dat het zomaar ineens afgelopen kan zijn. De medicijnen zijn uitgewerkt en haar lichaam is op. Als het niet meer gaat moeten we een onherroepelijk besluit nemen.'

‘Hoe bedoel je?’

‘We moeten het lijden niet langer laten duren dan nodig is. Mishka, ze is drieënveertig, dat hadden we elf jaar geleden toch niet kunnen denken. Sterven is een proces dat een leven lang duurt. Doodgaan duurt slechts een fractie van een seconde, maar het verandert de vorm van ons bestaan op significante wijze. Het zijn de kleinste momenten in ons leven die de meest rigoureuze veranderingen veroorzaken.’

Een minutenlange stilte volgde. Mijn blik dwaalde af naar buiten en ik zag Isabelle in haar sportwagen over de oprijlaan glibberen.

‘Hoe is het met Lotte?’ vroeg ik.

Dr. Freudi liet zijn vingers door de witte angorabakkebaarden glijden en schudde zijn hoofd.

‘Het is beter als we die nog een tijdje laten waar ze is. Dat lijkt me voor iedereen beter, ook voor haar.’

We werden opgeschrikt door getik tegen het glas in lood van de suitedeuren. Het was Lisa, in haar rolstoel. Dr. Freudi stond op en schoof de deuren opzij.

‘Als jullie uitgedokterd zijn, kunnen we eten,’ zei Lisa. ‘Ik rammel van de honger.’

Mevrouw Freudi zette een schaal met hutspot en gehaktballen op tafel. Isabelle trok een fles Tommasi Amarone open en schonk drie glazen vol. Ik hielp Lisa uit de rolly en zette haar aan het hoofd van de tafel.

‘Heerlijk,’ zei ze met een dankbare glimlach, maar ze at nog minder dan Donna.

Twee weken later moesten we voor controle naar het AZU. Ik zag de tegenzin op Lisa’s gezicht. Voordat ze aan het onderzoek begon zag ze er al uit alsof ze een marathon achter de rug had. De reguliere controle was het werk van assistent-doktoren en verpleegsters, maar vandaag was dokter Rozenboom er zelf bij. De reden waarom werd snel duidelijk. De resultaten van drie maanden geleden baarden haar zorgen.

Lisa's lichaam werd grondig onderzocht. In drie maanden tijd was ze zeven kilo afgevallen. Er werd bloed afgenomen, de bloeddruk werd gemeten, de suikerspiegel, de hartslag en natuurlijk de longfunctie. Ze moest fietsen, blazen, rusten, blazen, inademen en uitademen, maar voordat het onderzoek klaar was zei ze dat ze uitgeput was en dat ze niet meer kon. Ze hoestte, hijgde en hapte naar lucht. De verpleegster legde haar op een bed en aan de zuurstofmachine, zodat ze kon bijkomen. Lisa's gezicht leek verkreukeld en tranen stroomden over haar wangen. Het was zo hartverscheurend dat mijn ogen ook nat werden. Ik draaide mijn hoofd weg en zag dat Rozenboom het ook niet makkelijk had. Een huilende dokter leek mij geen goed teken.

Toen Lisa een beetje was uitgerust en we tegenover de dokter zaten werd mijn voorgevoel bevestigd. De uitslag bleek verontrustend. De longfunctie was opnieuw achteruitgegaan en de longinhoud was nog slechts iets meer dan een liter. We wisten alle drie wat dit betekende. Lisa zei dat ze geen onderzoeken meer wilde en dat ze ook niet meer voor controle wilde komen.

Dokter Rozenboom knikte aarzelend maar instemmend.

In de auto waren we stil en ook het eerste half uur dat we thuis tegenover elkaar zaten zeiden we niets. Lisa had Bonnie en Clyde op schoot. Ze keek naar de Heilige Eik en terug naar mij.

'Ben je bang dat je doodgaat?' Voor het eerst in al die jaren durfde ik het te vragen. Het was voor het eerst in elf jaar dat het woord werd uitgesproken. Nadat Lisa de eerste keer op de IC was opgenomen hadden we het onderwerp bewust ontweken.

Ben je bang dat je doodgaat, vroeg ik en haar antwoord was: Ja. Ze begon te huilen. Ik ging naast haar zitten en sloeg een arm om haar heen. Het voelde vreemd, zo gewoon als we het bespraken.

'Ik denk dat ik er klaar voor ben,' zei ze.

Klaar om dood te gaan. Ik hoorde het aan en ik verbaasde me over haar nuchterheid. Ze stond op, pakte mijn hand vast en samen liepen we door de rozentuin naar de Heilige Eik. We waren definitief een doodlopende weg ingeslagen.

mei 2007

DE DERDE VAAS

'Ben zo moe... van het ademen. Mish... kan niet meer... Alles doet pijn.'

Lisa zit half verzonken in de donsdeken. Haar ogen smeken om verlossing. Naast ons bed staan het infuus met morfine en de zuurstofmachine. In de boekenkast liggen tientallen medicijndoosjes opgestapeld. Onze slaapkamer is een privékliniek.

Ze knikt, als antwoord op de vraag die ik niet durf te stellen. Met de bovenkant van mijn hand veeg ik mijn wangen droog. Lisa houdt zich goed, maar we voelen ons allebei slecht. Het restantje vocht dat nog in haar lichaam aanwezig is, zoekt een uitweg via haar ogen. 'Ik ben op...'

Het enige wat ze nodig had was een gezond lichaam, en na alles wat haar in dit leven niet bespaard is gebleven, is het haar niet gegund.

Een maand geleden werd ze verkouden, ze hoestte zoveel en zo hard dat ik dacht dat haar hoofd zou exploderen. Ze kon zich steeds moeizamer bewegen en haar lichaam stijfde op, als een motor zonder smeerolie, tot alle bewegingsvrijheid haar werd ontnomen en ze alleen nog in bed kon liggen. Of zitten eigenlijk, want van liggen krijgt ze het benauwd.

Ontstekingen hebben zich verspreid door het lichaam, in haar longen, in haar hand, aan de binnenkant van haar mond en in tal van zenuwen. Haar darmen zijn een slagveld en haar gewicht vermindert zienderogen. De pijn wint het van de morfine, elke ademhaling is een marteling.

Als dit moment aanbrak zou ik haar uit haar lijden verlossen, of in elk geval het verzoek indienen bij dr. Freudi. In samenspraak met onze huisarts zijn enkele weken geleden al diverse formele documenten ondertekend, waarmee dr. Freudi de wettelijke goedkeuring heeft gekregen om aan Lisa's laatste wens te voldoen. De huisarts zal, wanneer het moment daar is, als onafhankelijke tweede arts de dood vaststellen, waarschijnlijk om te voorkomen dat we haar levend in de fik steken.

Dit is niet waar je aan denkt als je op slag verliefd wordt. Dit was niet waaraan ik dacht toen ik de woorden 'tot de dood ons scheidt' uitsprak.

Waarom doet liefde zo'n pijn? En waarom had ik het geheim van zuivere liefde veel te laat ontdekt? Was alles anders gegaan als Lisa niet ziek was geweest?

'Die zwarte Dior... die jij zo mooi vindt,' antwoordt ze op de vraag welk jurkje ze wil dragen als ze dood is. Het is een vreemd gesprek. Zo'n gesprek dat je nooit voert, totdat het moet, omdat het straks niet meer gevoerd kan worden. Met de dood in zicht worden er woorden gesproken die tot dat moment werden verzwegen. Is er nog voldoende tijd om alles te bespreken wat we elkaar te zeggen hebben? En vooral te vragen. Te veel tijd heb ik verdaan in de spotlights van een schijnwereld, eerst als ontsnapping, daarna uit angst voor de werkelijkheid. Of andersom.

'En dan die zwarte Manolo's eronder?' Haar lievelingsschoenen die we in New York hadden gekocht.

'Aantrekken?' fluistert ze met een vage glimlach. Nu de beslissing is genomen, verspreidt een vreemd soort opluchting zich door de slaapkamer. 'Wil nog één keer...

mooi voor je uitzien.' Ze gebaart dat ik haar uit bed moet helpen.

'Spookje van de Opera,' grapt ze tegen haar levensechte spiegelbeeld.

Voorzichtig trek ik het jurkje over haar hoofd en rol het netjes af tot haar knieën.

'Afvallen heeft voordelen. Dat ik deze... nog eens...' Daarna stapt ze in de zwarte muiltjes. De witte prinses in het zwarte jurkje. Als alle kleur uit het leven is, blijft de essentie over.

Met de spiegel als getuige laat ze een voldane zucht horen.

Ik help haar de rolstoel in en parkeer haar voor het dressoir. Ze tekent dikke zwarte lijnen om haar ogen en kleurt haar lippen rood. Het lijkt alsof de schildering haar ziekte overschaduwt en haar opnieuw tot leven brengt.

'Ik wil het afscheidsdiner morgenavond.' Ze kijkt me aan via de spiegel. We hebben besproken de laatste dag door te brengen met onze vrienden. Aangezien Lisa's toestand geen geheim is, komt het telefoontje voor niemand als een verrassing. Toch voelt het surrealistisch als ik de woorden hardop uitspreek.

En er is nog één kleinigheidje. We moeten het Donna vertellen. Ik heb alleen geen idee hoe.

Donna en ik zitten naast Lisa op bed. 'Je weet dat Lisa ziek is. En Lisa heeft heel veel pijn en dat is niet fijn.'

Donna knikt begrijpend haar hoofd, haar blik verraadt dat ze mijn angst voelt.

'Lisa gaat naar de hemel, dan hoeft ze niet meer ziek te zijn. Alleen kan ze dan niet meer hier bij ons zijn.'

'Wij kunnen toch meegaan naar de hemel?'

'Nee, liefje, dat kan niet.'

'Waarom mag Lisa dan wel?'

Lisa pakt Donna's hand vast. 'Toen Einstein ziek was

kwam de hondendokter en die heeft Einstein een prikje gegeven, zodat hij geen pijn meer had. En toen ging hij naar de hondenhemel. Overmorgen ga ik ook naar de hemel, maar eerst gaan jullie mij cremeren in een grote oven.'

Donna kijkt of ze water ziet branden. 'Doet dat pijn?'

'Nee, lief, als je dood bent voel je niets meer,' zeg ik geruststellend, maar ik vraag me meteen af waar ik die wijsheid vandaan heb. Ik kijk naar Lisa. Ze spreidt haar armen, Donna kruipt tegen haar aan.

'Mish, laat jij Bonnie en Clyde uit..., dan vertel ik Donna... nog een geheimpje,' zegt ze moeizaam. Als ik twintig minuten later de slaapkamer weer binnenloop, zijn de dames al in dromenland. Voor de laatste keer liggen we met z'n drieën onder de lakens. Lisa vastgesnoerd aan de zuurstofmachine en aangesloten op het morfinepompje, ik geketend aan zinloze gedachten. Waarom kunnen we onze ogen niet voor eeuwig sluiten en nooit meer ontwaken, nooit meer slapen?

's Ochtends is het een levendige boel op Eyckenbosch. Marloes verzet haar gedachten door de salon op te fleuren met rozen en Isabelle is in de keuken samen met mevrouw Freudi bezig het laatste avondmaal voor te bereiden. Branco en dr. Freudi zijn met elkaar in gesprek. Donna, Fleur en Merlot zitten stilletjes op de bank.

Als we even later met z'n allen op de chesterfields in de salon zitten, heerst er een bedrukte stemming, totdat Donna roept: 'Lisa gaat naar de hemel.' Ze kijkt er voldaan bij, of ze ons trakteert op het nieuws waar we schijnbaar op zitten te wachten. Ja, zo voelt het, we zijn in afwachting van het moment waarop een pilletje en een toverdrankje over vierentwintig uur een einde zullen maken aan Lisa.

De dag vliegt voorbij. Eén voor één zit iedereen een

tijdje bij Lisa. Er worden gesprekken gevoerd, maar het grootste deel van de middag slaapt ze onder het genot van een extra dosis morfine, zodat ze voldoende kracht heeft vanavond haar afscheidsfeest te vieren.

Het is een bijzondere avond. Op verzoek van Lisa heeft iedereen zich chic aangekleed en ook zijzelf ziet er stralend uit, voor zover iemand in haar toestand kan stralen, anders dan van de chemische rommel in haar lichaam. Het is voor ons allen, behalve voor Isabelle, die heeft geholpen met aankleden en Lisa's haar op te steken, maar in het bijzonder voor mij, een confronterende verrassing.

'Is er... iets?' vraagt Lisa, alsof het de gewoonste zaak van de wereld is dat zij in haar trouwjurk, hand in hand met Isabelle, de salon binnen komt schuifelen.

'Vrienden... voor het leven,' fluistert Lisa met een glimlach. Iedereen barst in een geladen lachen uit.

Als we aan tafel gaan blijft dr. Freudi staan en krijgt ieders aandacht.

'Lieve vrienden, mijn allerdierbaarste Lisa. De liefde van een vrouw is het grootste geschenk dat een man kan krijgen. Voor deze druiloor hier is dat niet altijd even duidelijk geweest. Onze Mishka beschikt over het ongeëvenaarde talent om niet alleen zijn eigen leven, maar ook dat van zijn liefhebbende naaste omgeving tot een chaos te maken. Gelukkig heeft Lisa's liefde overwonnen. Iedereen is op zoek naar geluk, iedereen wil gelukkig zijn, maar niemand weet wat dat is, gelukkig zijn. Je kunt het niet vastpakken, het is ongrijpbaar, al kun je het soms even vasthouden. Het is onzichtbaar, toch herkennen we het als het er is, en missen we het als het ontbreekt. Het is iets en niets. Iets als een gelukkig leven bestaat niet, het hoogste geluk in dit leven is een aaneenschakeling van enkele geluksmomenten. Stel je die voor als blokjes, en als we al die blokjes op elkaar stapelen, bouwen we daarmee een regenboogtrap tot aan de hemel, voor een ontmoeting met het Universum, of God, zoals de meeste mensen het noemen. Als in dit leven alles is geleerd en de wijsheid is overgedragen, is onze missie tijdens dit aardse bestaan volbracht. Dan mag de Heilige Regenboog betreden worden. Zoals de trap die Lisa heeft gebouwd, van alle geluksmomenten die wij met elkaar, zoals wij dierbaren hier zitten, met haar hebben gedeeld.'

Lisa slikt. Ze bedankt dr. Freudi met trillende stem. 'En nu... lachen,' fluistert ze. 'Vandaag is het feest.'

Na het diner klimt Donna op de bank en kruipt tegen Lisa aan. Met een bijzondere blik in haar ogen kijkt ze haar aan. 'Sterretje,' fluistert ze en ze geeft Lisa een langdurige knuffel.

Even later volgen innige omhelzingen en huilpartijen en vervolgens zoekt ieder zijn weg naar de slaapkamers. Het valt me op dat Donna als enige geen traan laat. We lopen samen naar haar kamer en ze kruipt in het prinsessenbed.

'Welterusten, liefie. Lekker slapen.'

Met een vredige glimlach kijkt ze me aan en fluistert: 'Ik mag dansen in de hemel.'

Ik geef haar een kus en doe het licht uit. Terwijl ik naar onze slaapkamer loop, betrap ik me erop dat ze een lach op mijn gezicht heeft getoverd. Dansen in de hemel. Kinderen hebben blijkbaar hun eigen manier om met dit soort situaties om te gaan.

'Het was mooi zo,' zegt Lisa, genietend van haar spiegelbeeld. Ze tilt haar hand op en doet haar trouwring af. 'Voor Donna. Kan ze later met je trouwen.' Ze legt de ring in het zilveren juwelenkistje op het dressoir. 'Wil je me uitkleden?'

Ik ga achter haar staan en leg mijn handen op haar schouders.

'Waarom doe je deze niet aan?'

Haar ogen fonkelen. Ik til de bandjes van haar schouders en laat het trouwjurkje afzakken. Daarna trekt ze zelf haar broekje uit. Het enige wat ze nu nog draagt is het kruis aan haar ketting.

'Zou me... nog één keer... aan jou willen overgeven.' We kijken elkaar aan en moeten er allebei om lachen, waardoor Lisa bijna stikt in een hoestbui. Daarna nestelen we ons in bed. Onze vingertoppen strelen elkaars huid en we snuiven elkaars geur op.

'De laatste nacht.'

'Ja, de laatste nacht.'

'Ik zal je missen.'

'Ik jou ook,' fluistert ze. 'Nog iets... wat je wilt... zeggen?'

Ik wil zoveel zeggen. Als de tijd krimpt, zijn er altijd te veel onuitgesproken woorden.

'Geloof je nog steeds in? Dat je me straks opzoekt vanuit een andere dimensie.'

Ze tovert een moederlijke kalmte tevoorschijn.

'Natuurlijk..., weet je te vinden... Pas op wat je doet.'

'Lies... ik heb je nooit pijn willen doen. Ik bedoel...' Ja, wat bedoel ik eigenlijk? Wat zijn die zo veel onuitgesproken woorden die ik wil zeggen? Of wil ik iets vragen? Ik krijg het er benauwd van. Lisa ook. Snakkend naar adem gaat ze rechtop tegen de stapel kussens zitten. Als de rust in haar longen is teruggekeerd, drukt ze haar lippen krachteloos tegen die van mij en hapt daarna weer naar adem. 'Dank je... dat ik... je vrouw mocht zijn, Mish. Hou me vast.'

Op haar laatste dag word ik wakker lang voordat de wekker alarm slaat, nadat ik pas laat in slaap ben gevallen omdat ik mijn ogen niet van haar af kon houden. En omdat mijn hoofd niet tot rust kon komen doordat ronddolende spoken mij achtervolgden tot in de ochtend.

Ik wist het, had ze gezegd toen ik haar over Donna vertelde. Ze had het altijd al geweten. Zou ze álles hebben geweten? Was het allemaal een test van God? Was het om te oordelen of onze liefde zuiver genoeg is om onsterfelijk verklaard te mogen worden? Of was ik een eikel die zijn zieke vrouw alleen thuis achterliet, terwijl meneer *the LoveJunkie* in de speeltuin van aards genot zijn muzieknoten liet klinken op andere vrouwelijke snaren?

Rond het middaguur gaat het gebeuren. De huisarts komt tegen het einde van de ochtend. Isabelle, de Freudi's, Branco en Marloes en de kinderen zitten om negen uur aan de lange tafel in de salon voor het ontbijt. Lisa blijft in bed liggen. Met twee kopjes thee loop ik terug naar de slaapkamer. Ik ga naast haar op bed zitten en aai zachtjes over haar hand. De mooiste hand die ik ooit gezien heb is verschrompeld, de gewrichten zijn uitgedroogd, haar vingers hebben hun souplesse verloren. Gedachteloos staart ze voor zich uit, of ze de eeuwigheid al kan zien. Of ze heeft de dosis morfine verder opgevoerd.

'Mish, ben er altijd... voor jou... geweest.' Ze spreekt traag, haar woorden zweven tussen ons in. 'Nu... jij... voor Donna. En... Isabelle...'

Eén traan – de laatst bewaarde – bolt op in haar ooghoek en wordt na een spoor over haar bleke huid gered door mijn ringvinger, waarna ik haar verdriet over mijn lippen wrijf. Ik maak haar wens tot een belofte. Haar vingers doen een poging zich krachteloos om de mijne te klemmen. Kortademig fluistert ze: 'Voor altijd... bij je.' Dan knikt ze.

Plotseling besef ik dat ik mijn hele leven een jongetje ben gebleven dat bestaan heeft onder de beschermende vleugels van Lisa. Nu dwingt de tijd mij om een man te worden, een vader, een weduwnaar. Ik laat haar los en loop de gang op, maar de zwaartekracht nagelt me vast aan de vloer. Als ik even later de salon binnenstap voelt het alsof er geen tijd en plaats meer is. Ik zak in elkaar op het vloerkleed. Alleen de huisarts en dr. Freudi kunnen mijn theatrale hartenleed met droge ogen weerstaan.

'Kom,' zegt dr. Freudi. Ik sta op. De huisarts blijft bij het treurende gezelschap.

Samen lopen we de slaapkamer in, dr. Freudi blijft bij het dressoir staan en opent zijn tas. Ik kruip tegen Lisa aan. Zie ik angst in haar ogen, of is dat de weerspiegeling van mijzelf? Hoe zou zij zich voelen, hoe voelt iemand zich die besloten heeft dat de laatste minuten van haar leven zijn ingegaan?

'Dit pilletje kun je doorslikken met dit drankje,' zegt dr. Freudi kalm en hij reikt haar de cocktail aan die toegang geeft tot het paradijs. Met gestrekte armen houdt Lisa het bekertje in haar linkerhand en het pilletje in haar rechterhand.

'Dit was mijn lichaam, in een volgend leven graag een gezond.'

Ze kijkt me aan met een oneindige blik. Haar hand beweegt langzaam in de richting van haar mond. Daarna volgt de andere hand met het bekertje. Ze slikt.

'*Amor omnia vincit,* ik hou van je.'

Ik sla een kruis en bid. Lieve God, zorg goed voor Lisa. Over een paar minuten is alles anders.

'Kijken... of er leven is... na... de dood.' Ze houdt haar hand tegen die van mij.

'Ik hou zoveel van je.' Mijn kaken verkrampen van de pijn.

'Leg... me... op bedje... rozen?' fluistert ze. Haar ogen kijken me nog eenmaal aan met een innige blik. Haar lippen vragen om een kus. Ik knijp mijn ogen dicht en voor de laatste keer voel ik haar lippen. Haar laatste adem geeft ze aan mij.

Als ik het aandurf weer te kijken, zijn haar ogen gesloten. Tot de dood ons scheidt, een moment in de eeuwigheid dat nooit voorbijgaat. Het moment dat slechts bestond uit woorden toen we die uitspraken op ons huwelijk, is werkelijkheid geworden. De tijd staat stil, haar hart klopt niet meer. Onze toekomst heeft opgehouden te bestaan. Lisa is niet meer, wij zijn niet meer.

De dood is een welkomstgeschenk dat ons bij de geboorte wordt gegeven, we dragen het een leven lang met ons mee. Wanneer een dokter vertelt dat je nog zes maanden te leven hebt, weet je tenminste waar je aan toe bent. Als je dood moet gaan op een leeftijd waarop gezonde vrouwen kinderen krijgen, is dat iets onbegrijpelijks. Lisa's ziekte verliep niet volgens de voorspellingen. Ze was de uitzondering op de regel en leefde langer dan statistisch mogelijk was.

Door je leven te delen met iemand die ongeneeslijk ziek is, denk je dat je leert omgaan met het onvermijdelijke, maar er bestaat geen voorbereiding op dat moment. Aan elf jaar sterven is vandaag een einde gekomen. God heeft me beloofd dat een engel met grote witte vleugels Lisa meeneemt naar een paradijs waar ze kan uitrusten van haar aardse lijdensweg.

Amor Omnia Vincit

LISA MARIA KAMADEV-DI ANGELO

24 december 1963 † 5 mei 2007

De vrolijke rouwkaart is een aankondiging voor de crematie. Lisa hield van kaarslicht, dus leek cremeren ons de ultieme vorm van romantiek, waarna ze voor eeuwig bij me kan zijn, al is het dan in haar lievelingsvaas waarin ze altijd de witte rozen zette die ik voor haar meebracht.

De kist staat in de serre. Lisa ligt in haar parelmoerkleurige jurkje op een bed van witte rozen. Ik wil dat ze tot het laatste moment in de villa blijft en niet in een kille ruimte in het rouwcentrum hoeft te wachten op de brandstapel.

Donna zegt geen woord als we een tijdje naar Lisa's levenloze lichaam staan te staren. Voor haar zal het ook niet makkelijk zijn om in zeven jaar twee moeders kwijt te raken. Moet ik weer op zoek naar een nieuwe mama? Misschien is het beter als we eerst een paar maanden samen zijn, weg van hier, wellicht naar Ibiza, een nieuw begin? Donna stoot me aan als ze mijn droefheid opmerkt en klampt zich aan me vast.

'Papa, jij bent de liefste papa van de hele wereld.' Daarna roept ze Bonnie en Clyde en rent ze de tuin in.

Ik ga op de pianokruk aan de Bösendorfer zitten. Schakeringen van goud en witgeel licht schijnen naar binnen en schilderen het moment tot een eeuwig stilleven. Mijn ogen dromen weg naar buiten. De rozentuin staat in bloei. Donna huppelt met de honden om de Heilige Eik heen. Het lijkt of ze danst op een melodie van onzichtbare muziek. Mijn vingertoppen raken de toetsen en mijn handen beginnen vanzelf te bewegen. Een melodie die lang niet heeft geklonken: *Ave Maria* van Gounod. In gedachten zie ik papa di Angelo vanuit zijn stoel toekijken. Op het levensgrote portret naast de vleugel verschijnt een broze glimlach op het gezicht van Lisa's moeder. Ik denk aan mijn oma. Muziek verzacht alle pijn, had ze me verteld toen ik een klein jongetje was, haar kleine jongetje.

De avond voor de crematie zit ik met dr. Freudi in de serre. De kist wordt verlicht door de kaarsen die eromheen staan, verder is het donker. Net als elke avond danst het kaarslicht langs de wanden van de villa. Maar dit is niet elke avond, dit is de eerste andere avond.

'Ze wist het, Mishka,' zegt Freudi ineens. 'Ze wist het voordat ze eraan begon, maar jij was haar grote held. Jij bent de enige die is doorgedrongen tot haar hart, in jou zag ze de drager van het zuivere licht, de zuivere liefde die jouw ziel heeft verborgen in jouw lichaam en geest. Ze zag dat als een teken dat jullie voor elkaar bestemd waren, zij was jouw gids in dit leven. Toen ze merkte dat ze geen volwaardige vrouw meer voor jou kon zijn, liet ze je los en gaf ze zich over aan het lot. Die nacht dat jij in Boedapest was met die Drakestein belde ze me huilend op. Ze voelde dat je de verbintenis met haar had verbroken. Ze zei dat je van haar wegzweefde. Net als daarna, met Isabelle. Jij had me meerdere malen verteld dat jullie geen intimiteit meer met elkaar deelden en zij bevestigde dat. Zo kwam ik op het idee. Ik zag dat jij gek was op Isabelle en zij op jou. Jullie vormden de perfectie drie-eenheid.'

'Dus... het was jóuw idee...?'

'Maar het was háár beslissing, een moedige. Ze wist dat ze je vrij moest laten als ze je niet wilde verliezen, en natuurlijk deed dat pijn. Zo ver ging haar liefde voor jou. Ik heb haar gewaarschuwd dat het plan niet zonder risico's was, al had ik het idee dat zij geen enkel risico zag. Maar toen ze voelde dat er op den duur steeds meer tussen Isabelle en jou begon te ontstaan, raakte ze in paniek dat ze je alsnog zou kwijtraken, en daarmee ook haar hartsvriendin. Die gedachte maakte haar radeloos. Als de ziekte haar toch dood wenste, dan liever direct, dan waren jullie allebei vrij, maar de eeuwigheid was haar nog niet gegund, omdat jij haar nodig had, ze was jouw beschermengel, Mishka. Donna was haar extra levenselixer, die kleine gaf haar hoop en bracht de verbintenis tussen jullie opnieuw tot stand. Dat waren haar gelukkigste jaren, daarop bouwde ze haar regenboogtrap naar de hemel.'

Op de ochtend van de crematie ben ik vroeg wakker. Donna slaapt nog. Ik stap uit bed en loop naar de badkamer. Er staan twee tandenborstels naast elkaar, ik open het kastje aan haar kant. Het zwarte oogpotlood, de rode nagellak, haar parfum en haar borstel. Ik pluk de haren ertussenuit en leg ze voorzichtig in het zilveren juwelenkistje op het dressoir. Nu het afscheid definitief is, begrijp ik dat er in het leven niets anders te verliezen is dan de liefde.

Ik dwaal door de villa, er heerst een serene stilte. Het geluid van een leegte die nooit meer zal worden opgevuld. Ik kijk nog één keer naar de openstaande kist en leg mijn hand op die van haar.

'Tot in een volgend leven,' fluister ik en ik kus haar voor de allerlaatste keer.

Haar lichaam heeft ze achtergelaten op de plek waar het drieënveertig jaar geleden ter wereld kwam. Voor het vervolg van haar reis heeft ze het niet meer nodig.

zomer 2007

LEVEN NA DE DOOD

Bij het opsnuiven van de rozengeur worden mijn ogen waterig. Voor de Heilige Eik ga ik in het gras zitten. Ik ken inmiddels elk blad en in elk blad elke nerf. Het is al een maand elke dag dezelfde dag. Het verleden houdt de toekomst tegen. Ik tel de dagen, maar kom niet in beweging.

Aan mijn bureau in de serre bekijk ik fotoalbums waarin Lisa ons leven heeft vastgelegd. De trouwfoto's, toen alles nog was zoals het altijd had moeten blijven, samen met Einstein in de rozentuin. Een foto waarop ik gearmd sta met Drakestein, toen ik mijn eerste contract bij Drake Records tekende. Drakestein en ik, we waren een onoverwinnelijk team, maar vriendschap is vergankelijk, net als roem en rijkdom. Als je dat weet en je leeft zonder verwachtingen, kun je niet teleurgesteld worden.

In de onderste lade van mijn bureau vind ik het contract van zeventig miljoen, met de drie handtekeningen van NewBiq Investments. Boven de naam Rinus Vos (zelfbenoemd president and chairman of the board van FUTURE MEDIA) onderstreept een dun lijntje een ongeschreven avontuur.

Het is stil als ik naar bed ga, de villa voelt verlaten maar gevuld met herinneringen. Het huis dat jarenlang ons leven was, is nog steeds hetzelfde en toch is alles anders. Lisa's dressoir ziet eruit als een altaar, met drie vazen en het zilveren juwelenkistje op een bodem van gedroogde rozenblaadjes. Voor elke vaas brandt een kaarsje. Zoals elke avond voor het slapengaan zijn mijn ogen op haar gericht. Ik vraag me af of ze me ziet, hoort of voelt. Mijn handpalm houd ik tegen de vaas waarin Lisa tot as is wedergekeerd. Ze zegt niets en ik zie haar niet, maar ze is er wel. Ik voel dat ze er is. Soms in een vlaagje wind, soms in de temperatuur die om mij heen plotseling verandert. En elke keer als in een ijzige stilte de vlammetjes dansen op de kaarsen, weet ik dat ze bij me is.

De dood in de ogen kijken geeft een van de geheimen van de hemel prijs, evenals de geboorte van een kind. Je moet daar zijn waar je nodig bent. Zoals Moeder Aarde de bodem is waar de boom zijn wortels in kan laten groeien, zo moet ik een vader zijn voor mijn dochter. Om al mijn tijd aan Donna te kunnen besteden, besluit ik KAMADEV MUSIC te verkopen. Als mijn aandeel vier miljoen euro oplevert, kan ik eindelijk de schuld aan de bank aflossen en dan houd ik nog twee miljoen over om de komende jaren zorgeloos met Donna te kunnen genieten.

Branco kijkt bedachtzaam als ik mijn prijs noem. Als geen ander is hij op de hoogte van onze financiële positie en als eigenaar van twintig procent van de aandelen is het ook zijn belang om een zo hoog mogelijke koopsom te bedingen.

We beleggen een aandeelhoudersvergadering met Isabelle en bespreken het plan. Volgens Branco's berekening is een vraagprijs van tien miljoen euro niet buitensporig. Dat blijkt te kloppen, want als we bekendmaken dat KAMADEV MUSIC te koop is, voert hij al binnen enkele dagen de eerste gesprekken.

Na weken onderhandelen zitten Branco en ik samen aan tafel voor de finale deal. Donna logeert bij Fleur en Merlot, want dit kan wel eens een lange avond worden.

We bevinden ons op de bovenste verdieping bij Allen & Overy, het advocatenkantoor dat de verkoop juridisch begeleidt. De klok tikt richting middernacht als het gesprek in een afrondende fase belandt. Eén handtekening gaat het verschil maken tussen tien miljoen of niets. De onderhandeling is vijftien minuten opgeschort omdat de kopende partij een korte bedenktijd wil. Ik sta met Branco op de gang. Het is een avond van stalen zenuwen. Op dit soort momenten zijn emoties gevaarlijke spelbrekers, met een vinger aan de trekker mag er niet de minste twijfel bestaan. Ik kijk Branco in de ogen. 'Ze zeggen geen nee,' zeg ik zelfverzekerd en we lopen terug de kamer in waar de directie van de uitgeverij die ons muziekbedrijfje wil inlijven zit te wachten.

'Tien miljoen,' zeg ik. 'Een eenmalige betaling, vooraf, geen condities, geen earn out.'

Zoekende ogen gaan over tafel, ik zie drie pokerfaces. De weken van onderhandeling waren slechts een voorbereidend voorspel, de werkelijke deal wordt vanavond gemaakt.

Stilzwijgend worden er blikken uitgewisseld, tot het verlossende woord klinkt.

'Oké.' Het is een kort oké. Een oké, waarna klamme handen worden geschud. De overeenkomsten worden ter plekke geformaliseerd en in drievoud getekend. Bij de allerlaatste handtekening stokt mijn hand een ogenblik. Ik denk aan Tijl en Rinus.

'Champagne!' roept Branco als we om halfdrie 's nachts in de keuken van Eyckenbosch zitten. Isabelle vliegt me om mijn nek. Ze heeft de hele avond in spanning zitten wachten. De champagne bruist. Ik ben miljonair, ik heb meer dan voldoende geld om eindelijk mijn vrijheid te kunnen betalen, en toch voel ik me niet vrij.

Isabelle schenkt drie glazen in, we kijken elkaar aan.

'Ben je niet blij?'

Het antwoord op die vraag weet ik niet.

'Ik denk erover Eyckenbosch te verkopen en dan met Donna te verhuizen naar Ibiza.'

Branco zucht hoofdschuddend. 'Jij bent ondoorgrondelijk. Jarenlang zet je je leven op het spel om dat huis te behouden. En nu...'

'Die reden is er niet meer. Ik zou hier eeuwig willen blijven wonen, maar dan houdt het verleden mij voor altijd gevangen.'

'Dan koop ik het,' zegt hij resoluut. 'Als jij dan met Donna naar Nederland komt, kunnen jullie hier altijd terecht. Het leven gaat door, Mish, ook na de dood. En vergeet niet dat je een belofte hebt gedaan.'

Zijn laatste woorden raken me en ik besef dat hij gelijk heeft. Ik kan de villa niet verkopen, ook niet nu ze dood is. Het zou heiligschennis zijn. Eyckenbosch is haar thuis, aan die belofte zal ik me houden.

'Ik heb een beter idee,' zeg ik. 'Jullie trekken bij ons in. Het huis is toch veel te groot voor Donna en mij alleen. Ze zal het te gek vinden als Fleur en Merlot hier komen wonen.'

'Deal,' zegt Branco. 'Als Marloes en de kinderen het willen, en die willen zeker.'

'En jij, Isabelle? Dit is toch ook jouw thuis geworden?'

KAMADEV MUSIC is verkocht en ik ben zes miljoen euro rijker. Een derde kan linea recta doorgestort worden naar de bank. Eindelijk verlost van mijn schulden. Voor het eerst sinds jaren ben ik een vrij man. In de *Quote 100 selfmade*, de lijst met rijkste selfmade kids zonder papa's hulp onder de veertig jaar, beland ik op een bescheiden 65ste plek. Dat leidt direct tot een achtervolging door hongerige bankwolven die wel iets met mijn geld willen doen. De zomer van 2007 is volgens de geleerden een uitstekend moment om in de beurs te stappen. Op basis van de resultaten uit het verleden zijn de vooruitzichten uitermate gunstig, maar ik weet beter. De enige vooruitzichten die ik gunstig vind, zijn de zomer doorbrengen op Ibiza en een toekomst met Donna.

Ons vakantiehuis is een droompaleis. Jans van Teatro Pereyra heeft een van de mooiste plekjes op het eiland voor ons geregeld. De paarsroze bougainville groeit langs de witte kalkmuren en in de verte glinstert een zilveren zee. Ik lig op een bedje naast het zwembad en kijk hoe Donna door de groene wildernis achter een vlinder aan danst. Donna is de glimlach van het leven, al delen we een vreemdsoortige eenzaamheid sinds Lisa er niet meer is. Elke avond kijken we naar de sterren, totdat mijn kleine meid tegen me aan in slaap valt. Ik lig wakker tot diep in de nacht. Honderdduizenden, miljoenen sterren. Zo veel en zo ver weg. Lisa nam mij mee daar naartoe, dat kunnen niet veel mensen zeggen. Nu is zij daar en fonkelt ze elke nacht als de oneindigheid haar zwarte gedaante aantrekt.

Ons hele leven zijn we op zoek naar de geborgenheid en de veiligheid die we verliezen als we ter wereld komen. Met onze geboorte begint zowel ons verleden als de toekomst. Het leven is zoals het is en gaat zoals het gaat. Niet altijd rechtvaardig en niet altijd zonnig en opgewekt. Lisa had gelijk. Het is geen uitgestrekte vlakte waarover je tot de einder kunt zien wat je te wachten staat. Op de weg naar het licht moet je door de duisternis en soms zijn de tunnels donker en smal. In mijn jonge leven heb ik de hoogste toppen bereikt en de diepste dalen gezien. Succes kan niet bestaan zonder opoffering.

Elke tegenspoed laat een litteken achter, al verbergen we onze wonden in een poging ze te vergeten. De wanhoop en de waanzin van het leven laten ons dingen doen die we niet van onszelf hadden kunnen denken. Ik leef voort op de ruïnes van het verleden, maar in de herkansing ben ik voorlopig geslaagd, in een nieuw lichaam dat voortleeft ook na mijn dood.

Nu leef ik en ik leef nu.

Donna leeft altijd in het nu. Ze kijkt nooit terug naar gisteren. Gisteren bestaat niet voor haar. Wel is ze bezig met de toekomst. Straks, morgen en 'later als ik groot ben'.

Als ze groot is wil ze met mij trouwen.

Elf dagen geleden is Donna acht jaar geworden, Lisa is eenenzeventig dagen dood. Donna en ik wandelen door de smalle straatjes van Dalt Vila. Met Lisa ben ik hier vaak verliefd over de middeleeuwse keien naar boven geslenterd. Bij de stadswal naast de kathedraal bleven we staan en keken dan uit over de haven en de zee. Nu sta ik hier met Donna. Het uitzicht is hetzelfde, het perspectief is veranderd.

De grote deur in de voorgevel van de kathedraal staat open. We lopen hand in hand naar binnen. In een kerk zijn er altijd mensen stil in gesprek met God. Haar spreekuur kent geen sluitingstijden. In het kapelletje waar je kaarsen kunt branden laat ik Donna's handje los. We pakken allebei een kaars en houden de lonten tegen een vlammetje aan. Dit zou weleens heel oud vuur kunnen zijn, als mensen al jaren achter elkaar op deze manier hun kaars aansteken en niemand het vuur ooit gedoofd heeft. We blijven even staan voor de dansende vlammetjes en ik fluister: 'Voor altijd samen.'

Dan opeens gaat er een rilling door me heen. Een zwart gewaad strekt zich uit in mijn richting. Een arm beweegt zich voor mij langs om een kaars te pakken en daarna de lont van de kaars tegen de vlam te houden die ik net heb laten ontbranden voor Lisa. Met ingehouden adem draai ik mijn hoofd naar om. Het is een vrouw in een zwart jurkje. Boven haar glimmende laarzen draagt ze een zwarte panty, een doorschijnende zwarte hoofddoek bedekt haar gezicht. Er gebeurt iets met me, ik weet niet wat, mijn hart trilt.

Een gedachte flitst door mijn hoofd. Ik kijk op mijn horloge, 13 juli... het kan geen toeval zijn. Het is vandaag tien jaar geleden dat ik haar ontmoette, in dat hotel in Boedapest.

'Als het staat geschreven, zal het universum ons elkaar opnieuw laten ontmoeten,' had Anastazia tegen mij gezegd. Als het onze bestemming was, zou het gebeuren. Het was een dwaze afspraak, zo'n afspraak die mensen maken om daarna voor altijd te vergeten.

Was ik voor haar een voorbijganger geweest, zoals al die anderen die ze de illusie van de liefde had kunnen verkopen? Of had ze mij nooit kunnen vergeten, zoals zij altijd in mijn gedachten met mij was meegereisd, ook al had ik dat gevoel op een achterafplekje verstopt.

Ik pak Donna's handje en loop met haar naar de voorste bank tegenover het altaar. Pas nadat we zijn gaan zitten durf ik achterom te kijken.

Ze is weg.

Rusteloos kijk ik rond. Ik wil achter haar aan rennen, maar als ik opsta gaat zij naast mij zitten. Het is alsof ze mij niet ziet. Ze kijkt naar het altaar, ze knielt, slaat een kruisje, sluit haar ogen en op fluistertoon spreekt ze een gebed uit in een taal die ik niet versta maar wel herken. Ik sla ook een kruisje. Even later draait ze zich naar me toe en kijkt me kort aan. Mijn hart klopt in mijn keel. Door de zwarte sluier heen vang ik een glimp op van haar ogen, ze zijn dik zwart omlijnd.

'Mishka,' fluistert een stem. 'Mishka.' Ik kijk rond, ik kijk omhoog. Engelen dansen over het plafond, een man tilt het kruis van mijn schouders en neemt het op zijn rug, alle schilderingen komen tot leven, Maria lacht me toe. Ik voel me licht worden.

'Papa.' Donna knijpt zachtjes in mijn hand en kruipt tegen me aan.

24 december 2007

EPILOOG

'Papa, papa!' roept Donna.

Ze staat in de serre voor de geschilderde glas-in-loodramen en kijkt naar de lichtende duisternis. In de tuin van Eyckenbosch dansen vlammen uit de vuurkorven en een aantal naaldbomen is versierd met kerstverlichting.

Het is kerstavond. We vieren Lisa's vierenveertigste geboortedag, de eerste verjaardag waar ze zelf niet bij is.

Marloes heeft met de drie kleine dames de salon omgetoverd tot een groot kerstcircus. Overal branden kaarsen, de wanden zijn behangen met slingers en ballen, en op de klep van de Bösendorfer staat een stal met drie wijzen, een ezel, een schaap en een moeder met het kindeke in haar armen. Naast de vleugel staat een grote boom, wit versierd zoals Lisa dat ook altijd deed, met daaronder een berg cadeaus. Donna, Merlot en Fleur kunnen hun ongeduld niet bedwingen. Als drie kleine engeltjes kijken ze ons met een bedelende blik aan.

'Oké,' roept Branco. 'Jullie mogen alle drie één cadeautje uitpakken, de rest na het eten.'

Isabelle heeft samen met mevrouw Freudi het diner bereid en nu de schalen op tafel staan ziet het er koninklijk uit. Als Isabelle de wijn inschenkt, dwalen mijn gedachten af naar de avond dat we voor de laatste keer zo bij elkaar zaten, de avond van 4 mei, de laatste keer dat Lisa naast me aan tafel zat. Branco kijkt me aan en slaat een arm om me heen. Isabelle staart me dromerig aan, ook haar ogen glanzen. Gelukkig voorkomt dr. Freudi dat deze kerstavond in een tranendal verandert. 'Proost, op Lisa,' roept hij.

'Op Lisa!'

Ineens beginnen Bonnie en Clyde voor het raam te blaffen. Donna springt van haar stoel af en gaat tussen de honden in staan. Ze drukt haar neus tegen het glas en kijkt naar buiten.

'Wat is er, Donna?' vraag ik. Ze reageert niet, ze zwaait! De honden kwispelen en blijven blaffen. Ik ga achter Donna staan en omhels het mooiste meisje van de wereld.

'Wat zie je?'

'Sterretjes!' Ze wijst in de richting van de Heilige Eik. 'Lisa heeft gezegd dat iedereen in de hemel een sterretje wordt en dat ze soms naar huis terugkomen om te dansen. Ze wil met me dansen, zegt ze.'

'Zei Lisa dat?'

Donna knikt.

'Wanneer?'

Ze draait zich om, glimlacht en zwijgt.

Ik ben de koning van mijn dromen
De bewaarder van mijn ziel

Deze roman is fictie. Elke gelijkenis met de werkelijkheid berust op toeval. Enkele fragmenten zijn deels gebaseerd op waargebeurde situaties, maar zijn geen beschrijving van de werkelijkheid. Alle personages zijn bedacht door de schrijver.

MIJN REIS NAAR HET NIETSDOEN

Het was altijd mijn droom geweest om aan boord te wonen en lange zeilreizen te maken. Nu kon het. Nadat Pilarczyk Media Groep was verkocht koos ik niet voor een carrière in het management van een beursgenoteerd bedrijf, maar voor de vrijheid op zee. Bij mijn afscheid zei iemand dat hij er zo'n respect voor had dat ik mijn status zomaar opgaf. Dat zegt veel, of misschien wel alles, over de wereld waarin ik werkte, of zelfs over de wereld waarin wij leven. Die status heeft mij nooit geïnteresseerd. Ik heb altijd gedaan wat ik leuk vond en ik deed alles met passie.

Door mijn interesse in het menselijk brein was ik kort voor mijn vertrek in aanraking gekomen met neurofeedback. Ik onderging de therapie als experiment voor mijzelf, want klachten had ik niet, maar uit de EEG-scan bleek dat mijn hersenactiviteit ernstige signalen vertoonde van overmatig drankgebruik, slaaptekort en spanning. Ik geloofde nooit in burn-outs en zo heb ik het zelf ook niet ervaren, maar nadat ik tweeëntwintig jaar keihard had gewerkt bij radio en televisie was ik er ineens klaar mee. Klaar met de zogenaamde glitter en glamour, de meedogenloze zakenwereld, ik wilde iets anders. Rust.

Ik vertrok. Het was voorjaar 2010 toen ik losgooide, ik liet letterlijk los.

Onderweg was ik één met het niets. Ik genoot van de

stilte en van alles om me heen. Van nature was ik altijd al een rustig persoon, maar tijdens mijn zakenleven kon ik nog wel eens met stoelen en tafels gooien. Ook ik kon soms meedogenloos zijn. Dat is nu anders. Door de zeiltochten kreeg ik andere inzichten. In die drie jaar aan boord las ik veel boeken, waaronder *Think and Grow Rich*, de *I Ching*, *Synchroniciteit en de Kunst van het nietsdoen*, *Wu Wei*.

Op zee was ik wel de baas over mijn boot, maar de omstandigheden veranderen kon ik niet. Te veel wind, te hoge golven, te lange donkere nachten.... Ik had alleen controle over hoe ik omging met die situaties. Bang of boos worden verandert de omstandigheden niet, het zorgt alleen voor een andere beleving in jezelf. De wind kon ik niet veranderen, dus ik paste de stand van mijn zeilen aan, of ik verlegde mijn koers. Als je in het leven ergens wilt komen moet je bereid zijn om overstag te gaan.

In de zomer van 2013 vertrok ik naar Bali om Anah Maa te ontmoeten, een spirituele gids en lerares met een uitzonderlijke gave. Met haar bezocht ik de Pura Besakih, de Hindoeïstische Moedertempel. Samen met een priester hebben we een dag doorgebracht tussen de Heilige muren. Daar gebeurde iets bijzonders. Tijdens een lange meditatie bevond ik me in een oneindige leegte van zuiver wit licht. Dat was de inwijding tot de Akasha. Ben ik nu ineens een hocus pocus tovenaar? Nee, zeker niet. Wegzweven naar hogere sferen en andere dimensies kan prettig en geestverruimend zijn, maar we leven dit leven hier op aarde, dus we moeten het hier doen. En deze wereld draait nu eenmaal om geld, dus we mogen af en toe spiritueel zijn, maar we moeten realistisch omgaan met geld, succes en het volgen van ons levenspad. Ik heb daarin een mooie balans gevonden, waardoor ik mensen op weg kan helpen met zowel zakelijk en financieel succes, als met persoonlijke groei en bewustzijn. Grote dank daarvoor gaat ook uit naar mijn mentoren Dan Peña en Egon Massink, die hun kennis en wijsheid aan mij hebben overgedragen.

Twee belangrijke aspecten die ik tijdens mijn reis naar bewustzijn heb geleerd zijn dankbaarheid en het vermogen om te niet oordelen. Iedereen oordeelt en veroordeelt, ook de mensen die zeggen dat ze dat niet doen. Het is ons aangeleerd en het is heel moeilijk om niet te oordelen. Door niet te oordelen kun je zuiver horen en zien. Met de wetenschap van al deze ervaringen geef ik lezingen en masterclasses over de kracht van gedachten, succes, leiderschap, spiritualiteit en de wetten van de aantrekkingskracht.

Dansen in de Hemel heb ik grotendeels geschreven aan boord van de Frangipani, op talloze prachtige plekken in de Middellandse Zee. Mijn dankbaarheid gaat uit naar alle lieve mensen die betrokken zijn geweest bij de totstandkoming van dit boek. Twee mensen wil ik in het bijzonder bedanken; mijn leermeester en redacteur Graa Boomsma, en mijn Beschermengel, die mij leerde wat zuivere liefde is.

Barcelona 2013

COLOFON

Dansen in de Hemel is een uitgave
van Invictus Publishing

Eerste druk mei 2014

ISBN 978 90 79679 20 1

Omslagontwerp A10design
Typografie Albertine Dijkema
Foto omslag William Rutten

www.danseninde hemel.nl
www.invictuspublishing.nl
www.michaelpilarczyk.com

Invictus Publishing is een imprint
van Van Lindonk & De Bres

LE CULTE DE L'ÉMOTION

Du même auteur

De la politesse. Essai sur la littérature du savoir-vivre (Julliard, 1991, Grand Prix Moron de l'Académie française).

L'Humanicide. Pour une morale planétaire (Plon, 1994. Traduit en espagnol et en portugais).

La Spiritualité totalitaire. Le New Age et les sectes (Plon, 1995)

L'Idéologie du New Age (Flammarion, « Dominos », 1996. Traduit en italien, en grec et en polonais).

Le Principe de Noé ou l'éthique de la sauvegarde (Flammarion, 1997. Traduit en portugais).

Le Mal (Flammarion, « Dominos », 1998. Traduit en allemand).

Le Développement personnel (Flammarion, « Dominos », 2000).